山河枕
第二部·家燈暖
中卷
墨書白——著

目錄
CONTENTS

第十二章　清平郡主

魏王是大楚唯一一個異姓王。他們先祖與大楚開國皇帝乃互相扶持一起長大的兄弟，高祖在位時許諾魏家，南邊明秀城之外的地，他們魏家打下多少是多少。於是魏家打下了半個徽州，高祖就送了他們半個徽州，並封為異姓王，世襲傳承至今。

魏家與朝廷的關係，歷來不親近，但是卻十分恭敬。每年供奉不差一分，方方面面做得極好，又因地勢極南守軍強悍，因此大楚動盪多年，唯有魏家封地一貫太平。

魏王這一次千里迢迢破格來了北方，算得上一種表態。楚瑜算不清魏王的意圖是什麼，她的目光在魏清平的名字上停留了片刻後，沒有做聲，面色如常往下看了下去。

一路掃完了名單，楚瑜突然看見一個名字，顧子初。

楚瑜皺了皺眉頭，子初是顧楚生的字，只是這個字是當年顧楚生父親留給他的，他後來被他老師賜字「歸平」，被賦予令天下歸為太平之意，他在外用的字一直是歸平，子初這名字……

楚瑜抬眼看向衛夏：「這個顧子初是誰？」

「是華京顧大學士家中的人。」

衛夏低頭出聲，衛韞離京之後，顧楚生便入了內閣，如今對外已是顧大學士。

楚瑜垂眸，心裡有了盤算，明白這大概是顧楚生親自來了。

顧楚生來，又是為什麼？

她有些不解。

然而該準備的都要準備，她將賓客名單看完，又將整個儀式流程梳理過，覺得沒什麼大礙，便讓人退了下去。

又過了幾日，賓客悉數而至，楚臨陽、宋世瀾、魏王都在同一個下午過來，楚瑜將這些重要的人報給衛韞之後，衛韞看了禮單一眼，卻是意外地說了句：「清平郡主也來？」

楚瑜面色不動，點頭道：「隨父而來。」

衛韞應了聲，他思索片刻後道：「我到時候親自去接。」

楚瑜聽了這話，不自覺緊了緊拳頭。然而她面上不顯，平靜道：「我去安排。」

衛韞抬頭看了她一眼，溫和了聲：「妳別太累。」

「都是應該的。」楚瑜神色平淡，說著，她抬頭看了衛韞一眼：「你也是，別太累著自己。」

聽到楚瑜安慰的話，心裡那一點小不安也沒了去，衛韞笑起來，點頭道：「聽妳的吩咐。」

楚瑜點點頭：「那我去了。」

看著楚瑜轉身離去的背影，衛韞皺起眉頭，然而事情太多，他也來不及多想，只得夜裡到了她身邊，輕聲道：「妳近來似乎心神不寧，同我說說是因著什麼好不好？」

楚瑜輕嘆一聲：「或許是太累了吧，過了這段時間就好。」

衛韞想了想，將人攬進懷裡，他輕嘆一聲：「讓妳受累了。」

楚瑜背對著他，只是平平淡淡道：「應該的。」

衛韞沒說話，他抱著這個人，也不知道是怎麼，感覺這人一時之間所有熱情冷卻了下去，他心裡有些難受，可是又覺得這樣多的事兒，她大約的確是累了。他想了想，抬起手給她按著頭，小聲道：「這樣好點沒？」

楚瑜感受著這個人小心翼翼的討好，有些無奈地嘆出聲。

其實她心裡的事，又與這個人有什麼關係？莫要說魏王身分特殊，就算魏王身分普通，可既然衛韞與清平郡主是故交，那故人來訪，去接又怎麼樣？更何況明日她哥哥和宋世瀾也要來，怎麼說，衛韞去接人，都是理所應當。

如果不是她知道後來清平郡主是他的妻子，兩人還有一子，她大約也不會是這樣子。可是這是衛韞的過錯嗎？

不是。

錯在於她。

衛韞這樣好的男人，清平郡主這樣好的女子，兩人本就是郎才女貌門當戶對，過去或許還恩愛有加，然而是她橫插一腳，鳩占鵲巢。

楚瑜不自覺握緊了被子，覺得無數心酸艱澀愧疚湧了上來。

她翻過身去，將額頭抵在他胸口。衛韞笑了：「怎麼了？」

「沒什麼，」她帶著鼻音道：「就是覺得你太好了，我配不上。」

「妳胡說什麼呢，」衛韞笑出聲，伸手去扳她的臉：「我看看，妳是不是哭成小貓了？」

楚瑜掙扎著不給他看，衛韞認真想了想：「妳說吧，妳怎麼突然就這麼想了？」

「來了好多賓客。」楚瑜不敢說魏清平的事，吸著鼻子道：「都是達官貴女，年輕貌美，與你門當戶對，性情溫婉動人。我嫁過人，年紀大，脾氣也不好……」

「停停停，」衛韞抬手止住她說話，覺得聽得頭疼，他抬手揉著腦袋，哀求道：「姑奶奶，妳這是聽誰和妳胡說八道這些事兒啊？」

楚瑜悶著頭：「自個兒想的。」

「哦，妳一個大夫人，獨守過鳳陵關，千里之外奔襲直達北狄的一品誥命，就滿腦子想這些？」

一聽這話，楚瑜頓時惱了，她猛地抬頭瞪他：「你果然覺得我不夠溫柔懂禮數！」

衛韞：「……」

這話真的沒法接，兩人大眼瞪小眼，衛韞看著對方含著淚的眼睛瞪得圓鼓鼓的，有些不好意思轉過頭去：「妳以前……也沒多溫柔懂禮數啊……這也不是一天兩天的事兒了……」

楚瑜：「……」

然而這麼一打岔，楚瑜也覺得，自己有點無理取鬧了。

她沒說話，翻過身背對著衛韞，悶聲道：「睡了。」

「好了好了，」衛韞去拉扯她：「別生氣了，妳說那些都不重要，什麼年輕貌美啊、門當戶對啊、性情溫婉啊，這些都不重要。」

「阿瑜，」衛韞從背後抱著她，溫和了聲道：「妳說的這些，妳不在的那四年，我都見過。可是阿瑜，再也沒有一個人能在我人生最艱難的時候，陪我一路走過來。這世上每個人都很好，端看妳有沒有在最好的時間遇到。我把這輩子所有喜歡都給了妳，再也給不了其他人。」

「而且妳哪有妳說的這樣多的不好，若是真的這樣不好，妳看顧楚生，怎麼這麼多年了，死咬著妳不放？」

說到這個，衛韞有些不舒服，然而他向來是坦蕩之人，便承認道：「顧楚生也是華京之中最頂尖的青年才俊，雖然我刻意羞辱他時說得不太好聽，但他的確是樣樣出眾，妳若真的不好，妳當我們都是瞎了嗎？」

楚瑜聽到這話，有些恍惚。

「不是的……」她輕嘆了一聲，然而又止住聲音，沒有再說下去。

她怎麼同衛韞說呢，顧楚生哪裡是喜歡她呢？只是因為得不到，所以這樣執著。

當年他輕而易舉得到的時候，又哪裡來這樣多的執著，對她厭惡無比，避之不及。

她一輩子，除了衛韞，沒有其他人喜歡過。而哪怕是衛韞，這份喜歡裡，或許也夾雜著諸多，或許是恩情、或許是習慣，甚至於情欲，這份感情裡，可以摻雜的太多了。

楚瑜壓著心裡的胡思亂想，不再多說，衛韞收緊了手臂，低聲道：「真的，我不騙妳。」

「妳特別好，值得任何人喜歡。」

這樣的話不過是安慰，楚瑜壓著心思，不想再讓自己的情緒打擾衛韞，她低聲「嗯」了一聲，沒有說話。

等到第二日，楚瑜領著人在城門口接著人，後日就是封王大典，賓客陸陸續續來了。來的人大多身分不凡，楚瑜為了彰顯禮數，便從城門口就開始迎接賓客。

待到正午時分，太陽已經升了起來，雖說深秋的太陽不辣，但站了太久，楚瑜也覺得頭暈腦脹，一輛從華京來的馬車停在門口，那人沒帶多少隨從，抬手從裡面遞出一張帖子。

楚瑜頭腦木木的，剛剛接過那帖子，笑著打開，正要說出例行公事的客套話，便覺得眼前一黑，有些目眩。

她身形晃了晃，聽見一個熟悉的聲音道：「小心！」

等光再次回到視線，楚瑜抬起頭來，看見顧楚生身著青藍色華服，站在馬車上，神色焦急地握住她的手腕，藉著這個力道扶住了她。

周邊人目光都瞧過來，這裡大多是達官貴人，偶爾有幾個去過華京眼尖的，頓時認出了來人。目光在楚瑜手腕上打量，便似乎明瞭了幾分。

楚瑜緩過神，從容抽了手，笑著道：「顧大人長途跋涉來此，衛府榮幸之至，您食宿均已安排，還請跟著下人過去吧。今日人多事雜，若有不周，還望見諒。」

顧楚生收了手，神色恢復平靜，他點點頭，規矩道：「勞煩大夫人了。」

楚瑜含笑退了步，抬手道：「請。」

顧楚生看了她一眼，抿了抿唇，終於還是道：「若是累了就休息一會兒吧，妳沒必要……」

沒必要為了衛家，為了任何人，做到這一步。

然而想到當年她在顧府時也是一貫如此，凡事都要打點到最好，他又止住了話，嘆了口氣，退回馬車之中，放下簾子道：「走吧。」

馬車噠噠往城門去，顧楚生忍不住捲起車簾，回頭看去。

女子站在陽光下那從容的模樣，同當年顧府擺宴，她站在顧府門前迎客時一模一樣。

其實最初她不會這些，一個當武將養大的女人，又哪裡懂什麼中饋持家？

然而當了他十二年大夫人，掌管中饋六年，她什麼都學會了。

可是學會了，卻也不是他的夫人了。他驟然覺得，自己彷彿將一塊璞玉雕琢好，最後送給了別人。而且還是他親自送出去的。

顧楚生心口有些發悶，他靠在車壁上，重重呼出一口氣。

不能再想了。

他來不是為了這種事，不能再想。

而顧楚生入城的消息，很快就傳到了衛府，衛韞正同陶泉商議著華京動向，便聽衛夏進來道：「主子，顧楚生入城了。」

聽到這話，衛韞愣了愣，他抬起頭，有些詫異道：「他怎麼來了?大夫人可知道？」

「顧楚生是化名顧子初來的，大夫人之前將這個顧子初安排在貴賓的院子，想來……是知道的。」

衛韞心口一堵，他抿了抿唇，片刻後，放下筆，直接走了出去。

「我出去看看。」

他覺得自己似乎突然知道了楚瑜心緒難安的原因。

這麼多年，顧楚生在的地方，楚瑜就未曾心安過。

衛韞直接翻身上馬，往城中疾馳而去。衛夏跟在後面，壓著聲同衛秋道：「你說人都入城了，聽說還握了咱們大夫人的手一把，該占的便宜都占了，咱們侯爺還這麼趕著去做什麼啊？」

衛秋淡淡瞟了他一眼，「大概是，洗眼睛吧。」

衛夏：？

衛秋轉過頭：「你眼裡有了別人，我就擠過去，把你眼睛裡的人洗乾淨。」

衛夏：「……」

過了片刻後，衛夏抬起頭，認真道：「衛秋你同我實話說，你是不是談戀愛了？」

衛秋淡淡瞟了他一眼：「有病。」

說話間，衛韞疾馳到了城門口，楚瑜正坐在涼棚喝茶休息，一抬眼，看見衛韞駕馬而來。

楚瑜勾了勾嘴角。

也不知是茶苦還是心苦，就覺得苦味在舌尖心頭蔓延開來。

等衛韞到了身前，楚瑜站起身，恭敬行了個禮，開口道：「侯爺怕是來早了。」

「不早不早，」衛韞趕忙道：「我陪妳多等一會兒，無妨的。」

楚瑜皺眉：「侯爺今日無事？」

「也不是沒事吧……」衛韞有些不好意思道：「我就是不放心，想過來瞧瞧……」

楚瑜面色不動，她點了點頭，「既然如此誠心，便等著吧。」

衛韞吶吶地應了聲，同楚瑜站在一起，想了片刻，他伸手想拉楚瑜。楚瑜不著痕跡退了一步：「侯爺，人多眼雜。」

衛韞心裡又酸又苦。

方才衛夏同他說過了，顧楚生剛才拉了她一把。

他抿著唇不說話，守在她身邊，她去哪兒他便去哪兒。

過了一會兒，楚瑜有些煩了，她走到遠處沒人的地方休息，他也跟過去，楚瑜走進林子裡，他一步不停跟著，走了一段路，楚瑜猛地頓住步子，抬起頭皺眉道：「你到底要做什麼？」

她的語氣太冷太見外，衛韞所有委屈壓不住，驟然爆發出來，他伸手去拉楚瑜，楚瑜抬手掙著：「你這是做什麼？放開！」

衛韞下了狠手，抓著就是不放，她掙扎得厲害了，他將她猛地抵在身後大樹上，提了聲道：「我才要問妳妳這是要做什麼！」

楚瑜被他吼得愣了愣，她抬起頭來，呆呆地看著衛韞，衛韞捏著她的手，氣得口不擇言：「顧楚生來了妳也不同我說，妳是怕我知道什麼？他一來妳就對我這樣子，他能牽妳手我就不能，楚瑜，」他咬著牙：「妳心裡是不是還有他？有妳就同我說，」他狠話放到一半，居然不知道怎麼說下去，頓了片刻後，終於道：「我這就去宰了他！」

「你回來！」楚瑜急急地拉住轉身就要走的衛韞，有些哭笑不得道：「你這是扯哪裡去了？這又關顧楚生什麼事？」

衛韞不說話，他由她拉著他，似乎有些委屈道：「我知曉妳心裡放不下他，我也沒什麼辦法，先喜歡妳是我輸了，我願賭服輸。我不能對妳怎麼樣，我找他麻煩都不行了嗎？」

「你這個人……」楚瑜有些無奈：「哪裡來這樣多的想法？」

「不是嗎？」衛韞轉頭看她：「妳知曉他要過來，卻不告訴我，自己在那裡難受，我以為妳是因我有什麼不開心，費心費力哄著妳……」

衛韞越說越難受，想著這幾日楚瑜夜裡輾轉反側，他低聲下氣的哄，頓時就覺得更不能忍：「我這就去找他。」

「小七！」楚瑜拉著他，也不知道怎麼的，近來的氣突然消了許多，她拉著他，忙道：「我沒因他難受，我近來不高興，只是因為……」楚瑜卡了殼兒。

衛韞抬眼瞧她，一副「我看妳怎麼編」的樣子，配合道：「因為什麼？」

楚瑜把魏清平的名字咽了下去，小聲道：「我就是覺得，這次來了這麼多姑娘，你也到適婚年齡了……我心裡難受。」

衛韞愣了愣，而後他皺起眉頭：「那顧楚生來妳為何不告訴我？」

「我並不知他要來。」

顧子初這個名字是顧楚生家父所取，他沒告訴過她，她若說知曉，一來怕顧楚生日後生疑，二來又擔心在衛韞這裡顯得太過親密。

「那妳為何要將顧子初分在貴賓的院子裡？」

「這是誰同你說的？」楚瑜有些疑惑：「我看到名字時，就揣摩這人會不會是顧楚生，所以我準備了兩個房，若來的是顧楚生就直接去貴賓房，若不是就去普通房，哪裡有專門準備貴賓房給他？」

衛韞心裡總算是好受了些，他轉念一想，喜笑顏開道：「原來妳怕我要準備娶妻，既然怕了，那妳怎麼不嫁我呢？」

「我如何就不嫁你了？」楚瑜笑起來，抬手給他整理衣衫：「我不是不嫁你，我只是等著嫁給你。」

「等」著嫁給他，等感情水到渠成，等時機合適。

如今衛韞即將自封為王，他要向天下招兵買馬，一個好名聲對於他來說太重要了。如果他只是鎮國候，那娶了她，大概也就是接受滿華京的恥笑，最多不過被降職罰俸，她和他最大的阻礙，只是怕柳雪陽接受不了而已。

然而如今卻不一樣了，如今正值緊要關頭，天下將分，衛韞極需招攬天下人心，若他私德有虧，趙玥加以渲染，有識之士怕是要多做猶豫，局面便對衛韞不利了。如今賭著滿門性命大半天下做的事，楚瑜絕不會讓任何不該有的風險出現，尤其是這風險……還是如此風月之事。

楚瑜內心定下來，她抬頭看他，溫和道：「你別多想，我和顧楚生早已經過去了，我不是放不下的人。」

聽到這話，衛韞內心安定了許多，他抬手握著她的手：「那妳也別多想，那些姑娘我不會多看一眼的。」

楚瑜笑起來，輕輕拍了拍他的臉：「就知道說漂亮話哄我。」

說完，她將手抽出來，轉身道：「好了，回去吧，我哥怕是要來了。」

「嗯。」衛韞應了聲，緊隨在她後面走了出去。

等回到了城門前，沒過多久，楚臨陽的馬車就出現在視野裡。楚瑜一看見那個飄蕩著的「楚」字，便提著裙主動上前。

衛韞跟在她身後，看她高興地到了馬車前，歡喜道：「哥哥！」

車簾捲起來，率先露出了楚臨陽那張溫和中正的臉，他往旁邊側了側身，楚瑜就聽到謝韻含著哭腔從裡面衝了出來：「阿瑜！」

楚瑜聽到這話，便看見謝韻提著裙下了馬車，急切地拉著她：「妳可還好？」

楚瑜愣了片刻，抬眼看上去，卻見楚建昌和楚錦也從馬車裡走了出來。

「你們……怎麼……」

楚瑜一時思緒有些混亂，楚錦和謝韻本該在華京才對，就算不在華京，也該在洛州，怎麼隨著楚臨陽一起過來了？

楚錦知道她要說什麼，她笑了笑，溫和道：「妳不是在去順天府告狀前夜就通知我帶母親走嗎，我連夜趕了出來，然後直接去找了大哥，如今聽到大哥要來白嶺，我便同父親母親過來了。」

離開了華京浮華之地，楚錦也沒戴面紗，她面上刀疤淡了許多，破壞了過去那樣柔弱的美麗，卻多了一份瀟脫豪氣，讓她的氣質磊落清明，看得人十分舒適。

謝韻握著楚瑜的手，焦急地看著她道：「我聽說你們出了那樣大的事，我很擔心妳。妳說妳這孩子，這些年，怎麼就沒讓我省心過呢？妳一個，阿錦一個，我這輩子都快為妳們操心死了……」

聽到這話，楚錦、楚瑜相視一笑，說話間，楚臨陽扶著一個女子從馬車上走了下來，那女子身著淺藍色廣袖衫，姿態從容，帶著百年世家獨有的清貴，走到楚瑜面前。

楚瑜看見這人更驚訝了：「大嫂也來了？」

她知道謝純向來是不管事的性子，每日就喜歡待在屋中，能讓她出來，楚臨陽也是費了心思。

謝純聽到這話，輕輕一笑：「全家都來了，我自然也來了。」

「便當做散心吧。」

楚臨陽聲音平淡，不著痕跡將手搭在謝純肩上，楚瑜看見這個動作，臉色黑了黑。

謝純是個純正的世家嫡女，和她這種軍營長大的人完全不一樣。剛嫁進來的時候，她喜歡找謝純玩，但一巴掌就能把謝純拍吐血，從此以後楚臨陽就拒絕她接近謝純一丈之內，接近了就要被揍。

這麼多年過去了，楚臨陽對謝純的愛護，一如既往。對她這個妹子，依舊狠辣。

楚瑜有些無奈地看著楚臨陽的動作，衛韞走上前，笑著道：「一家人來了也好，嫂嫂許久沒回家過，一直惦念你們，大哥先帶著伯父、伯母們入城吧，等回去再慢慢敘舊。」

楚臨陽聽到這話，點了點頭，謝韻又問了楚瑜幾句，一行人才回了馬車，等所有人上去後，楚臨陽進馬車前突然回頭，盯著衛韞道：「晚上我有事，想單獨找侯爺好好談、一、談。」

他那個「談一談」說得咬牙切齒，衛韞直覺有什麼不好，他僵硬著臉，撐著笑道：「好，待到事畢，我就去找大哥。」

楚臨陽點點頭，進了馬車。等楚臨陽一行人走了以後，衛韞鬆了口氣，轉頭同楚瑜道：「阿瑜，妳哥會打人嗎？」

「嗯？」楚瑜有些奇怪：「你怕什麼？」

「妳說他要是把我打得快死了，我能還手嗎？」

楚瑜：「……」

「放心吧，」她淡道：「他不會打死你的，」說著，楚瑜雙手攏在袖中，看著遠方：「他要是真的動手了，你就跪著抱住他的大腿哭。」

楚瑜彷彿想起什麼很不堪的回憶，淡道：「哭得越大聲越好。」

衛韞聽到這話，居然有種似曾相識的感覺，他抬眼看向楚瑜，悠悠道：「原來妳哥也經常打妳啊。」

楚瑜回頭奇怪地看他：「衛珺也會打你？」

「我有六個哥哥，」衛韞比劃了一下，隨後道：「大哥動手最狠。」

楚瑜還真沒看出衛珺是這種人。

衛韞說著，眼裡帶著懷念：「我真的很想他們。」

楚瑜沒說話，片刻後，她淡淡道：「以後有我陪你。」

聽到這話，衛韞抿唇笑了，他垂下眼眸，看著地面，小聲道：「嗯，我也陪著妳。」

兩人說著話，宋世瀾也到了。他倒沒多說，恭恭敬敬客套了一番，便入城去。又等了一會兒，魏王的馬車也到了。

魏王是按照王爵的規格準備的儀仗隊伍，老遠就能看見旗幟飄揚，楚瑜和衛韞等在門口，見馬車緩緩而來，金色的馬車一前一後兩架，前面一架明顯大一些，馬車車簷雕蛟刻鳳，蛟龍口中銜珠，看上去氣派非凡。

馬車到了門口，除了衛韞和楚瑜，所有人都跪了下去，等著魏王出來，片刻後，侍從挑起簾子，一個紫衣金冠的中年男子從裡面走了出來。

他看上去四十多歲，正值壯年，氣度儒雅溫和，倒極為近人。他從馬車上踩著臺階下來，同衛韞互相行禮，兩人寒暄之時，楚瑜轉過頭去，便看後面那馬車之中步下一人來。

那人身著白色紗裙，髮上一對金翟髮簪，翟鳥口中銜珠，後面又插著一對步搖，步搖對稱在兩側，隨著她走動輕輕搖晃。

她一出現，所有人的目光都不由得看了過去，她長得極美，但氣質卻是極冷，她目光很淡，看上去眼裡似乎放不下任何人，因著如此，整個人彷彿不在這紅塵之中，哪怕頭頂華貴金飾，也遮不住那一身仙氣。

這世上美人有很多，然而能美出仙氣的人卻算不上多。

所有人屏著呼吸，衛韞不由得同魏王笑道：「清平郡主每次出現，周邊都沒了聲音，得女如此，王爺心中想必竊喜吧？」

魏王擺手輕笑：「該是操心才對。」

說話間，魏清平走到衛韞面前，她輕輕點了點頭，衛韞趕忙拱手：「見過郡主。」

「傷好了？」魏清平開口就熟稔地問，明顯是熟識之人。

楚瑜不由自主抬眼看向衛韞，卻見衛韞笑著道：「好了，這麼多年了，也當好了。」

魏清平點點頭，沒多問，只是道：「入骨纏的毒不容易解，好了就好。」

旁邊魏王笑起來：「原來清平當年救的人就是衛小侯爺啊？當年她執意要去天山取藥，我還不准，若早知道救的人是衛小侯爺這樣的當世英雄，我當全力支持才是！」

「王爺說笑了，郡主千金之身，您擔心才是對的。不過郡主救命之恩，衛韞沒齒難忘。」

說著衛韞躬身行了個大禮，魏清平面色不變受了，一行人寒暄過後，楚瑜衛韞親自送他們入了城。

等送著魏王和魏清平歇下，衛韞也有些乏了，然而他同楚瑜剛回去，便聽侍衛來報：「顧子初求見。」

衛韞和楚瑜對視一眼，楚瑜想了想道：「他應當是為了華京之事。」

衛韞點頭道：「讓他進來吧。」

衛韞抬手，讓顧楚生進來。

沒了片刻，顧楚生拿著文書走進來，行了個禮道：「見過鎮國候。」說著，他抬起身，然而目光卻不由自主落在楚瑜身上，他神色間有些詫異楚瑜為何在此，衛韞看出他的疑惑，抬手將手蓋在楚瑜的手背上，平淡道：「我的人，不妨事。」

這話出來，顧楚生的表情一時有些變化，楚瑜低垂下眼眸，似是認可這番話。衛韞見顧楚生捏緊了手中文書，他有些不滿道：「顧大學士若是無事，便先回去休息吧。」

「侯爺見諒，」顧楚生深吸一口氣，壓住內心翻滾著的情緒，淡道：「顧某此次前來，確有要事。」

說著，顧楚生跪坐下來，他整理了衣衫，抬起頭，看著衛韞道：「鎮國候可知，如今趙玥已和北狄通信，願傾巢之力，與北狄呈南北之勢共同夾擊白州？」

衛韞皺起眉頭，此事趙玥做得隱蔽，他尚不知曉。

然而衛韞還是點了點頭，示意已知。顧楚生繼續道：「鎮國候又可知，這四年征戰、加上趙玥暗中養軍、修建攬月樓等事，國庫早已撐不住，從兩年前開始，便加重稅負，百姓早已苦不堪言，然而哪怕如此，每年我大楚糧倉，卻都不能填滿應有之數。」

顧楚生說這些，楚瑜和衛韞都起眉頭。衛韞平靜道：「你說這些，我都知曉。」

「侯爺，如今大楚已是岌岌可危之勢，若稍有天災人禍，處理不當，怕是要屍橫遍野，百姓無依。侯爺，」顧楚生言辭懇切：「您當真要為您一己之私，置天下於刀尖嗎？」

聽到顧楚生說這話，楚瑜猛地想起來，如今是她二十一歲。

她二十一歲那年，洛州發生一場地震。那時候顧楚生不眠不休近一月有餘沒怎麼回來，她當時囿於內宅，在華京中一派歌舞昇平，也沒怎麼聽到地震的消息，想來是不太嚴重。

楚瑜暗暗回顧當年地震所有相關訊息，當初主要是青州汆城受災，這裡是姚勇的地方，楚瑜算了算時間，這一場地震……的確就在一月後。

她有些咋舌於顧楚生居然如今就開始擔心天災，可見國庫已經警戒到了怎樣程度。雖然有可能是顧楚生為了勸說衛韞所作的說辭，可無論如何，她都要早作防範才是。

她心中暗自盤算著時，衛韞卻輕笑起來：「顧大人真是憂國憂民，既然這樣，大人為何不勸勸金座上那位呢？今日你當是衛某想反？衛某也不過是困獸之鬥，求條生路而已。」

「侯爺是困獸之鬥，陛下何嘗又不是？若侯爺為了給自己求生路而放棄了天下人的生路，侯爺與趙玥，又有什麼差別？」

顧楚生緊盯著衛韞，衛韞端起茶，抿了一口，抬眼看他：「所以，我給顧大人留了一條路，不是嗎？」

顧楚生沒說話，衛韞平靜道：「長公主有孕了？」

聽到這話，顧楚生輕笑起來，那笑容冷漠薄涼，帶著些許嘲諷。

「侯爺果然料事如神。」

「我不是趙玥，」衛韞聲音平淡：「我想保護我的家人，可我也想保護天下人。顧楚生，選擇權一直在你們手中，而不是我。當年我就知道真相，可我還是讓他趙玥登基為帝，那是為了天下百姓。

「我給了趙玥選擇，如果他當一個好皇帝，走不到今天。可是是他荒淫無道，惹至民怨。我與將領前方廝殺，他在後方舉國之力修建攬月樓，草菅人命奢侈無度，他做的事，是我逼他的嗎？」

「是你讓長公主引誘他的！」顧楚生擲地有聲：「若非長公主要求，他怎會做這樣的事？」

聽到這話，楚瑜不免笑了。

顧楚生目光看過去，楚瑜嘆息了一聲：「禍國的總是女人，顧大人，您內心之中，亂這天下的怕不是趙玥，而是長公主吧？」

顧楚生抿唇不言，楚瑜淡道：「可是攬月樓不是長公主要的，盲目擴軍也不是長公主要的，趙玥到底是什麼人，你至今看不出來嗎？哪怕沒有長公主，趙玥也會有其他理由，早晚走到這條路上。你知道為什麼嗎？」

「從他登基那一天開始，他從來沒給過百姓一絲敬重。他為權勢坐上這個位子，只要他的權勢。如果他成為皇帝之後還不能讓他享樂，他隱忍這樣多年，又怎麼會甘心？」

楚瑜的話讓顧楚生愣了愣，他總覺得，趙玥哪怕最初錯了，可是錯了就錯了，也改不了，他總想找一條對所有人最好的路出來，他總認為，趙玥不會錯第二次。

然而他卻不曾想，如果一個人連動機都是錯的，又怎麼可能走到對的路上？

趙玥是為了那一人之下萬人之上的權勢登基，他沒有家人，沒有愛人，對這天下沒有半分感情和敬重，七萬熱血男兒的屍骨鋪在他的帝王之路上，都不會有半點愧疚，這樣的人，他得到權力之後，如果不濫用，又怎麼對得起他這樣多的謀劃？

顧楚生沒有說話，楚瑜平靜道：「不過，我說這些，顧大人也不是不明白，如今顧大人過來，想必是早已準備好了，是麼？」

沉默片刻後，顧楚生終於說：「我讓長公主假孕，同時給趙玥下了毒。五個月後，趙玥將再也不能動彈，我會想辦法壓住朝中局勢，直到長公主產期，我會找個孩子給長公主，假裝是長公主的孩子，然後我們輔佐他登基。」

顧楚生說著這些，目光裡沒有半分波瀾。楚瑜倒是十分驚詫，她太清楚顧楚生的性子了。他顧家一貫講究皇室血脈，正統嫡庶，然而他今日，卻要親手做混淆血脈之事？

楚瑜驚訝，衛韞卻十分平靜，似乎早已知道顧楚生的謀劃一般，淡道：「你想得開就好。」

「我希望這五個月內，你們和趙玥不要有太大規模的衝突。」顧楚生開口：「能不打就不打，如果要打，」顧楚生眼中神色晦暗：「就將青州拿下來！」

青州是姚勇的地盤，日後趙玥一死，沒有護著他的趙玥，姚勇早晚要反。如今拿下青州，一方面是斬了趙玥的左膀右臂，另一方面也是提前解決了隱患。

「我可以不打，可趙玥不會放過我。」

衛韞聽到這話，開口道：「王家稱王，他讓我去打王家，如今我自立為王，各方都在觀望，第一戰，他一定會想盡一切辦法挫了我的銳氣，否則天下之人，都將有樣學樣。而第一戰天下看著，」衛韞抬眼：「我不能輸。」

「我知曉。」顧楚生點頭，卻是道：「可第一戰我有辦法，讓你不戰而勝。」

「哦？」衛韞來了興致。

顧楚生抿了口茶：「首戰左前鋒，是一位故人。」

「誰？」

顧楚生抬眼，說出讓衛韞和楚瑜都有些驚訝的名字，「沈佑。」

「到時候我會想辦法煽動姚勇出戰，姚勇的性子你知道，一旦局勢不對，他不會強攻。到時候我們先陣前勸降沈佑，一旦沈佑降了，第一戰的士氣就落了，以姚勇的性格，絕不會立刻再戰。之後你們不要拖延，直取青州。」

顧楚生的手點在地圖上，看著衛韞，神色冷峻：「青州拿下，怕就是五月後了。五月後我全面掌握京中局勢，會宣布休戰，如今長公主對外宣稱孩子約有兩月，再等六個月，便可以早產之名『生』下一個孩子。」

「這個孩子，你從哪裡找？」衛韞頗有興趣。

顧楚生抬眼看向衛韞：「單憑王爺吩咐。」

「若這個孩子，是我的孩子呢？」

衛韞試探著詢問，顧楚生抬眼看他，衛韞面色不動，垂眸到楚瑜的手上，翻弄著楚瑜的手指。

顧楚生似有所悟，片刻後，他輕笑開來。

「若此子乃大夫人之子，」他神色鄭重：「顧某願視若己出，鞠躬盡瘁，輔佐至百年之後，江山盛世，天下太平。」

第十三章　自立為王

這話說出來，衛韞的臉色頓時不太好看，楚瑜輕咳了一聲，輕描淡寫轉了話題：「不知顧大人哪裡來的把握，一定能勸降沈佑？」

「沈佑是個好人。」

顧楚生也沒將方才話題繼續下去，他接了楚瑜的話，冷靜道：「他每一件事都想做好，想當一個忠義之人，所以他沒有背叛趙玥。可是他心裡又知道什麼是對什麼是錯，他愛慕六夫人，也愧對於衛家。他，」顧楚生抬手，輕輕放在自己胸口，認真道：「良心難安。」

衛韞點點頭：「我明瞭，顧大人的意思，我已知道。你放心，」他神色鄭重：「我會等到五月後。」

顧楚生舒了口氣，恭敬叩首：「顧某謝過侯爺。」

說完之後，他抬起頭，便起身告退下去。

等他退下後，楚瑜抬眼看向衛韞：「你問那些話做什麼？」

「我的意思，我以為妳明瞭。」衛韞抬眼看她：「我不想再讓衛家步當年後塵，我若輔佐一個帝王，我希望那個人，能是衛家人。」

「孩子不是你說有就能有的。」楚瑜皺起眉頭。

衛韞輕笑：「一個孩子，誰又知道是真是假？只要妳同意，」衛韞抬手，將手覆在楚瑜的腹間，他溫和道：「先隨便送一個孩子進宮，等妳懷了孕，將孩子生下來，我們再換回去，不也好嗎？」

「衛韞……」楚瑜微微顫著唇：「我不會讓我的孩子進宮。」

衛韞抬眼看她，楚瑜站起身，她身子有些發顫，卻還是咬牙同他道：「我希望我的孩子能好好過一輩子，你知道好好過一輩子是怎麼過嗎？是像普通人一樣，在父母身邊，無憂無慮，最大的煩惱只是今日的字沒有抄寫完。而不是在那深宮大院裡，頂著萬歲二字當一個傀儡！」

衛韞沒說話，楚瑜挺直了腰背：「我絕不會容許，你們將我的孩子，當成你們的棋子。」

聽到這話，衛韞苦笑：「我不過就是說說，都聽妳的。」

說著，他伸出手，抱住楚瑜，溫和道：「我只是想將最好的都給咱們的孩子，阿瑜，無能為力的感覺太苦了，我不想有第二次，也不想讓我的孩子去體會這種感覺。」

這話他說得很平靜，楚瑜愣了愣，待到反應過來他說的是什麼，她心裡驟然疼了起來。

他無能為力了五年。

五年前，他去白帝谷給父兄收屍，面對父兄的死無能為力；後來被下入天牢，看一家人跪在風雨之中，無能為力；再後來他困帝殺敵，以為報得家仇，卻在觸及真相時，還是無能為力；他蟄伏五年，終於等到今天。

他也是普通人家的孩子，這世上歡喜與天真，有時候看的並非你出身在什麼人家，而是命。

楚瑜突然明白他想讓孩子成為這世上最尊貴的人的原因，她抱著他，沙啞著聲：「小七……是我不好。」

是我在你年少時，沒能保護好你。

想到當年那狗爬的字跡變成如今剛勁雋美的筆跡，想到那多嘴多舌的少年成長為如今頂天立地的男人，楚瑜抱緊他，竟是一句責罵都說不出來。

兩人相擁片刻，楚瑜想著今日衛韞還忙，便起身離開，她又將所有明日要準備的都清點了一遍，清點之後，便聽長月走過來道：「夫人，老夫人讓妳過去。」

「嗯？」楚瑜有些疑惑：「老夫人叫我過去做什麼？」

「二夫人說，老夫人今日興致很高。」

楚瑜皺了皺眉頭，她隱約猜到是什麼事，按了按自己的袖子，她穩住心神，迅速去了柳雪陽屋中。柳雪陽正舉著畫，同旁邊蔣純笑著說什麼，她精神頭極好，許久沒見這樣高興的模樣，而蔣純跪坐在一旁，面上笑容卻是有些勉強。

楚瑜走進屋來，同柳雪陽行了禮，隨後便聽對方招呼道：「阿瑜來了，快來瞧瞧這姑娘如何？」

聽到這話，楚瑜便知道柳雪陽的意思了。蔣純打量她一眼，看她走上前，瞧著畫上的人，聽柳雪陽道：「這姑娘叫魏清平，聽說妳今日去接了，當真如這畫上一般好看嗎？」

「有過之而無不及。」楚瑜來時已經做好準備，神色平靜。

柳雪陽「呀」了一聲，稱讚道：「那的確是美人了，與我們阿瑜比，怕是不相上下。」

「各有各的好，」蔣純連忙開口，打岔道：「如今晚了，婆婆妳也累了吧？要不……」

「別啊，」柳雪陽拂開蔣純的攙扶，轉頭繼續同楚瑜打探道：「這位郡主性子如何，可驕縱？」

「並不驕縱，郡主只是不擅長人情處事，但心地善良，盛名在外。」

「好好好，」柳雪陽連連點頭：「我也聽說人家都叫她女菩薩，是個心腸好的。魏王手握重兵，清平郡主貌美心善，與我們小七倒也算是般配了。」

柳雪陽又問了魏清平幾句，楚瑜跪在一旁，一一答了，柳雪陽聽得心中歡喜，同楚瑜道：「我今個兒聽說了，以前小七在外面受了傷，就是清平郡主救的。她還一個人去了天山給小七採藥，一個姑娘獨自去天山採藥，何等情誼啊。這麼多年，小七從來沒對哪個姑娘有過心思，今日他還特意去接了是不是？」

「婆婆您這都說到哪裡去了？」蔣純笑著道：「魏王身分高貴，小七去接的是魏王，又不是郡主。」

「都一樣，」柳雪陽擺了擺手，同楚瑜繼續道：「明日啊，和咱們交好的人都來了，妳替小七好好留意著。他如今也弱冠了，他哥哥們在他的年紀，都早早定親了。阿珺同妳定親的時候，他才十三，妳還是個四歲的奶娃娃呢，他那時候還抱過妳，妳記得嗎？」

「不記得了。」楚瑜笑著搖頭。

柳雪陽嘆了口氣：「那真是可惜了。妳那時候可喜歡阿珺了，他要回來，妳還抱著他哭呢。不過小七也黏妳，那時候他也才三歲，妳哭，他也哭，阿珺可頭疼了……」

柳雪陽說著他們小時候的事，臉上帶著懷念，楚瑜靜靜聽著，一直到柳雪陽睏了，她侍奉著睡下，這才同蔣純走了出去。

等到出去後，蔣純嘆了口氣：「婆婆的話妳別放在心上，小七和清平郡主八字沒一撇的事兒，妳別瞎猜。」

「嗯。」

「婆婆如今覺得小七身分不同，她怕是以為小七要當皇帝……」

「我知曉。」

「阿瑜，」蔣純有些擔憂：「妳別難過。」

「我不難過。」楚瑜笑起來，她拍了拍蔣純的手：「妳別擔心，婆婆說這些話，我早準備好的。這條路我既然走了，便想好了。」

蔣純抿了抿唇，終於道：「阿瑜，妳為什麼不喜歡顧楚生呢？」

楚瑜沒說話，片刻後，她卻是笑起來：「那妳為何不喜歡宋世瀾呢？」

蔣純愣了愣，楚瑜握住她的手，低頭道：「妳的心意我知曉了，妳別擔心，我不會有事兒的。」

「回去睡吧。」

楚瑜彎眉輕笑，拍了拍她的肩。

等回了屋裡，她躺在床上，一個人的床有些空蕩蕩的。衛韞要準備明天封王大典，今日怕是不會來了。

楚瑜覺得特別累，她躺在床上，閉上眼睛，一夜睡得不大好，總是在做夢，一覺醒來，她聽到外面吵嚷，便詢問外面的人道：「幾時了？」

「回夫人，卯時了，侯爺已經開始準備了。」

楚瑜瞇了瞇眼，撐著自己起身：「我去看看。」

楚瑜洗漱完畢，到了衛韞屋中時，他已經穿戴好華服。今日是他封王大典和加冠禮合二為一，流程與普通冠禮不同，重在藉由這個日子讓所有參加冠禮之人知道如今衛韞的實力，從而不懼趙玥聲威，所以前面儀式大多省略，只保留了「加冠」這一件事在眾人前。

衛韞這一身服飾，黑色廣袖綢緞外套，金色捲雲紋路綢緞壓邊，背繡日月星辰，廣袖上繡十二神獸，紅色蔽膝垂在身前，朱雀展翅銜珠，華貴非常。

許多人圍繞在衛韞身邊，衛韞沒有父兄，楚臨陽、宋世瀾這些人便被請來當衛韞的兄弟，柳雪陽站在衛韞身後，含著眼淚說著什麼，衛韞坐在鏡子前，含笑答著話。

楚瑜靜靜瞧了一會兒，也沒進去，他身邊已經有很多人，不必去打擾。

楚瑜自己在屋中洗漱好後，穿上翟衣戴上金冠，到了時辰，便乘著轎子去了校場。

校場已經布置好了，賓客被引進來，逐一落座。楚瑜上前坐到高處，中間是衛韞的位子，她和柳雪陽的位子要比衛韞稍微高一些，又靠後一些。

她們兩人的位子上垂了珠簾，楚瑜進去時，柳雪陽笑著問她：「今早我瞧見妳來了，怎麼沒進來看看？」

「聽見小七那裡熱鬧，我便去看看，知道你們在高興什麼，便不上去添亂了。」

楚瑜笑了笑，從旁邊端了茶，和柳雪陽寒暄著：「婆婆吃過早點了麼？」

「喝了些粥。」柳雪陽隨意答了話。

沒多久，便聽鼓聲響起來，儀式正式開始了。

那鼓聲響得密集，隨著鼓聲響起，地面開始發顫，幾千士兵從校場遠處排列而入，他們每一步都跑得極其整齊，從入場到站定沒有亂下分毫。步兵、騎兵、弓箭手……

鼓聲之間，隨著士兵高呼之聲，一支完整的軍隊逐一而入。

柳雪陽靜靜瞧著，嘆了口氣道：「他的冠禮，本不該這樣動刀動槍的，不過這次藉著冠禮的名頭宴請了這樣多的賓客，他的意思怕不只於此吧？」

「正是如此，」楚瑜平靜道：「如今大家都在觀望侯爺和華京裡那位，侯爺要給天下一個定心丸。要結盟，至少要讓人看看實力才行。」

「妳哥哥那邊，」柳雪陽看著步兵在下方打著拳，貌似不經意道：「是如何想的？」

楚瑜沒想到柳雪陽會管到這些事上來，柳雪陽一貫不愛管事，今日卻突然發問了，楚瑜愣了片刻後，慢慢反應過來。

柳雪陽怕是不放心她了。

她不由得苦笑，只能據實以答：「我母親和大嫂都是謝家人，如今趙玥最大倚仗乃謝氏，我哥哥怕不會偏幫任何人。」

一面是妻子和母親的母族，一面是自己妹妹所嫁的人家。對於楚臨陽來說，誰都不管，或許是最可能的選擇。

柳雪陽皺了皺眉頭，片刻後，她嘆了口氣：「個人有個人的難處。」

說著，她們靜靜看著士兵在呼喝聲中排列成方正，然後統一跪了下去。全場一片寂靜聲中，衛韞從臺下提步走了上來，他跪立在蒲團上，陶泉抬著金冠站在他身後，他神色莊重，脊背挺得筆直。

他已經徹底長成青年模樣，五官硬挺，沒有了少時那幾分柔軟的線條。

他看上去如同一把利劍，在旭日下熠熠生輝，帶著破開那萬丈黑暗的堅韌華光。

所有人的目光都落在他身上，她看見禮官上前，拜請柳雪陽出席，柳雪陽由人攙扶著，走到衛韞面前。

「這本該，是由你父親來做的事。」

陶泉站在柳雪陽身後，柳雪陽平日聲音一貫嬌弱，卻在這一刻，用了足以讓大多數人都能聽到的音量，平穩又溫和道：「可如今你父兄都不在了，只能由我來你替你做。在你弱冠之年，母親沒有什麼想讓你做的事，只有一件，我兒可知是什麼？」

衛韞抬起頭，看著柳雪陽含著淚的眸子，認真開口：「請母親示下。」

「承我衛家家風，」柳雪陽抬起頭，驟然揚聲：「還得大楚盛世！」

說完，柳雪陽猛地回身，看向眾人：「我大楚建國以來，歷經四帝，我衛家乃帝王手中之劍，北境之牆，抵禦外敵，廣闊疆土，得我大楚千里江山，百姓無憂山河。」

「然而這些年來，百姓流離失所，不知凡幾；路上屍骨成堆，不知源何。猶記得當年，華京乃夢裡鄉，大楚乃國上國，路無遺骨，街無空室，可如今呢？」

「攬月樓金雕玉砌，皇宮中歌舞昇平，可皇城之下，苛捐重稅、民不聊生，縱使我衛家守住北境，奪回江山，可大楚也早已不是當年的大楚了。華京不是夢裡鄉，大楚不是國上國。」

「我如今乃天命之年，一生歷經無數，夫君兒子都戰死沙場，然而這並非令我最痛惜之事，老身最痛惜，乃是我大楚錚錚兒郎在此，卻眼睜睜看奸人當道，江山零落！」

「我兒，」柳雪陽閉上眼睛，沙啞道：「這天下人的脊骨都能斷，你不能。這天下人的頭都能低，你不能。縱使我衛家，僅剩下你和我等一干女眷，卻也不墮百年風骨，不折四世脊梁。」

「孩兒謹記。」

衛韞低下頭，聲音平靜淡然，彷彿這一句話，他已經說過無數次。

柳雪陽捧起金冠，含著眼淚戴到他頭上。

這是她兒子。

她唯一的、僅剩的兒子，她看著他從懵懂不知世事，成長至今日。哪怕他早已面對風霜雨雪，然而這一次，在柳雪陽心中，他才真正成人。

她給他戴上金冠，衛韞站起身，轉向眾人。

旭日高升，他身著王爵華服，頭頂金冠，整個人沐浴在晨光之中，似執光明之火而來，欲點九州黑暗於一燼。

「昏君當道，百姓無辜，衛韞承得天命，於今日舉事，自封為王，願我衛家，永為大楚利刃，護得百姓康定，盛世永昌！」

「百姓康定，盛世永昌！」

朱雀包裹著「衛」字的衛家家徽慢慢升起，士兵們陸陸續續跟隨著大喊。

楚瑜聽著下方聲音越來越大，如浪潮一樣捲席而來，似乎是要將衛韞、將她、將這時代包裹。

「百姓康定，盛世永昌！」

「百姓康定，盛世永昌！」

楚瑜靜靜看著背對著她的青年，他站立在最前方，狂風吹得他廣袖烈烈，金冠旁的墜珠在風中搖曳翻滾，他似乎是一個人，在面對著這世間所有狂風暴雨，然而他一派坦然，毫無懼色。

她看著他的背影，她突然特別想走過去，站到他身側，握住他的手，陪同他一起，看狂風驟雨，盛世安泰。

然而她卻只能坐在這高處，他長輩所在之處，以長輩的身分，陪同柳雪陽，靜靜凝望他。用冷靜壓抑內心那份敬仰和熱愛，用理智克制那份不顧一切想要擁抱的熱情。

直到他轉過身來，目光看向她。

他只是那麼輕輕一望，隔著晃動著珠簾，她看見他站在陽光下，驟然就笑了。

那是人群很難看到的角度，他那笑容正對著她。那笑容帶著幾分少年氣，帶著些許得意張揚，與他方才所有模樣，格格不入。

只是一瞬之間，他又偏過頭去，楚瑜坐在珠簾內，緊握著扶手，也不知道怎麼的，突然就哭了。她笑著落淚，抬手用帕子抹著眼淚。旁邊晚月有些擔憂道：「夫人？」

楚瑜擺著手，示意他不要說話。

晚月抿了抿唇，沒有多說。

等到整個儀式走完，所有人都散了，柳雪陽身體不適，由蔣純提前扶著走下去。

衛韞來到楚瑜珠簾前，他捲起珠簾，就看見那雙含著水汽的眼。

他不由得笑了：「怎的哭了？」

楚瑜含笑站起來，似是有些不好意思道：「風沙迷了眼，我揉得重了。」

衛韞沒說話，他笑著退開，恭敬迎她走出來。

她由晚月扶著，衛韞跟在她身後，衛韞送她走到人少的地方，悄悄握住她的手。

他還穿著方才那身華服，手的溫度卻一如既往。

「阿瑜，」他輕聲說：「妳知道我的字是什麼嗎？」

「是陶先生取的吧？」楚瑜想了想：「方才為何沒說呢？」

衛韞轉過頭來，笑著看著她：「不是陶先生取的，是我自己取的。」

楚瑜有些疑惑地抬眼，衛韞頓住步子，拉過她的手心，在她手上，一筆一劃寫下自己的字。

「懷……」楚瑜念出第一個字，然後她看見他寫下第二個字：「瑜……」

楚瑜愣了愣，衛韞將她的手包裹握住，似乎是將那個名字握在手裡。

「阿瑜，」他認真開口：「無論未來我走到哪一步，在妳面前，我一輩子，也只是衛七郎，衛懷瑜。」

楚瑜不知道該說衛韞心思纖細，還是說他每次都剛好撞在那個點上。

每次她心緒難安的時候，這個人總會恰到好處走過來，給她安撫。

她握著他的手，慢慢道：「還好你來了，」說著，她抬起頭，瞧著他笑起來：「方才我覺得，你離我特別遠。」

遠得她忽然就明白了，什麼叫悔叫夫君覓封侯。

「我知道，」衛韞拉著她的手，他低垂著眉眼，慢慢道：「阿瑜，我未來的路很長，我自己都不知道，我會走到哪一步。我也怕權勢迷了我的眼，怕榮華蝕了我的心，所以我告訴自己，人前我是衛韞，人後我只能是衛懷瑜。這一輩子，我永遠要像最初喜歡妳時一樣，這份感情乾乾淨淨的，容不得半點雜質。」

楚瑜不說話，她靜靜看著他：「若你當了皇帝呢？」

「當了皇帝如何？」

「三宮六院，總該有吧？」

衛韞笑了：「沒有，如果皇帝一定要有三宮六院，那我就不當了。」

「阿瑜，」他握著她的手，神色鄭重：「這世上沒有解決不了的事，如果在我身邊，要讓妳受這樣大的委屈，那就是我無能。這樣無能的男人，」他頓住聲音，片刻後，卻還是極其艱難開口：「棄了也不可惜。」

聽到這話，楚瑜驟然笑了。

「是你說的。」她聲音輕輕的：「衛懷瑜，你要守信用。」

衛韞看著她，抿唇笑開：「當然。」

兩人走了一段路，衛韞還有許多訪客要接待，楚瑜便先行回去。回到了衛府時，衛府裡十分熱鬧，遠遠就聽見女眷的笑聲，楚瑜走了進去，卻是柳雪陽和許多達官貴人的女眷正在說笑。

如今衛韞在外設宴，這些女眷就被安置在衛府，這是楚瑜一手安排，只是不曾想宴席居然開始得這麼早。

楚瑜有些詫異，她走了進去，便看蔣純站在門前，見她來了，楚瑜還沒開口，蔣純便知道了楚瑜要問什麼，苦笑著道：「婆婆先回來了，見許多女眷已經到了，便先開宴了。」

楚瑜點了點頭，抬眼看過去，便見柳雪陽正同魏清平在說什麼。魏清平面色沉靜如水，跪坐在柳雪陽身邊，柳雪陽握著她的手說笑，柳雪陽說一句，她應一句，看上去與這局面格格不入，似乎還有幾分不知所措。

楚瑜看出魏清平難受，她笑著走上前，同柳雪陽見禮，隨後和大家一一打了招呼，此時氣氛已經熱絡起來，楚瑜見魏清平有些坐立難安，便同魏清平道：「清平郡主看上去頗為煩悶，不如同我等出去逛逛園子？」

魏清平抬眼看來，眼裡帶著幾分感激。魏清平藉著楚瑜的臺階同柳雪陽請辭出去，楚瑜領著魏清平到了長廊，魏清平舒了口氣道：「多謝大夫人。」

「郡主似乎不擅長這樣的場合？」楚瑜雙手攏在袖間，含笑詢問。

魏清平點頭道：「甚少接觸這樣多話的女子。」

聽到這話，楚瑜忍不住笑出聲，轉頭看向魏清平：「妳這樣說我婆婆，就不怕我不喜？」

魏清平愣了愣，皺眉思索了一下，隨後點頭道：「是了，我不該同妳說這樣的話。」

楚瑜被魏清平逗得發笑，她領著她進了屋，從櫃子裡拿了酒壺，背對著她，語調平和：

「玩笑話而已，郡主不必放在心上。郡主走南闖北，本就不該拘於內宅，如此性情，」楚瑜轉頭看向魏清平，眼中帶了豔羨：「我甚為羨慕。」

魏清平沒說話，她看著楚瑜，一貫冰冷的面容裡帶著笑意：「但比起當年獨守鳳陵城的大夫人，清平不過是小打小鬧而已。」

楚瑜取了酒壺轉身，迎上魏清平的目光，片刻後，她慢慢道：「那已經是許多年前的事兒了。」

說著，她遞了一瓶酒給魏清平，領著魏清平走到長廊外，靠著柱子隨意坐了下來。

「聽聞郡主常年遊走於大江南北，懸壺濟世，想必有很多趣聞吧？」

「還好。」魏清平不是太會說話的人，就淡淡說了一句。

楚瑜笑了笑，喝了口酒，漫不經心道：「郡主和侯爺怎麼認識的？」

「三年前，外界傳聞他在白城抗敵，實際上他在河西，那時我在河西行醫，剛好遇見，就順手救了。」

「那時他中了毒？」

「入骨纏。」

「聽說郡主親自去天山取藥？」

魏清平聽到這話，沉默下來，沒有多說。楚瑜喝了一口酒，慢慢道：「怕是別有隱情，郡主不說無妨。一直是我同郡主找話，郡主沒什麼要問我的嗎？」

魏清平沒說話，她抬眼看向楚瑜。楚瑜容貌長得豔麗，她手腕極細，舉著酒壺喝酒的時候，衣袖落下來，露出那皓白如玉的手腕，將柔美與英氣混雜，帶著別樣的風流。

魏清平瞧著楚瑜的模樣，慢慢道：「大夫人可否同我說說北狄的事？」

沒想到魏清平問這個，楚瑜有些奇怪，然而她卻還是事無鉅細將當年的事一一說了。她如何偽裝進入北狄，如何尋找到衛韞，如何被追殺，如何帶著衛韞逃脫回到大楚……

楚瑜本就能說善道，過往事被她說得如故事一般，張弛有力，聽得魏清平睜著眼，眼裡全是崇拜。

楚瑜說了北狄又說鳳陵城，說完鳳陵城又說她年少在洛州的大大小小戰事。魏清平抱著酒壺坐在楚瑜身邊認真聽著，聽到最後，她酒意上來，激動道：「楚姐姐，妳同我走吧！」

楚瑜微微一愣，魏清平握住楚瑜的手，瞧著她，認真道：「妳不屬於這裡，妳同我走吧。以後我懸壺濟世，妳行俠仗義，國難來時，我們並肩救國，太平盛世，我們雲遊四方。妳不該囿於衛家後宅，」魏清平打了個酒嗝，艱難道：「妳看看妳現在，被他們蹉跎成什麼樣子了？我帶妳走，」她搖搖晃晃站起來，拉著楚瑜，認真道：「我帶妳去找老夫人，我要帶妳走。」

楚瑜沒動，魏清平轉過頭看她，疑惑道：「楚姐姐？」

「清平，」楚瑜笑了，有些無奈道：「回去休息吧，妳醉了。」

「妳不願意嗎？」

「清平，」楚瑜淡淡開口：「我沒有被誰蹉跎，只是英雄遲暮，美人黃昏，雖然可惜，卻都是攔不住的。」

「可妳才二十一歲。」

楚瑜微微一愣，魏清平蹲下身，認真道：「楚瑜，這外面有大好山河，別為一個衛家，誤了妳一輩子。」

楚瑜也不知道是不是酒意上來了，她腦子裡突然晃過了柳雪陽敲打她的話、晃過衛韞背對著她接受萬人朝拜的模樣。

其實她知道是真的，如今的衛家，已經不怎麼需要她了，她在這個後宅裡，慢慢變得連自己都不喜歡了。

她呆呆喝了口酒，聽魏清平再次開口：「楚瑜，我帶妳走。」

楚瑜轉眼看魏清平，她開口想要說什麼，就聽見一個冰冷的聲音響了起來：「郡主，妳醉了。」

魏清平和楚瑜同時轉過頭，便看見衛韞站在長廊轉角處，靜靜瞧著她們。

他神色很平靜，看不出喜怒，魏清平酒意未消，皺起眉頭。

「時月，送郡主去大廳。」

衛韞淡淡吩咐他身後的秦時月，聽到這個名字，魏清平抬起頭，神色有些恍惚。

秦時月走上前，恭敬道：「郡主，請。」

魏清平看著秦時月，酒似乎有些醒了，她看了看衛韞，又看了看楚瑜，抿了抿唇，終於還是轉身離開。

等庭院裡只剩下楚瑜和衛韞，衛韞走上前，蹲下身子，搖了搖楚瑜身邊的酒瓶，笑著道：「喝了不少。」

楚瑜沒說話，她扶著自己站起身，搖搖晃晃往前走去。

衛韞提著酒瓶，靜靜看著她的背影。

「我不知道我做錯了什麼。」他突然開口，楚瑜沒說話，衛韞看著她的背影，平靜道：「我以為我做的已經很好。妳要做任何事，我都沒有拒絕過，妳想要的任何東西，我都拼命想給妳。」

「可為什麼，」衛韞顫著聲：「妳還是要走？」

「你多想了。」

楚瑜有些疲憊，她淡淡回應，衛韞一把抓住她，猛地將她拽到懷裡，捏著她的下巴，紅著眼注視著她：「妳看著我！」

「妳要走對不對？」他顫抖著身子：「方才她說話妳沒有拒絕，她說在妳心上，妳想走，對不對？」

「衛韞，」楚瑜聲音冷靜：「放開。」

「我是哪裡做得不好？我是哪裡做得不對？」衛韞顫抖著聲：「為什麼五年前妳想走，

如今妳還是想走？」

「你說什麼？」

「五年前，」衛韞顫抖著聲：「我就知道，等衛家事了，妳就會走。」

「五年後，我以為我留住妳了，可實際上，妳還是想走。」

「妳告訴我，」衛韞抱著她，痛苦地閉上眼睛：「到底怎麼樣，妳才不走？」

「衛韞……」楚瑜有些疲憊：「這與你沒有干係。只是我自己沒有了位子。」

「妳要什麼位子？」衛韞捏緊了她的手：「妳要什麼位子我不能給妳？妳要一品誥命，還是要皇后，還是要……」

「我不知道。」楚瑜驟然開口：「不是權勢不是地位，是我自己，你明白嗎！」

楚瑜猛地推開他，她喘著粗氣，艱難出聲：「是我自己的位子，我楚瑜在衛家，應該有的位子。我如今算什麼？我如今是你的嫂子，是楚臨陽的妹妹。你母親心裡我早晚要嫁出去，她為你張羅著親事，她看上了魏清平，她一心一意，讓你娶一個有權有貌的女子。她心裡你堪比日月，我再好，」她咬牙出聲：「也是你嫂子。」

衛韞沒說話，他盯著她，冷聲道：「繼續。」

楚瑜沒說話，她閉上眼睛，有些疲憊道：「我喝了點酒，有點醉了，你別聽我瞎說。」說著，她伸手去拉扯他道：「我先去睡了……」

衛韞握緊她的手，一把將她拉扯回來，狠狠壓在牆上，聲音平靜又冷漠：「繼續說。」

楚瑜咬緊牙關，她看著衛韞笑起來，眼裡帶著嘲諷：「怎麼不說了？沒得說了，還是不願說了？」

無數屈辱湧上來，她身子微顫，衛韞瞧著她的樣子，平靜道：「再多說說。」

「我就看看，妳能羞辱自己，羞辱到什麼程度。」

「衛韞！」

「叫我衛懷瑜！」衛韞猛地提高聲音，他低下頭，靠近她，冷著聲道：「我母親給妳氣受了？她替我張羅婚事要娶魏清平，妳心裡壓著，妳不同我說？妳覺得如今衛家正是如日中天時候，不需要妳了，妳難受了，也不告訴我？楚瑜，在妳心裡，妳是不是覺得，我同妳在一起，我喜歡妳，我衛家人對妳好，就是圖著妳什麼，妳給不了我衛家什麼了，就沒價值了？」

說著，不等楚瑜回答，他捏著她的下巴抬起頭來，盯著她的眼睛：「妳是不是還想說，我母親要為我尋找一個達官貴女，妳是再嫁之身，妳還是我嫂子，於我名聲不好，妳楚家此次不會站隊，不會像魏清平一樣帶著魏王的權勢支持我，妳處處不如魏清平，妳要不要再勸勸我，娶了魏清平當正妻？」

「然後妳呢？妳同我就像現在一樣一直偷情？」

「你別把話說得這麼噁心。」

「是妳把事做得這麼噁心！」

衛韞猛地提了聲音。

他死死盯著她，彷彿鷹盯著野獸一般，他壓著怒火和委屈，箍著楚瑜，讓她動彈不得。

「你放開，」楚瑜皺起眉頭：「我們回去說。」

「我不回去。」

「被人看到……」

「那就看到！」

「楚瑜我告訴妳，」衛韞壓著楚瑜拼命掙扎著的身子，咬著牙：「我一定要娶妳。我怕妳不是心甘情願嫁我，怕妳還覺得沒走到這一步，所以現在我忍著，可是妳別以為我會忍一輩子。」

楚瑜微微一愣，衛韞看著她愣神的模樣，又狠又憐地低下頭，狠咬了她一口，舌頭探到她唇齒之間，攪了個翻天覆地，她試圖推他，他就壓著她的手，試圖踹他，他就壓著她的腿，兩個人死死貼在一起，許久之後，他終於滿意足，消了火氣。

楚瑜被他吻得氣喘吁吁，眼裡還帶著盈盈水光，看得衛韞喉頭動了動，然而他壓下這份火氣，替她拉好衣衫，從袖子裡拿出帕子，細細擦乾淨她的唇，又替她扶正了髮髻，終於道：「下次有氣，別自己撐著，同我說。不然我戰場上沒死，倒回家被妳氣死。」

楚瑜喘著氣，沒說話，就用那雙含著春情的眼瞪著他。

衛韞被她瞪笑了，他低頭親了親她的臉，附在她耳邊，溫和道：「叫我一聲夫君，天下我都給妳拿回來，嗯？」

「滾！」

「行了。」他笑著直起身，耐著性子，低頭將她的玉佩重新打了個結：「對付我母親這種事兒，妳不擅長，回去等著我。」

「不就是娶魏清平嗎？」衛韞抬頭，看著她笑了：「在房裡等我，今晚妳得好好獎勵我，知道麼？」

楚瑜不說話，她垂著眼眸，脾氣順了許多，衛韞抬頭瞧了瞧天色：「下雨了？」

說著，他解下大氅，替楚瑜披上。

他身上的溫度和味道瞬間包裹了她，她像一個小姑娘一樣，看著衛韞給她繫上大氅，溫和著道：「趕緊回去，別冷著了。」

說完，衛韞轉過身，便打算離開，楚瑜一把抓住衛韞。

「還不是時候，你別氣著你母親。」

衛韞明白楚瑜說的是什麼，如今的確不是適合公告他們關係的時候，他雖然生氣，卻沒有失了理智。

他拍了拍她的手，聲音沉穩又妥帖：「妳放心，我會好好處理的。」

說著，他招呼了一直守在一邊的晚月、長月出來，平靜道：「送妳們夫人回去，給她熬碗薑湯喝了。」

長月、晚月應了聲，衛韞看著楚瑜離開，等著楚瑜消失在長廊盡頭，衛韞從袖中拿出帕子，輕輕擦拭著唇角。

「近來我母親同大夫人說了什麼話，」他同隱藏在暗處的暗衛道：「查清楚。」

樹葉輕輕搖動，一人悄無聲息退出了院子。

衛韞抬眼看向前方長廊亮起來的燈火在風中輕輕搖曳，他冷笑：「活得不耐煩了。」

衛韞回了自己房間，將今日和宋世瀾、楚臨陽等人商議的情況梳理了一下，沒多久，暗衛就捧著一遝口供回來。衛韞在衛家各房都安插了眼線，如今要查事情，直接去眼線那裡收集情報。暗衛將口供奉上，沉穩道：「主子，老夫人同大夫人說的話都記錄在上面了。」

衛韞翻開口供，暗衛又道：「除了二夫人和六夫人，近來老夫人所有接觸過的人說的話，也都在這上面了。」

衛韞應了一聲，迅速翻看過去。看完之後，他畫了幾個名字，淡道：「將老夫人身邊侍奉的嫣紅查一遍，所有和嫣紅接觸過的人，全給我抓來。」

暗衛應下聲來，沒多久，就抓了一堆人壓進衛韞的院子。整個衛府鬧騰起來，楚瑜在房間裡聽到動靜，皺起眉頭：「怎麼了？」

長月立刻起身：「我去看看。」

沒多久，長月就回來道：「侯爺抓了一大堆下人，各房裡的都有，就連老夫人房裡的嫣紅都被抓了。」

嫣紅是柳雪陽一手養大的孤兒，頗得寵愛。抓了嫣紅，柳雪陽肯定要鬧起來。楚瑜想了片刻，起身匆匆趕到衛韞的院落中。

此時衛韞院落中已經跪了一地，柳雪陽站在衛韞身邊，絞著手帕，眼裡含著眼淚，瞧著一旁被扣押著的嫣紅。嫣紅下方跪著一個少女，看上去不過十七八歲的樣子，不停哭著道：「王爺，冤枉啊，沒人指使奴才，奴才真的是自個兒想的。奴才就聽說清平郡主人好，隨口同嫣紅姐姐一說而已。」

如今衛韞已經自封為王，上下都改了口。

衛韞聽到對方哭訴，也沒多說話，抿了口茶，神色平淡：「那妳又是聽誰說郡主人好呢？」

「是桂姨……」

「妳胡說！」

人群中一個婦人焦急地衝了出來，與那少女當場要廝打起來，場面亂作一團，楚瑜皺眉看著兩個女人廝打，少女低頭的那一瞬間，她隱約看見了什麼標記一閃而過，她皺起眉頭，驟然叫住：「停下！」

聽到楚瑜的聲音，旁邊侍衛立刻衝上去，將兩人壓住，楚瑜走上前，輕輕拉開了那少女脖頸上的衣服。一隻振翅欲飛的蝴蝶落入楚瑜眼中，楚瑜緊皺眉頭。

這隻蝴蝶，是顧楚生的線人的標誌。

他們紋繡在不同位置，用來互相辨認，從蝴蝶的顏色，可以辨認出這個人的在顧楚生手下的品級。這個少女的顏色是豔麗的緋紅，應當是品級極高了。

楚瑜猶豫片刻，提步走到衛韞身邊，彎下腰去，耳語了幾句。衛韞皺起眉頭，將衛秋叫來，吩咐下去。

「將全府之人，男女分開，脫光驗身，身上有蝴蝶標記的，全都留下來。」

衛秋點頭應聲，退了下去，全府人分開，那少女眼見不好，驟然提聲：「夫人！」

楚瑜頓住步子，少女聲音淒厲：「夫人，我等對您之心，天地可鑑啊！」

楚瑜沒說話，柳雪陽瞧了過來，楚瑜輕輕一笑，搖了搖頭道：「下去吧。」

而後她瞧向旁邊目中帶著疑問的衛韞，淡道：「若沒有觸犯大業之事，逐出府去，便就罷了。」

「妳知道是誰？」衛韞肯定出聲。

楚瑜點了點頭，平靜道：「我知道。」

說完，她同柳雪陽行了禮，退了下去。

等楚瑜退下，柳雪陽著急開口：「小七，你到底在做什麼？是有奸細混了進來嗎？」

「母親，」小七轉過身，扶住柳雪陽，淡道：「我們裡面說。」

柳雪陽有些忐忑，衛韞扶著柳雪陽坐到屋裡，遣退下人，平靜道：「聽別人說，母親想要為我找一位妻子。」

「你如今已弱冠了，」柳雪陽輕嘆：「早該娶妻了。再拖下去，怕是讓人笑話。」

「為什麼是魏清平？」

「起初的確是嫣紅同我說的，可不管怎麼說，嫣紅說的的確有道理，」柳雪陽絞著帕子，忐忑道：「清平郡主我也見過了，的確是個好的，我十分喜歡……」

「我不喜歡。」衛韞淡然開口。

柳雪陽微微一愣，有些詫異道：「我聽聞當年她救了你……」

「她不只救了我，當時救的是兩個人，我，還有秦時月秦將軍。」

秦時月父親和衛家是世交，他早年喪父喪母，之後寄養在衛家，從小當做公子一樣培養長大，如今乃衛家家臣，是衛韞最得力的手下。這人柳雪陽是認識的，她有些迷茫道：「這與時月有什麼關係……」

「當年郡主去天山，救我是順便，要救的是時月。」

這話讓柳雪陽睜大了眼睛，衛韞抿了口茶，平靜道：「時月身分低微，魏王不會允許，所以對外一直稱是同我來往。其實郡主看重的，是時月。」

「可時月的身分……」柳雪陽皺起眉頭，有些擔憂。衛韞抬眼看向柳雪陽，淡道：「無論他們身分如何，時月是我最好的兄弟，我都會為他想辦法。我與清平郡主之事，還望母親不要亂插手，以免我與時月產生誤會。如今是什麼關頭，我想母親應該明白。」

「可是，」柳雪陽硬著頭皮道：「就算不是清平郡主，你總該看上個姑娘，你已經二十了，如今沒娶妻，也沒子嗣，要是出了什麼事……」

柳雪陽紅了眼：「我就你與阿珺兩個孩子，阿珺什麼都沒留下，你若是有三長兩短……」

衛韞沒說話，他看著柳雪陽紅了眼，輕嘆了一聲，他走上前，跪在柳雪陽身前，握住柳雪陽保養得當的手，垂下眼眸道：「母親，我已經有喜歡的姑娘了。」

柳雪陽呆了呆，似是反應不來，片刻後，她才道：「是誰？我替你提親去。」

「我現在還娶不了她，」衛韞苦笑起來：「她還不願意嫁我，等以後她願意嫁給我了，您再去提親。」

「那至少先告訴我是誰啊？」柳雪陽有些焦急：「我替你相看著……」

「不用相看了，」衛韞低笑起來，眼裡帶著柔光：「她是特別好的姑娘，您一定會喜歡的。」

柳雪陽瞧著衛韞的神色，眼裡帶著些許暖意：「你一定很喜歡她吧？」

「很喜歡，」衛韞抬眼，彷彿少年人一般，認真道：「我這輩子，只想娶這一個姑娘。」

「我家小七，果然長大了，」柳雪陽低笑：「都已經有喜歡的姑娘了。你不告訴我那姑娘是誰，總該告訴我，那姑娘什麼樣子吧？」

衛韞沒說話，他想了想，搖搖頭：「我不知道怎麼說她。」

「可是，」他抬起頭，說得認真：「她真的，特別特別好。」

柳雪陽被他逗笑，抬起手指戳了他的額頭，有些無奈道：「你呀……」

柳雪陽拉著他，又說了一會兒，衛韞不肯說那姑娘是誰，兩人便商量著，等她答應了，柳雪陽要如何上門提親，要怎樣規格的聘禮，要怎樣的儀式。

說了許久，柳雪陽嘆息道：「到時候，也不知你大嫂還在不在衛府了。她年紀也大了，你替她相看的人，可有著落？」

「有了。」衛韞垂眸，眼裡帶著柔光：「那人很喜歡她，等我們這邊事兒了，他就去娶她。」

「那就好。」柳雪陽輕嘆：「你大嫂這輩子，太苦了。希望那個人好好疼她。」

「您放心，」衛韞溫和道：「那個人會對嫂嫂好的。」

兩人零零散散聊了一會兒，柳雪陽總算歇下了。衛韞安置好柳雪陽，走出房門。寒風夾雨撲面而來，衛韞神色冷淡，開口詢問身後的衛夏：「大夫人呢？」

衛夏猶豫片刻，終於還是開口：「在顧楚生那裡。」

衛韞沒說話，片刻後，他閉上眼睛，慢慢道：「拿傘來，我去接她。」

楚瑜很早便來了顧楚生這裡。

從衛韞院子出來，她便直奔顧楚生的住所，如今封王大典已經結束，許多人開始收拾行囊準備離開，楚瑜過去時，顧楚生的下人正在收拾東西，他卻是坐在小桌前，正認真煮著茶，似乎早就知道楚瑜要過來。

楚瑜抬了抬手，所有人便走了下去，楚瑜跪坐到顧楚生身前，顧楚生推了剛倒好的茶給她，平淡道：「天冷，喝杯茶暖暖身子。」

楚瑜沒有端茶，只是道：「你將人安插在老夫人身邊做什麼？」

「說得好像你們衛府沒有安插人手在顧府一樣。」顧楚生輕笑。

楚瑜抿了抿唇，肯定道：「是你煽動老夫人讓衛韞娶魏清平。」

「不好麼？」顧楚生抬眼：「我說的可都是大實話，可以說是處處替衛韞著想了。魏王之權勢，魏清平之美貌，難道不是衛韞最好的正妻人選？」

楚瑜沒說話，她握住茶杯，感受著茶杯上傳遞過來的溫度。顧楚生瞧著外面下著的秋雨，慢慢道：「馬上就要入冬了，白嶺寒涼，不若隨我回華京避寒吧？」

沒有人回應，顧楚生也不意外，他平靜開口：「其實我不介意，妳失身於他，甚至妳嫁給他，妳懷上他的孩子，我都不介意。阿瑜，」他眉眼間帶著笑意：「妳在他身邊待不久的。」

「你又知道？」

「我是讓人挑撥了老夫人，可是，我所說的話，哪一句不是實話？阿瑜，衛韞日後的路還很長，他會越走越難。等他走得艱難的時候，等他沒有那麼愛妳的時候，妳又知道，他不會怨恨？」

「他不會想，倘若當年娶的是魏清平，那就好了？」

楚瑜沒說話，顧楚生喝著溫茶，靜靜等著楚瑜開口。許久後，她慢慢道：「那也該等到那時候，等到他同我說這一句話。」

說著，她放下茶杯，準備起身：「你的人我讓衛韞不動，你帶走吧。以後別盯著衛家。回去好好準備，五個月後，我同衛韞滅了姚勇，帶兵入京。」

話剛說完，顧楚生一把捏住她的手腕。他捏得很重，楚瑜微微皺眉，抬眼看他。

「為什麼不能是我？」

他的聲音微微發顫，似乎在努力克制著自己，他抬眼看向楚瑜，眼中無數情緒紛雜。楚瑜靜靜看著他，只是道：「放手。」

「妳要的生活他給不了，妳要的人生他給不起。」

「那你又能嗎？」

「顧楚生，」楚瑜神色平穩淡然：「我不是沒有給過你機會，我給了，我試過，可是我們不合適。」

顧楚生微微愣住，楚瑜抬手板開他的手指，一根接一根，顧楚生執拗地看著她，眼淚盈在眼睛裡，固執著不肯放手。

「你信人有上輩子嗎？」

「我信。」

「上輩子，我曾經嫁過你。」楚瑜低啞道。

顧楚生另一隻手也用上，抓著她的手腕，不肯放手：「那妳這輩子，也嫁給我。」

「那時候你不喜歡我。」楚瑜有些疲憊，慢慢放緩了動作，艱澀道：「我做了很多，我給你的私奔信你沒要，所以我自己偷偷去找你。我找到了你，陪你待在昆陽，那時候你特別窮，」楚瑜抬眼看他，眼裡含著眼淚，顧楚生愣在那裡，看著楚瑜抬起眼，看向窗外，「你住的地方，下雨會漏雨，你拿了木盆接著，我夜裡睡不著，你抱著我，合著雨滴聲給我唱歌，同我說，妳聽這雨聲，是不是也很好聽？」

「我覺得特別好聽。」楚瑜破涕而笑。

顧楚生忍不住也笑了，沙啞道：「然後呢？」

「所以那時候，我就想，你喜歡我。你只是脾氣不好，你還是喜歡我的。」

「所以我為你做了很多……很多很多……」楚瑜含著笑，卻仍舊忍不住，淚落如雨。

她說起那些年，他就靜靜聽著。

他從來沒有聽過她說那些年，他記憶裡那些年，她就是那副鮮衣怒馬的模樣，後來便是病懨懨的模樣。他第一次從她的角度，這麼認真聽她那時候的喜怒哀樂。

原來那個在戰場上廝殺的姑娘，也會在心裡忐忑不安；原來她嘲諷著他無能時，不過是自己難過到極點時瘋狂的反撲。

他突然想，如果當年他沒那麼年少，如果楚瑜像現在一樣，能用這樣平靜的姿態同他說所有的一切，是不是會有不一樣的結局。

「我花了一輩子，」楚瑜沙啞開口：「我用了長月的命、用了我楚家的敗落，去求這一份感情，你曾經得到過的，顧楚生，」她語調平淡：「可是，是你不要。」

「你不是愛我，」楚瑜的目光落到顧楚生握著她的手上：「你只是執著。你得到的時候，你就不覺得我那麼好了。」

「那麼，」顧楚生沙啞道：「如果妳說的這一輩子，真的存在，看著如今的我，妳為什麼不殺了我？」

楚瑜沒說話，顧楚生盯著她：「我這樣壞，我害死了長月，我害了妳一輩子，妳為什麼，不殺了我？」

外面冷雨淒淒，楚瑜看著面前的青年，他已經是她記憶裡顧楚生的模樣了，眼神氣度，分毫不差。他也走到了內閣大學士的位子，甚至比上輩子，還要快一些。

她靜靜看著他，許久後，終於道：「上輩子的事，其實錯多在我。長月是楚錦打死的，你當時並不知道。而路是我選的，你不喜歡我而已。最重要的是，上輩子的事，我不牽扯到這輩子，這輩子，你什麼都沒做。」

顧楚生捏起拳頭，楚瑜神色坦然：「你雖然數次打算加害衛家，最後卻都收了手。你雖然總是打算作惡，最後卻都停下。而這些年，趙玥作惡，衛韞征伐，你在後方調整戶部，懲治貪官，鼓勵商貿，才勉強維持住大楚的平衡。顧楚生，你所作所為我看在眼裡，其實你沒有你想像中壞。」

「我有。」顧楚生咬牙：「我比妳想像更壞，我不作惡，只是捨不得妳。」

她不知道他的上輩子，在她死後，走到怎樣的程度。他本就是頭惡獸，她是韁繩。她活著時，他怕她看不起，她死後，他就走在不歸路上，為所欲為。

然而聽他的話，楚瑜還是忍不住笑了。她看著面前的人強撐的模樣，輕聲道：「顧楚生，其實哪怕上輩子，你都沒你想像中壞，我會喜歡你，不是白白喜歡的。」

顧楚生愣愣地看著她，楚瑜嘆息，她站起身，從旁邊取了傘，輕聲道：「以後別做傻事了，顧楚生，人的原諒有限度，你若再這樣下去，或許有一天，」她輕輕歪頭：「我真的會殺了你呢？」

顧楚生沒說話，他看著女子彎眉輕笑的模樣，他突然意識到，這大概是最後一次了。他已經拼盡全力，如果還留不住她，那大概是真的，再也留不住。

他顫抖著身子，不知從哪裡，突然有了勇氣。

他撐著自己站起來，猛地叫出她的名字：「楚瑜！」

楚瑜頓住腳步，聽見身後的人沙啞開口：「哪怕上輩子，我也是喜歡妳的。」

楚瑜猛地回頭，呆呆看著面前人。顧楚生艱難笑開，他慘白著臉，抬起手，放在自己胸口。

「上輩子，我第一次見妳，」他眼淚落下來，沙啞道：「我就，特別、特別、喜歡妳。」

「可是我不懂，」他慢慢走上前：「我看不起這樣的自己，我特別討厭妳高高在上的樣子，我覺得妳不該喜歡我這樣的人，妳該喜歡衛珺，甚至是衛韞。妳喜歡我，就是瞎了眼。」

楚瑜不可思議地看著他，看著他走到面前，看著他看著她：「所以妳說錯了，」他艱難道：「哪怕得到妳，我也喜歡妳。我喜歡妳這件事，不是十年，二十年，是從我上輩子的十二歲，到這輩子。妳讓我放手，我也想放，可我放不開。妳讓我不忘初心，可是我的初心是妳，我沒忘。」

顧楚生慢慢跪下，仰頭看著她。

「阿瑜，」他沙啞道：「對不起。」

說著，他顫抖著伸出手，握住她的手：「我求求妳……回來吧……」

「上輩子、這輩子……」他猛地嚎啕出聲：「我輸不起了。我真的，輸不起了。」

楚瑜呆呆看著他，腦中思緒紛亂。

片刻後，一個聲音從長廊盡頭平淡又冷靜地傳來。

他的聲音如這夜雨，平穩中帶著徹骨的冷意。

「阿瑜，」楚瑜和顧楚生同時尋聲看去，長廊盡頭，男子白衣長衫，手執六十四骨節竹傘，神色安穩從容。他靜靜看著楚瑜，燈火跳躍在他隱忍的目光裡，那琉璃一樣漂亮的眼裡，有無數情緒翻滾，可他沒有表現，沒有縱容，他克制著所有情緒，抬起手，平靜道：「到我身邊來。」

第十四章　前世

楚瑜腦子有些發懵，她呆呆地看著長廊盡頭的衛韞，他什麼都沒說，就只是靜靜站在那裡，目光無悲無喜，然而身子卻隱隱發顫。

顧楚生握著她的手，在她提步前一秒，他猛地意識到什麼，他緊緊握住她，沙啞道：「阿瑜，妳別走，妳不要離開我。」

楚瑜沒說話，她低下頭去，看著顧楚生滿是祈求的臉。

好久後，她終於回過神，艱澀道：「你怎麼敢？」

怎麼敢說出來？怎麼敢告訴她？

難道他以為，所有的傷害，一句對不起就可以解決。

所有的痛苦，跪一下就能煙消雲散。

她顫抖著身子，眼淚幾欲滾落而出，她想將她的手抽出去，而他卻固執不放，他知道她要做什麼，然而他不能讓他做。

他輪光了所有底牌，他嘗試了所有可能，她如果走了，他真的毫無辦法。

於是他只能笨拙地拉她，她痛苦地想要抽手，他反覆道：「我錯了，我真的錯了，阿瑜，我不會再犯了。我知道妳要什麼，我知道怎麼愛妳，我比任何人都能更好的對妳，阿瑜……」

「放開。」楚瑜聲音顫抖，她已經極力克制，可那些爆炸開來的情緒，仍舊迴盪在她的心裡。

她的眼淚撲簌而落，而那個一貫姿態從容的青年，卻彷彿放下了所有自尊，他糾纏不放，痛苦道：「我不放，我不能放！」

雨聲變大，燈火之下，那兩人都狼狽不堪。

衛韞站在不遠處，他靜靜地看著他們，他覺得自己站得很近，可兩個人卻怎麼看都覺得這麼遙遠。他們好像有一個無形的世界，將他隔離開來。

他早已遣退了下人，清退了周邊所有暗衛眼線，整個庭院裡只有他們三個人，他一貫被別人誇讚有勇有謀，他面對千軍萬馬從容有餘，卻在這一刻覺得，自己彷彿失了方寸。

他不知道要做什麼，於是他除了站著，竟然什麼都做不了。

他看著那兩人，體會著他們之間那些澎湃的情緒，好久後，他終於開口：「顧大人，夠了。」

顧楚生愣了愣，他看見衛韞收起傘，走到他們身邊。

衛韞抬起手，輕輕搭落在顧楚生手上。

「顧大人，」他平靜開口：「凡事都有界線，你已經走到了那一步，走不過去，就該放手回頭。」

顧楚生沒說話，他靜靜看著衛韞。

「她是，」顧楚生艱難開口：「她是我顧府大夫人。」

衛韞垂下眼眸，握著顧楚生的手，他沒用力，卻是道：「煩請您放手。」

「她是我同床共枕十二年，進了我顧家祖墳，和我合葬在一起的顧大夫人。」

「煩請放手。」

「衛韞，」顧楚生終於感受到手腕上傳來的力度，疼得他發顫，可他固執著沒有放手，盯著衛韞，一字一句：「她是我妻子。」

衛韞捏著他的手微微一鬆，睫毛顫了顫，而後他又控制住力道，將顧楚生的手從楚瑜身上一點一點試圖拖下來。

顧楚生瘋狂掙扎起來，衛韞沒動，他拳打腳踢，衛韞沒有還手，他只是將他的手一點一點抽出來。

如同他的感情，一分一分，生拉硬拽，從那個人生命裡拖了出去。

顧楚生悸動嚎哭，衛韞平穩自持。顧楚生終於抑制不住，嘶吼出聲。

「你算什麼東西？衛韞，她是你嫂子，上輩子，她是我明媒正娶的妻子，這輩子，她是你大哥明媒正娶的妻子，你什麼身分，在這裡管我同她的事？」

衛韞沒說話，他將楚瑜護在身後，看著被他推開的顧楚生，平靜道：「顧大人，回去吧，該做什麼，便去做什麼。」

顧楚生坐在地上，喘息著看著他們，衛韞看著顧楚生的樣子，眼裡帶著憐憫，卻不知是憐憫他，還是憐憫自己。

「回去吧，」他沙啞開口：「您是內閣大學士，這天下還有許多事等著您，有許多百姓仰仗您。不要在這裡糾纏一個婦人，不成體統。」

聽到這話，顧楚生低低笑了。

「衛韞……我真沒想到，這輩子能從你口裡，聽到體統兩個字。」

衛韞雙手攏在袖間，聽著風雨聲，聽著他道：「衛韞，上輩子，我就是顧著體統，顧著太多人，她死的那天，我坐在靈堂，還在批閱文書。」

「可你知道麼，」顧楚生的聲音夾雜在雨裡，慢慢低下去：「然後你就會發現，你被打磨了少年銳氣，少了那份世人最愛的鮮活風流後，所有人只會離你越來越遠。愛你的人越來越少，路越走越窄。最後你被人供在祭壇上，活得像一座牌位。」

「你以為我為什麼輸給你？」顧楚生笑起來，他撐著自己，慢慢站起來，他盯著他，狂笑道：「我不是輸給你衛韞，我是輸給了時間，輸給了我自己。我走了太多路了……」他沙啞道：「她最愛的乾淨我沒有、勇氣我沒有、純粹我沒有。」

「她最愛我的時候……」顧楚生看著楚瑜，眼裡帶著茫然：「她最愛我的時候……」

也是他少年時。

他紅衣金冠，意氣風發。他任昆陽縣令，帶百姓避難；他以文臣之身，穿梭於戰場。她最愛他的時候，是他駕馬而來，光明坦蕩；是他扶著糧草而來，哪怕全身傷痕累累，也要抬頭同她說：「妳別管我，把糧草護好。」

「衛韞，」他的聲音低下去：「你走了這條路，註定護不好她。你只會蹉跎她，不如放手。」

聽到這話，衛韞慢慢笑了。

「顧楚生，」他的笑容裡全是苦澀：「她從來不是我的，你想要，該問她願不願意，而不是讓我放手。」

「你與我最大的不同，」他看著顧楚生，艱澀道：「那便是，你愛著一個人，你覺得你們是雙方的，所以沒有了自己。我愛一個人，卻從不覺得，她屬於我，或者我屬於她。」

「我是衛韞，是鎮國候，是如今的平王，我有我的責任，有我要走的路。她也一樣。」

楚瑜聽著他的話，慢慢抬起頭，仰望著身側青年。

風雨吹進來，他面色沉靜泰然，克制著情緒，與她和顧楚生失態的模樣截然不同。他從風雨中走來，早已被雨水濕了衣衫，卻未曾影響他半分。他看著顧楚生，聲音平穩從容：「她是楚瑜，是衛家大夫人，是一品誥命，也是軍中北鳳將軍。她的人生遠不只你我，她不屬於誰，她愛誰，不愛誰，我管不了；她要留在衛家，還是要跟你去華京，或者雲遊天下，我也管不了。」

「你讓我放手，」衛韞艱難地笑了：「又何從談起？」

「你從沒給過她感情應該有的樣子，」衛韞靜靜看著顧楚生：「你沒讓她在感情裡學會張揚自立，沒有讓她感受過感情會是她最好的壁壘，時至今日，你也沒能明白，談好一份感情，得先做好一個人。所以，別糾纏了。」

他彎下腰，拿起旁邊的傘，淡道：「回去吧，先當好顧楚生，再來愛一個人。」

說完，他抬起手，握住楚瑜的手。

他的手很暖，在溫度湧過來的那一刻，她感覺自己彷彿淹沒在深水裡的人，被人驟然打撈起來。

如果顧楚生的愛是將她拖下窒息的沼澤，這個人就猶如小船一般，托著她走向彼岸。

她靜靜跟著他，路過大雨的地方，他撐著傘，將傘傾斜下來，遮住大雨。他們走到屋中，他讓人準備了薑茶，又給她拿了衣服，垂下眼眸道：「先換了吧，別受寒。」

楚瑜低低應聲，他的神態太平和，平和得讓她也隨之安定下去。

她換好了衣服，晚月端了薑湯上來，楚瑜抱著碗，衛韞拿了帕子，站在她身後，輕輕擦拭著她的頭髮。

她慢慢鎮定下來，在溫暖中找回那份理智，身後的人動作輕柔小心，等將她的頭髮擦乾後，他從她手裡拿過喝完的碗，低聲道：「先睡吧，我還有許多事，先回去了。」

「小七，」楚瑜終於開口：「你沒什麼想問我的嗎？」

衛韞背對著她，好久後，他終於道：「改日吧。」

楚瑜低低應了聲，衛韞往外走了幾步，又頓住了步子。

「阿瑜，」他聲音沙啞，楚瑜抬起頭，看著他的背影，聽他道：「我也會難過的。」

哪怕他做得再好，假裝得再淡定，再從容。

可是他畢竟是人。

楚瑜呆呆地看著他，面前的青年轉過身，他艱難地笑了笑，沙啞著聲道：「妳能不能過來，」他彷彿少年時一樣，可是這句話，他說得那麼難，那麼慢，他說：「妳能不能走過來，抱抱我？」

讓我知道，這份感情，不是我一個人在努力。

讓我明白，這份感情，會有所回應。

楚瑜看著他，對方等了片刻，沒有等到什麼，衛韞低頭輕笑，似又恢復平時那沉穩從容的模樣，他轉過身去，溫和道：「無事了，我先回去了。」

然而話剛說完，他便被人猛地從身後撲來，死死抱在懷裡。

楚瑜在他背後，用額頭抵住他，她的溫度從他身後傳遞而來，衛韞呆呆地看著門外搖晃的燈火，不知道怎麼的，眼淚就落下來了。

楚瑜在他背後抱著他，衛韞沒敢回頭，沒敢眨眼，他沙啞著聲音，慢慢開口。

「我不知道怎麼了，我不知道該怎麼做。」

「阿瑜，」他沙啞道：「其實顧楚生說得對，人都愛少年，我有時候會想，十五歲那年在北狄，妳背著我走過萬水千山，那時候我覺得世界特別美好。那時候衛秋、衛夏還會和我鬧著玩，沈無雙話也比現在多，母親面對我不會忐忑不安，那時候妳還會抱著我，叫我小七。」

「可現在呢，我自己都不知道是怎麼了。」

「衛秋、衛夏很少同我說笑，沈無雙也開始變得恭恭敬敬，母親有話就在心裡，從來不同我說，便就是妳……」衛韞看著搖曳的燈籠，沙啞道：「也變了。」

「我自問沒做錯什麼，我努力護著每一個人，我學會克制、忍耐、包容、果斷，」衛韞慢慢閉上眼睛，聲音中帶著隱約的哭腔：「可每個人都還是離我越來越遠，敬而不愛，賞而不親。可我做錯了什麼呢？」

衛韞聲音顫抖，他似是有些克制不住，在楚瑜懷裡，慢慢佝僂下身子，他抬起手，捂住自己的臉，猛地爆哭出聲：「我只是長大了而已。」

他只是長大了而已。

一個人長大後，他說的每一句話都會變得懷有深意，他的每一個動機都會被視為包含野心。

他已經很努力了，他努力想讓身邊每個人過得好，他努力想要擁抱住身後這個人，她所有擔憂的惶恐的不安的，他都在為她解決，可世界還是沒有變成他想要的樣子。

可他做錯了什麼呢？

她曾把自己最美好的給了顧楚生，她能放下所有夜雨私奔去找顧楚生，她能帶著絕不回頭的勇氣去愛那個不會愛她的人，然後顧楚生做錯了，跪地祈求，還能得到她的心軟心疼。

他小心翼翼給她所有美好，他為她向趙玥求了一品誥命、北鳳將軍的位子，他為追趕上她努力成長，想要為她遮風避雨。她不夠喜歡他，他就等著她，可她還是越走越遠，他不知道怎麼留住她，他甚至不敢像顧楚生一樣開口強求留住她。

因為他知道，如果他留她，她就會留下來。

於是他什麼都不敢說，只能在這個雨夜裡，在她懷裡，握著她的手，嚎啕大哭。

他許多年沒這麼哭過，楚瑜死死抱緊他，尖銳的疼痛湧上來，她咬緊牙關。

她第一次這樣真切的感受到，衛韞比她想像的，過得更難更苦。

只是有些人從不將傷口展示給人看，於是哪怕發膿發爛，別人也以為他雲淡風輕。

她想起五年前在沙城，衛韞泡在沈無雙給的藥水裡，他掙扎痛哭，抱著她叫她，嫂嫂，我疼。

年少時他尚能說出這樣的話，長大後他卻是連「我疼」兩個字都再也說不出來，反而只是問她，我哪裡做的不好？

沒有哪裡做的不好。

楚瑜咬著牙關，她聽著他的哭聲，想起自己年少。

她不公平。

哪怕他從沒開口，可她卻清楚意識到，這份感情，她太不公平。她把顧楚生給她的傷口留給衛韞，顧楚生拘束她，她就以顧家大夫人的姿態活在衛家，卻忘記了當年衛韞從北狄回來，給趙玥的三個條件裡，就為她求了軍職；顧楚生辜負她，她就忐忑不安，等待著衛韞有一日辜負，卻沒看到衛韞將這份感情放在心裡五年，從未褪色半分。

她把最好的自己給了做錯事的顧楚生，卻將最不好的自己交給什麼都沒做錯的衛韞。

一份感情無論如何都會有磨難，痛苦與甘甜相伴相隨，包容與自由相偎相依。衛韞為她努力鋪好所有路，她卻連走上去的勇氣都沒有。

她深吸一口氣，收緊了手臂。

她突然想，如果回到十五歲那年，如果她沒有嫁給顧楚生，沒有經歷歲月磋磨，在最美好的歲月裡，她遇見這個人，她會做什麼？

當這個念頭閃出來，她便低下頭，狠狠啃咬在這個人唇上。

哭聲和眼淚交織在這個吻裡，她將衛韞壓在身下，將手指滑進他的手裡，十指扣在一起。

她從未這樣放縱親吻過他，沒半點技巧，莽撞又熱情。衛韞在她身下，慢慢握緊她的手。

「衛韞，」楚瑜直起身子，認真地看著他：「我和你坦白，我活過一輩子了。」

「我方才，聽見了。」

衛韞看著坐在身上的人，他繃緊了身子，有些害怕她要說出口的話，楚瑜靜靜凝視著身下的人，平靜道：「我嫁過人，有過孩子。」

「我知道。」

衛韞垂下眼眸，不自覺握緊了和她交扣的十指，然而又想到什麼，慢慢鬆開。

楚瑜俯下身，頭髮垂落在他身邊，她靜靜看著他，溫和道：「我以前，對你不好。」

「沒有……」衛韞沙啞道：「是我求的太多。」

「你應該求的，」楚瑜抬起手，覆在他的面容上，神色溫柔：「我曾經有過很好的樣子，我那時候很勇敢，你想要的，作為戀人，我該給你。可是我給了別人，沒有給你。」

「別說了！」衛韞似乎有些難堪，他想要起身，楚瑜抬起手，猛地將他壓下去，她看著他，神色鄭重。

「所以衛韞，」她的目光落在他的眼裡，交織糾纏，她靜靜看著他，平靜道：「我們重新開始，好不好？」

衛韞愣了愣，似乎沒有明白，楚瑜抬起手，將髮簪從自己頭髮上取下。青絲如瀑而落，她眼裡還帶著水汽，然而眼角眉梢卻都是笑意。

「如果我十五歲，我看上你，」她抬起手，取下自己的腰帶，衛韞呆呆看著，看她衣衫散開，俯下身來：「你若喜歡我，那麼便是今朝有酒今朝醉，你看好不好？」

衛韞沒說話，他的目光轉向旁邊，張了張口，似要說什麼，楚瑜抬手落入他髮間，溫柔道：「你喜不喜歡我？」

「喜歡。」這一聲喜歡來得毫不遲疑，卻帶著哭腔和委屈。

楚瑜輕聲笑了。她低下頭，含住他的唇，溫柔道：「那就夠了。」

那就夠了。

雨打秋葉，長廊帶寒，他們擁抱、親吻，從地面到床上，酣暢淋漓。

當高潮驟然來臨時，他死死抱住她，盡數埋沒在她身體裡。

他顫抖著身子，死死抱緊她。

他擁抱著她，他感受著她，他那一瞬間突然發現，哪怕這一刻她說她要走，他也不害怕。

因為他知道，這時候的楚瑜，是真的愛著他。

那一晚很長。

楚瑜記憶裡，他們肆無忌憚做了一次又一次。最極端那一刻來臨的時候，他們會死死擁抱在一起，滅頂快感沖刷而來，他們一起喘息，擁吻，感覺氣息和身體糾纏，好像要將對方融入自己身體裡。

這是人類表達愛情最原始的方式，如果你愛著這個人，你會想要拼命與他交織相容，你會不顧一切試圖接納他，纏繞他。

沒有任何技巧，青年最簡單的律動，也能讓人感覺喜悅歡愉。

等做完之後，他們頭抵著頭靠在一起，聽著外面的雨聲。

楚瑜慢慢給他說著上輩子的事，每一件，她所記得的，她都說得很詳細。

「所以上輩子，妳沒嫁給我哥哥。」

「嗯。」楚瑜擁著他，小聲開口：「你那時候一定很討厭我吧。」

「後來我見你的時候，」楚瑜有些不好意思：「你都好凶。」

衛韞低低笑起來，楚瑜皺眉：「你笑什麼？」

「聽見我欺負妳，」衛韞嘆了口氣，翻過身子，平攤著看著床頂，一隻手枕在腦後，笑著道：「我感覺，大仇得報，也算欣慰。」

「什麼大仇？」

楚瑜用手支撐起自己的頭，側著身子看著他，衛韞迎上她的目光，含笑道：「這輩子妳老欺負我，我又不能欺負妳，想想原來是上輩子欺負過了，心裡也就舒服許多。」

聽到這話，楚瑜用手推他，不高興道：「喂，你膽子大了。」

「不大不大，」衛韞趕忙握著她的手，低頭親了親：「大夫人面前，我膽小的很。」

「衛懷瑜，」楚瑜瞧著他，悠悠道：「沒看出來，你挺能屈能伸的。」

衛韞笑：「那是夫人教得好。」

楚瑜一時接不上話，她半天沒想明白，衛家人好像個個都是寧折不彎的錚錚鐵漢，怎麼就出來一個衛韞，鬼精鬼精的。

她思索片刻，衛韞將頭輕輕靠在她胸前，溫柔道：「阿瑜。」

「嗯？」

「我本來還在想，今晚回去，我該怎麼熬。」

楚瑜沒說話，她抬手梳理著他的頭髮，聽他道：「可還好，妳留住了我。」

楚瑜聽他的話，抿了抿唇，終於道：「聽到我和顧楚生的話，你不覺得荒唐嗎？」

「有什麼荒唐？」

「一個人居然已經活過一輩子，不荒唐嗎？」

衛韞沉默片刻，終於道：「其實這些事，早就有預兆了，不是嗎？」

說著，他伸出手，環住她：「從妳嫁進衛家，預知到衛家禍事，再到後來，妳只比我大一歲，可我卻總覺得自己在妳面前像個孩子。這麼多年一直在追趕妳，我就一直希望，在妳身前，我能不要永遠像個孩子，我很多時候都在想，妳到底經歷了什麼，才會像今天一樣，不過二十一歲的姑娘，心裡卻那麼多傷口。」

他抬起手，覆在她心口，他瞧著她，神色間沒有半點欲念：「再後來床笫之上，妳比我熟悉太多，可妳明明只同我在一起過。我也想過為什麼，可妳不同我說，我便不去探究。所以聽到的時候，我不覺得荒唐，我只覺得，的確如此。」

「你不介意嗎？」

「我該介意什麼？」

楚瑜抿著唇笑：「我老了，我嫁過人。」

衛韞靠著她，聲音溫柔：「我不介意，我只是心疼於妳，喜歡於妳，遺憾於妳。」

「心疼妳走了這麼難的路，喜歡妳至今還有那份赤子之心，遺憾那一條路，我沒能陪妳。」

楚瑜聽著，她放下手，靠進他懷裡，沒有言語。

雨下了一夜，楚瑜醒過來的時候，天已經大亮了。她懶洋洋叫了人進來，晚月、長月面無表情收拾了屋裡，等長月去端水時，晚月上前，小聲道：「夫人，昨個兒，王爺留宿了？」

「嗯，」楚瑜平靜道：「怎的？」

晚月抿了抿唇，憋了半天，終於道：「王爺天亮才走。」

「嗯。」楚瑜點了點頭，倒也沒意外。

晚月焦急道：「夫人，若是讓老夫人知道了……」

「那又如何呢？」楚瑜抬眼，晚月愣了愣，楚瑜平靜道：「知道了，便知道吧，我又怕什麼？」

晚月沉默片刻，終於道：「既然夫人已經做好決定，奴婢也不多說了。」

楚瑜聽出晚月聲音中的氣惱，忍不住笑了，她回頭瞧她：「怎麼，生氣了？」

「夫人這是拿自己名譽在開玩笑。」

「名譽？」楚瑜輕笑：「妳以為我在意名譽？」

若是在意名譽，當年哪裡又做得出逃婚私奔的事來？

晚月愣了愣，片刻後，她彎腰叩首道：「晚月緊隨夫人。」

「妳怎麼這麼客氣？」楚瑜抬手摸了摸她的頭：「起吧。」

梳洗之後，楚瑜出了房門，到大堂同大家一起用早膳。

剛進門，她就瞧見衛韞坐在上桌，正同旁邊的柳雪陽說著話，見楚瑜來了，他抬起頭，眼裡帶著遮不住的明媚笑意。

楚瑜笑了笑，同柳雪陽行禮，又同王嵐、蔣純問安，而後才落座下來。蔣純瞧著楚瑜，給她夾了菜道：「阿瑜今日看上去與平日有些不同，光彩照人，怕有喜事。」

「倒也無甚喜事，」楚瑜溫和道：「只是見今日天色好，心情也好罷了。」

蔣純笑著沒說話，她抬頭看了衛韞一眼，搖了搖頭，卻是有些無奈的模樣。

等吃完東西，衛韞抬頭看向楚瑜，同她道：「今日嫂嫂是否要去送客？」

「今日大部分客人都要離開。」楚瑜笑著轉頭看向旁邊跪坐著的蔣純，神色裡帶了調笑：「不知阿純是否要同我們一起？」

「你們去便好，」蔣純神色平靜：「與我又有何干係？」

楚瑜笑著拍手，抬頭看向衛韞：「行，王爺，我們走。今日宋世子也要走了，我們去送吧。」

蔣純眉眼不動，衛韞有些無奈地笑了，起身同柳雪陽拜別，隨後跟著楚瑜出了屋中。

楚瑜走得輕快，看上去心情不錯，衛韞抬手拉住她，溫和道：「別冒冒失失，小心摔著。」

「我這麼大的人了，」楚瑜抬眼看她：「怎麼會摔著？」

衛韞笑著瞧她：「我找個藉口拉著妳，妳看行麼？」

「我覺得行。」

楚瑜點點頭，給他拉著，倒也沒抽手。

衛韞抿唇沒有說話，牽著人上了馬車，他才想起來：「妳說二嫂會來送人嗎？」

「知道她為什麼不來嗎？」楚瑜撐著下巴：「因為知道宋世瀾會去找她唄。」

衛韞愣了愣，片刻後，他嘆息道：「妳們這些女人，心思真讓人難以揣摩。」

蔣純陪著柳雪陽說了會兒話，便同王嵐從房中轉了出來。剛走到長廊，她就聽到一聲輕喚：「二夫人。」

蔣純轉過頭去，看見長廊盡頭的青衣青年，他披著狐裘領披風，頭上戴著髮冠，笑容淺淡溫和，一如秋日陽光，明媚卻不張揚。

蔣純定定瞧了他片刻，終於低了低頭，恭敬有禮道：「宋世子。」

宋世瀾走到蔣純身前，靜靜打量蔣純片刻，好久後，終於道：「我要走了。」

「嗯。」蔣純應了聲，也沒多說，宋世瀾瞧著她，慢慢笑了。

「當年我同二夫人說我要走了，二夫人給我行禮，祝我一路行安。如今我同二夫人說要走，二夫人回了我一句『嗯』，是不是捨不得？」

「您說笑了。」蔣純聲音平淡：「若您無事，我先回去照顧陵春了。」

「二夫人，」宋世瀾驟然開口叫住她，蔣純皺眉抬眼，入眼卻是青年含著笑的面容：「在下如今二十七歲。」

「世子同我說這些做什麼？」

「若我再不成婚，怕是要讓天下人笑話了。」

「這與我，也無甚關係。」

「二夫人，」他抬起手，輕輕握住了蔣純的手。蔣純微微一顫，想要抽回手去，宋世瀾卻驟然用力，握緊了她。

「我再等您一年，」說著，宋世瀾抬起頭，面上帶笑，眼裡卻滿是苦澀：「人的等待總有盡頭，若是再等不到，」他沙啞道：「我可能就等不下去了。」

蔣純被他握著手，好久後，她慢慢開口，聲音裡卻帶著沙啞：「若是等不下去，那便不等了。」

「世子，」她苦笑起來：「阿束待我很好。」

「我待妳，會比他更好。」

「你不明白，」蔣純搖了搖頭：「他未曾負我，我不能薄他。」

「可他已經死了。」宋世瀾握著她的手用了力氣：「不是妳薄他，薄他的是這世間！沒誰要為誰的死陪葬上一輩子！妳就算一輩子守著活寡，他也不會活過來，妳明白嗎？」

蔣純沒說話，她面色有些蒼白，宋世瀾靠近她，冷著聲音：「蔣純，若我是他，我心裡有妳，看見妳活成這樣，我死了也不得安息。我們身為武將，活著廝殺半生就是想求妳們活得好活得安穩，用命葬在戰場上，最後就是換妳這樣作踐自己嗎？」

「世子……」蔣純顫抖著聲：「您放手！」

宋世瀾沒說話，他盯著她，許久後，他輕笑出聲。他放開她，平靜地看著她：「一年。」他聲音裡帶著冷意：「一年，妳不嫁我，我就求娶魏清平。」

說完，他轉身離開，蔣純顫抖著身子，握住自己的手。她咬緊了唇，閉上眼睛。

而楚瑜和衛韞在馬車裡下了半局棋，便來到城門前。

他們如同迎接來賓一樣，一一送走了客。

等到傍晚時，楚瑜看見顧楚生的馬車遙遙而來，顧楚生的馬車停在她身前，他捲起簾子，靜靜看向楚瑜和衛韞。

兩人並肩而立，含笑看著他。衛韞從旁邊取了手信，交到顧楚生手邊，含笑道：「顧大人，一路行好。」

他的笑容和楚瑜的很像，一樣淡然從容，帶著些許暖意。他們兩人在時光裡，變得越來越像，此刻並肩站在一起，兩人都穿著水藍色的衣衫，彷彿融在一起。

顧楚生靜靜看著他們，好久後，他沙啞道：「阿瑜，妳同我說句話。」

「顧大人，」她從衛韞手中拿過手信，舉在顧楚生面前：「一路行好。」

顧楚生聽著她的話，看著面前含笑而立的女子，忍不住紅了眼：「可我不知道，後面的路該怎麼走。」

「我行不好，走不好。」

「我該怎麼辦？」他的眼淚落下來，瞧著她：「執著了這麼多年，妳讓我怎麼辦？」

楚瑜沒說話，她靜靜看著他，好久後，她終於道：「楚生，這世間還有很多事等著你做。還記得未來嗎，天災人禍，洪澇地震，戰亂不斷。如果你喜歡我，」她輕輕笑了：「上輩子你做得多好，這輩子做得比上輩子更好，那就好了。」

「有什麼意義呢？」他輕聲開口：「妳不在我身邊，又有什麼意義？」

「顧楚生，」衛韞笑起來：「你先去做，若不能成為她喜歡的人，至少不要成她討厭的樣子。」

顧楚生沒說話，他垂下眼眸，衛韞笑起來：「顧大人，人生還很長，您多等幾年，說不定又峰迴路轉，柳暗花明呢？」

「王爺說笑了。」顧楚生苦笑了一下，他抬起頭，看著楚瑜，終於伸出手，拿走了楚瑜手中的手信。

「阿瑜，」顧楚生瞧著她，呼喚了她的名字，然而剩下的話，卻都說不出來，他靜靜凝視著面前的人澄澈的眼睛，好久後，他閉上眼，輕嘆：「這世間，會如妳所願。」

說完，他放下簾子，靠回馬車之中。

他握著楚瑜給他的小盒，那小盒裡是白嶺當地一些特色小食，他拉開來，看了好久，放進袖中。

馬車行了幾步，衛韞突然想起什麼，猛地叫住了顧楚生：「顧大人！」

說著，衛韞追了上去，跳上馬車，掀起馬車車簾，壓低了聲道：「我想問顧大人一件事。」

顧楚生神色有些疲憊，卻還是道：「您說吧。」

「您是否知道，上輩子我娶了誰？」

「魏清平。」

聽到這話，衛韞終於明白，之前楚瑜為何對魏清平這樣敏感。衛韞皺起眉頭，卻是道：「因何而娶？」

「她懷了秦時月孩子，秦時月在戰場上為了救你死了，你為了保住她的名譽，認下了這個孩子，同她成婚。」

衛韞皺起眉頭：「時月如何死的？」

「那是同北狄打的一場，這輩子應當不會再有了。」

衛韞放心了許多，點了點頭，他又道：「還有其他需要注意的嗎？」

「一個月後，青州元城一場大震，餘震一路擴散到洛州，到時候，受災百姓將有百萬之數。」

聽到這話，衛韞緊皺眉頭，顧楚生平靜道：「我會處理好這件事，你心裡有數就好。」

「謝過。」衛韞拱手行禮，顧楚生點點頭，沒有多說。衛韞跳下馬車，顧楚生叫住他。

「衛韞，」衛韞回過頭，顧楚生艱澀道：「對她好點。」

「我知道。」

「她脾氣不好，你讓著點，別和她計較，她有口無心。」

「我知道。」

「她喜歡吃甜食，但總克制著，怕人家覺得她嬌氣，你多買些給她。」

「好。」

「她體質陰寒，不易受孕，要好好調理，不要讓她受傷。」

「已調理多年了。」

說到這裡，顧楚生驟然發現，或許衛韞比他想像裡，做得好得太多。

他這樣囑咐，對誰都不好，他抿了抿唇，覺得自己彷彿沒有任何插嘴立足的地方。許久後，他沙啞道：「好……如此……我放心了。」

說完，他擺了擺手，疲憊道：「走吧。」

衛韞點點頭，轉身離開。他回到楚瑜身前，楚瑜看見馬車遠遠走開，輕笑出聲：「他同你說什麼了？」

「他說，」衛韞笑起來：「妳喜歡吃甜的。」

楚瑜紅了臉，低著聲道：「盡瞎說。」

楚臨陽和宋世瀾是在早上走的，魏王下午也離開，卻留下了魏清平在城中，魏清平一貫行走江湖，大家也沒覺得奇怪。等顧楚生走了之後，這場大典終於結束了。

白嶺恢復了之前的日子，趙玥組織了大兵，時刻準備進攻。衛韞也忙著調兵布防，而楚瑜就照顧著魏清平，每日同魏清平出去義診，等到午時去酒樓吃飯，夜裡兩人找了小巷，遇上好喝的小酒，兩人就在酒坊裡喝到半夜，然後互相攙扶著回來。

楚瑜喝酒向來有數，很少喝醉，魏清平就不是了。

酒量小，酒癮大，每次都是楚瑜扛回來的。有時候兩個人喝晚了，衛韞領著秦時月找來，就讓秦時月把魏清平扛回去。

有一日楚瑜和魏清平喝的酒偏甜，結果酒勁兒奇大，楚瑜都不行了，兩人窩在小酒館裡窩到半夜，衛韞回來的時候，發現楚瑜不在，就帶秦時月直接去了酒館。秦時月把魏清平扛了回去，衛韞就去勸坐在窗口的楚瑜：「阿瑜，回家了。」

楚瑜抬起頭，看見衛韞，她一言不發，喝了一口之後，將酒遞到衛韞面前：「你也喝。」

衛韞有些無奈，抱了酒罈子喝了一口，隨後道：「喝了，回家吧？」

楚瑜伸出手：「我要你背。」

衛韞哭笑不得，他走上前，半蹲下身子：「好了，我背妳回去。」

楚瑜跳上去，環住衛韞的脖子，高興道：「重不重？」

「不重，」衛韞搖了搖頭：「還沒我的劍重。」

說著，他背著她走下樓，月光很亮，他走在青石板上，楚瑜趴在他背上，嘟囔著道：「我有一匹小白馬，跑得特別快，特別厲害！」

「我知道了。」衛韞耐心回著她的話，楚瑜不知道想起什麼，突然直起身子，抓住衛韞的領子，雙腿一夾，高喊了聲：「小白馬，駕！」

衛韞：「……」

說半天，小白馬是他。

「衛韞，」楚瑜低下頭，抱著他：「生不生氣！」

「幼稚。」衛韞抿唇輕笑。

楚瑜側過頭，認真親了他一口：「親了你，不生氣了！」

「不行，」衛韞認真道：「要再親一口。」

於是楚瑜想了想，又親了一口，眨眼道：「不生氣了。」

衛韞側過頭，瞧著姑娘亮晶晶的眼，抬起頭來，將唇貼在她的唇上，舌頭探了過去，勾住她的舌頭。

楚瑜低下頭，認真親吻他，用舌尖舔舐著他的唇廓，讓背著她這個人呼吸漸漸重了起來。他背著她回家，路上吻了一次又一次，等最後到了床上，衛韞沙啞著聲音，低聲道：「再親一次，我就真的不生氣了。」

第二天楚瑜醒過來的時候，覺得頭疼，身子疼。

她感覺，昨晚酒勁兒是大了些。

她揉著頭，洗漱之後，一面喝茶，一面看著各地線人送上來的新訊。

「宋世瀾也稱王了啊……」她皺起眉頭，隨後又看到許多自立為王的消息，她捧著茶，一時心緒紛雜。

而華京之內，趙玥將摺子砸在地上：「一個二個，都反了嗎！」

長公主坐在一旁，她喝著安胎藥，平淡道：「陛下何必發怒呢？帶兵討了一個，其他就會洩氣了。」

「妳別操心這些。」趙玥擺擺手：「我來處理，妳好好照顧孩子。」

長公主沒說話，她笑著將安胎藥一口喝了下去。趙玥轉頭看向旁邊張輝，冷著聲道：「宮裡的娘娘都送出去了？」

「送出去了，」張輝低聲道：「姚貴妃哭著不肯走，也送了。」

「王貴妃的事，不能有第二次。」

趙玥冷著聲音，張輝垂下眼眸，低頭應是。趙玥踱步來到長公主身前，他半跪下身，抬手覆在長公主肚子上，滿是愛憐道：「我希望這是個太子。」

「會的，」長公主溫柔道：「他一定會是太子。」

元和五年秋末，因苛捐重稅、戰亂不斷，民不聊生，鎮國候衛韞被逼舉事，自立為平王。以「問罪十書」問罪於帝，天下震動，諸侯回應。

一時間，瓊州宋氏、洛州楚氏、華州王氏紛紛自立，舉事者近百人，天下始亂。

楚臨陽舉事的消息，和宋世瀾的幾乎是在一同到達，楚瑜拿著消息的時候，有些詫異。她本以為楚臨陽在這件事中會置身事外，卻沒想到這一次楚臨陽竟是跟隨舉事，她得了信便去找衛韞，衛韞正在看沙盤，同秦時月商量著布防。

如今趙玥要打衛韞，必然要從淮城來，所以衛韞帶著楚瑜和秦時月等人早早來了淮城準備。楚瑜進來時，衛韞和秦時月聽到動靜，同時抬起頭，看見楚瑜手中信件，秦時月躬身道：「末將先出去。」

衛韞點點頭，看向楚瑜道：「怎的了？」

「我兄長舉事了。」

衛韞應聲：「我知曉的。」

「你早已知曉？」

「他走時，和我透漏過此意。」

「可我大嫂和母親……」楚瑜有些猶豫。

衛韞端了茶給她：「先潤潤嗓。」

楚瑜端著茶喝過，聽衛韞繼續道：「謝家如今已經分作兩派，謝太傅帶著人離開了謝家，其中包括了妳大嫂和妳母親的族人，以及五嫂的族人。」

謝玖回了謝家後再嫁了一次，一年前和離，回到了謝家，而後帶髮修行進了道觀。衛韞還叫著她五嫂，想來是念著過往情誼。

楚瑜回過神來，好半天，她皺起眉頭：「謝家……這樣執著於皇室血脈？」

「謝尚書效忠趙氏一輩子，哪怕趙玥落難、李氏垂憐他之時，他依舊不忘擁護趙玥，妳覺得呢？」

血統對於天下許多人來說太重要了，楚瑜嘆了口氣，有些無奈：「這一仗真的要打？」

「不是我要打，」衛韞平靜道：「趙玥的大軍很快就到了。」

因為預料到了趙玥的動作，衛韞做好了所有準備，然而一切卻來得突然。

趙玥的先鋒部隊半夜攻城，楚瑜夜裡就聽見砍殺之聲，她迷迷糊糊睜了眼，衛韞便按住她，低頭親了親她的額頭道：「繼續睡，天亮再來。」

說完楚瑜便覺得身邊的人起身提劍出去，走出去時還刻意放輕了動作，似是怕吵醒她。

楚瑜聽著外面的砍殺聲，想了想衛韞的樣子，大概是有了把握，才敢同她這樣說，她還覺得有些睏頓，便乾脆倒下去，一覺睡到了天亮。等第二天清晨她醒來時，外面倒是沒了什麼聲氣，晚月給楚瑜穿著衣服，長月在一旁端著水盆，楚瑜有些奇怪道：「外面怎麼沒了聲音？打完了？」

「沒呢，」長月笑著道：「他們攻城打了半夜都沒什麼進展，現在在外面叫陣，要讓王爺出去迎敵呢。」

「哦？」楚瑜笑起來：「這有什麼意思？」

「不過，聽說對方罵得難聽，我聽衛夏說，再罵下去，王爺怕真的要出城迎戰。」

「嗯？」

楚瑜有些詫異了，以如今衛韞的定性，能被罵到出戰？

楚瑜皺起眉頭：「他們罵什麼了？」

晚月瞪了長月一眼，長月臉上也漏出些許尷尬，扭頭道：「就是很難聽的話。」

楚瑜沒說話，她讓晚月結好腰帶，便提著劍往城樓走去。剛出門，她便看見手中抱琴，腰間懸劍的魏清平。她有些詫異，恭敬道：「郡主為何在此？」

「他們如今上了戰場，」魏清平有些不好意思，卻還是坦蕩道：「我去為他們助陣。」說的是「他們」，然而楚瑜卻知道，最重要的只是秦時月那一個人罷了。她沒有揭穿魏清平的言辭，只是道：「那我同郡主一起。」

她們兩人閒聊著來到城樓，楚瑜一出現，士兵就朝著她看了過來，眼中帶著異色。楚瑜面色不動，一路往城樓上走去，走到一半，便被匆匆趕下來的衛夏攔住：「大夫人，您怎麼來了？」

「我來不得？」楚瑜平靜地笑著。

衛夏心裡發緊，艱難道：「如今戰事已經停了，王爺讓您該去休息去休息，您無需……」

「讓開。」楚瑜聲音平淡，衛夏愣了愣，楚瑜抬了眼皮：「他們能罵什麼我都猜得到，別讓我說第二遍。」

這話說出來，衛夏是個識時務的，硬著頭皮縮著頭讓開去。

楚瑜領著魏清平提著裙上了城樓，剛走到城樓上，便聽下面的人喊著話罵：「衛韞，可惜你沒有六個嫂嫂都留下啊，不然你可就享福了。不過現在也不錯啊，如今留著的兩個，那個楚瑜聽說還是個雛呢，新婚當夜你哥就死了，你也算是幫你哥哥大忙了！」

「是啊。」騎馬在陣前的另一個大將附和道：「這楚瑜當年我見過，身材豐滿容貌豔麗，想必與她小叔夜夜笙歌，滋潤得很呀。你看衛侯爺一直不說話，是不是默認了啊？」

這話出來，眾人一陣大笑，魏清平皺起眉頭，冷冷說出一句：「髒。」

而站在城樓上的將士都捏緊了手中武器，衛秋有些忍耐不住道：「王爺，末將請戰！」

衛韞不說話，他收在袖間的手捏成拳頭，目光緊盯著沙場上的局勢，冷靜道：「不允。」

下面仍舊是汙言穢語，楚瑜和魏清平走到衛韞身前，旁邊都是恭敬行禮之聲，衛韞抬起頭，看見兩個女子，克制著情緒道：「妳們先回去吧。」

「我回去做什麼？」楚瑜輕笑。

衛韞明顯帶了火氣，捏著拳頭道：「等一會兒沈佑來了，我宰了這些人。」

「王爺不必大動肝火，」楚瑜抬起手，單膝跪下，雙手交疊拱向前方，神色冷靜：「末將請戰。」

衛韞沒說話，下面的話越罵越難聽，楚瑜平靜道：「只是與那將軍交手幾個回合，王爺不必擔心。」

衛韞靜靜瞧著她，她神色坦蕩從容，下面的話對她似乎沒有絲毫影響，衛韞內心平靜了許多，許久後，他終於道：「再等一刻鐘。」

說著，他抬頭看向前方：「再等一刻鐘，沈佑大概就來了。」

楚瑜點點頭，她站在衛韞身邊，她一出現，下面起鬨得更厲害。一刻鐘很快過去，衛韞猛地起身往下走去。楚瑜愣了愣，隨後著急跟在後面道：「王爺！」
「我親手去宰了他們。」衛韞急急下了樓梯。
楚瑜一把拉住他，好笑道：「你如今的身分還同他們一般見識？你還要指揮大軍，在城樓上瞧著，我去吧。」
「可是……」
「我去！」楚瑜提了聲音，一錘定音。
魏清平平靜道：「我也去。」
衛韞抿了抿唇，終於道：「時月，跟著。」
說完便轉身上了城樓，回到原來的位置。
沒了一會兒，城門慢慢打開，衛韞便看見兩個白衣女子駕馬並排而出，場面瞬間沸騰起來，趙軍大笑：「來了兩個女人，衛家軍是無人了嗎？」
「若是女人都打不過，」魏清平冷著聲道：「怕你們才是丟臉。」
「好大的口氣！」為首之人怒道：「且報上名來！」
「衛氏楚瑜。」
「魏氏清平。」
「迎戰！」
說話間，兩人駕馬俯衝而去，拔劍而出，呈包圍之勢，直接衝向中間喊話那三位大將。

那三位大將一人提刀，一人持錘，一人長槍威風凜凜，見兩女子從兩邊而來，大喝著便衝了過去。

其中兩人攻向楚瑜，另一人刺向魏清平，秦時月靜靜在一邊看著，隨時等著出手。

然而那兩女子以二對三，卻不落下分毫，魏清平和楚瑜走的都是輕巧的路子，兩個回合下來，對方竟然連她們的衣角都沒碰到。

衛韞在高處靜靜看著，衛夏有些著急，責怪道：「這秦將軍怎麼回事，就看著她們打，還不出手？」

「不需要。」衛韞平靜開口。

衛夏轉頭有些埋怨道：「王爺，大夫人千金之軀，要是被這些莽漢傷到了，到時候心疼的還不是你。」

聽見這話，衛韞斜睨了衛夏一眼：「你也太瞧不起她了。」

說話間，所有人就聽楚瑜一聲大喝，突然反守為攻，朝著提刀那男人猛地橫劈而去！她那一劍聲勢極猛，如泰山傾斜而下，震得那大漢持刀之手瞬間發麻。

然而楚瑜卻是不停，手中長劍迅猛如雷，又狠又快，魏清平也同時加入進來，楚瑜劍斬得狠辣，魏清平的劍則又快又鑽。而這些大漢本就是重型武器，一開始幾個回合便消耗了體力，如今哪裡輪得住這樣折騰？

走來不過三十招，便聽場上暴喝而起，卻是楚瑜一劍斬下了持刀大將的頭顱，猛地一甩，穩穩落在自己馬上。

鮮血濺在楚瑜臉上，沙場上女子白衣獵獵，如蝶舞，如鶴起，優雅中沾染了血色，看得人心潮澎湃。

衛韞不自覺站起身，手扶在城牆上，看著那女子神色張揚，眸色如星，一仰頭，一彎眉，都帶著攝人心魄的魅力。

最後一個大漢倒下，楚瑜足尖一點，同魏清平一前一後回到馬上。

「還有哪位英雄，」楚瑜提劍立於馬上，抬手抹了把臉上的血，高提著聲：「敢與楚瑜一戰！」

話音剛落，衛軍之中所有將士熱血沸騰，跟在身後，舉起手中武器，齊齊高喊：「戰！戰！戰！」

楚瑜在這烈日之下，看這千人萬軍，感覺風捲血氣而來，在午後陽光中蒸發出腥甜之氣。

她轉過頭，看著面色平靜的魏清平，忍不住笑開。

「妳知道嗎，」她聲音不大，魏清平卻聽得清楚：「五年前我守鳳陵的時候，身邊常帶一個酒罈，烈酒洗劍，最適合不過。」

魏清平聞言，想了想，認真道：「沒帶酒，可惜了。」

楚瑜揚笑出聲，這時候，一個聲音從前方傳來，平靜又冷漠。

「左前鋒沈佑，前來想與楚大夫人討教。」

楚瑜的聲音戛然而止，她回過頭，看見那張介於北狄人和大楚人之間的面容。

片刻後，她輕輕一笑：「沈將軍，我等您，可是等了好久啊。」

第十五章　第一戰

聽到這話，沈佑抬了抬眼皮，他二話沒說，提著大刀駕馬俯衝而來，楚瑜持劍朝著沈佑對衝而去，刀劍相交之間，楚瑜感覺對方力道蠻橫無比，只是猛地一擊，就讓她覺得雙手發顫。

馬嘶鳴而起，楚瑜笑出聲：「沈佑，你這不忠不義不仁不孝之徒，武藝倒是不錯！」

沈佑沒有說話，第二擊再次衝來，這一次楚瑜不敢硬接，她的劍走的不是這種重器路子，沈佑的大刀卻十分蠻橫，加上馬上交戰，長武器本就有優勢得多，楚瑜本也不想和沈佑交纏，一面躲閃著沈佑的強攻，一面道：「沈佑，你當真要效忠趙玥這樣的狗賊，你難道就不會良心難安嗎？」

「陛下救我於水火，」沈佑聲音平靜：「我報效陛下，又有什麼錯？」

「為了一人恩情，置天下人於不顧，這就是對了？」

沈佑沒說話，他的刀急了些，楚瑜額頭上冒出冷汗，沈佑本就不是泛泛之輩，她若是一對一來交手或許還有幾分勝算，但是她方才已經戰過一波，有些力竭，衛韞在上方靜靜看著，忽地回頭：「六夫人可請過來了？」

「在路上了。」衛夏有些猶豫，他看了戰場一眼，抿了抿唇道：「王爺，大夫人……」

話沒說完，就看衛韞起身往城樓下走去，吩咐道：「鳴金。」

衛夏早等著這句話了，衛韞一說，衛夏立刻道：「鳴金！快鳴金叫大夫人回來！」

而另一邊，王嵐坐在馬車裡，看著搖搖晃晃的馬車，心裡有些猶豫。

「王爺說，這次勸降沈大人，還請您務必盡心。但是您也千萬別委屈了自個兒，就是隨便說一說，您盡力就行了。」

王嵐沒說話，她看著巍峨的城門越來越近，心越跳越快，她從未這樣靠近戰場，不由得捏住了車簾，艱難道：「我儘量試試吧。」

沉默片刻後，王嵐忍不住又道：「若是勸不成呢？」

「勸不成？」衛淺皺起眉頭，慢慢道：「應當就殺了吧，沈佑畢竟是個人才，若不能為王爺所用，還是要斬草除根才好。」

王嵐愣了愣，她腦子裡驀地閃過一月前他送她出城，挑起簾子那一刻。

她感覺自己的心沉進了水裡，水浸沒了她的心臟，讓她再也聽不見任何聲音。

而戰場之上，楚瑜驟然聽到鉦鼓之聲響了起來，她急急往後撤退回去，已然是奔逃姿態。然而她身上方才幾員大將鮮血未乾，沈佑若是讓她這樣走了，怕是不好交代。於是沈佑駕馬追上來，楚瑜往城門疾馳而去，沈佑緊追不捨，魏清平和秦時月著急迎上前，趙軍中立刻有兩將衝了出來，同魏清平秦時月兩人糾纏起來。

是時戰鼓聲驟然擂響，城門大開，隨著喊殺之聲，棗紅駿馬馱著一銀色盔甲、紅纓銀槍的將軍帶兵衝出，趙軍軍鼓之聲隨之擂響，兩軍在各自將領帶領下衝向對方。

而兩軍中間沙場之上，沈佑眼見就要追上楚瑜，他乾脆猛地躍起，棄馬衝去，提刀從天而落，馬驚叫而起，楚瑜被迫翻身往地上一滾，第二刀隨之追來，就是此刻，紅纓槍破空而來，帶著森森寒意逼得沈佑疾退，隨後穩穩落在楚瑜面前，入土三分。

就是這片刻遲鈍，白衣銀甲的青年便已疾掠到沈佑身前，單手拔槍，如行雲流水一般的槍法朝著沈佑逼去。

沈佑逼得連退，對方速度又快，力道又狠，沈佑勉力阻擋，感覺無法呼吸。

「二十九年前，你母親被俘，」衛韞聲音平淡，彷彿這一場激戰沒有影響他半分：「在北狄受盡凌辱，繼而有孕，生下你來。」

「閉嘴……」沈佑神色一動，刀法不由得凌厲幾分。

衛韞側了側身子，閃過他的進攻，繼續道：「你十歲時，你與你母親路遇山匪，是趙玥救下你，也救了你母親。為了回報他，你按照他的話去了姚勇身邊，成為死士，那時候你圖什麼，你還記得嗎？」

沈佑沒說話，大刀狠狠劈下，衛韞的長槍纏上沈佑的刀，隨後狠狠壓下去，他抬眼看他：「趙玥當年曾許你，會有大楚盛世，北狄再不來犯。」

「打就打，你哪裡來這麼多廢話！」沈佑喘著粗氣，明顯有些浮躁。

衛韞神色不動，任由他一腳踢來，一面躲一面接著道：「你這半生，都在為此努力，可當年白帝谷，你為了趙玥，傳了錯誤的訊息，害死七萬將士，讓大楚國土淪陷，華京差點被平，沈佑，你不覺得可笑嗎？」

「閉嘴！」

「你耗費半生，想求天下太平，結果卻是你一手將大楚推向萬劫不復，看大楚山河飄零，百姓流離失所，女子如你母親一樣受盡屈辱，而你的主子趙玥如願登基，你想必也不後悔吧？」

「我沒有！」沈佑咬牙道：「我沒有故意傳錯消息。」

「你如今還信是北狄騙了你？」衛韞嘲諷笑開：「那北狄如何知道你是奸細的？北狄如何算准了局勢的？我如今為何反，天下為何反，你還要騙你自己嗎？」

「你效忠的君主，為了皇位，不惜和當年欺辱你母親的北狄人聯手，借你之手殺我大楚將士，害我大楚百姓！沈佑，你有罪！你愧對那七萬英靈，愧對我衛家，愧對大楚，也愧對你自己！」

沈佑不說話，他咬著牙，強攻向衛韞。

然而如今他早已是強弩之末，衛韞猛地一腳踹過去，將沈佑狠狠踹飛開去，旁邊是士兵交戰之聲，沈佑翻身而起，又再次衝向衛韞，衛韞平靜道：「我說得有錯嗎？你用你這大半生毀了大楚，開心嗎？」

「更可笑的是，」衛韞抓著沈佑的頭髮，將他狠狠砸進土裡，他按著他，平靜道：「當年趙玥救你，也是假的。那些山匪，本來就是他的人。」

聽到這話，沈佑慢慢睜大了眼睛。

「不可能……」

沈佑不知道哪裡來的力氣，他握著自己的刀，猛地砍了過來，嘶吼道：「不可能！不可能！」

他如今二十八歲，他曾經最大的夢想，就是讓大楚免於戰火，再也不要有他母親那樣的人出現。

然而是他親手葬送了大楚最精銳的部隊，也是他一手將大楚推向萬劫不復，他走在那條路上，只能告訴自己，他是為了報恩，是為了效忠。

人無非忠義，他亦是不仁不義，那至少應該是個忠臣。可如今又怎麼能告訴他，一切都是假的？

所謂恩情是假的，支撐他所有的，都是假的。

他提著大刀揮舞得虎虎生風，衛韞長槍劃過他的身子也渾然不覺。

他被衛韞踹開，又站起來，被砸進土裡，又站起來。

他的眼被血模糊，周邊逐漸變得恍惚，可他還是一次又一次站起來，沙啞道：「不可能……」

再一次被踹翻，他嘔出一口血，卻還是撐著自己，再站起來，艱難道：「不可能……」

周邊都是喊殺聲，一個又一個人倒下，他感覺自己身上有什麼在流失，可他得站起來，他得撐住。

「沈佑，」衛韞聲音平淡：「你做錯了，不知悔改就罷了，還要一錯再錯嗎？」

說著，他抬起長槍，指在沈佑胸口：「降了吧。」

沈佑睜開眼，鮮血糊了他的眼，他艱難地笑出聲：「您殺了我吧。」

衛韞面色不動，他長槍靜靜指著他：「一心求死？」

「我不會降。」

沈佑輕咳出血，他身上都是傷口，儼然已經提不動刀了，他喘息著，垂下眼眸，衛韞抿了抿唇，終於還是抬起長槍，然而就是那一刻，女子驚叫之聲響了起來：「沈佑！」

沈佑猛地抬頭，看見遠處穿著鵝黃色長衫的女子，她在戰場上十分耀眼，如同一朵嬌花落在寒刃之上，周邊都是金戈鐵馬，唯她手無寸鐵，卻還是朝著他狂奔而來。

她十分著急，提著裙不顧一切朝著他的方向衝來，沈佑睜大了眼，第一時間反應過來。

他提起刀，朝著王嵐衝過去。

她怎麼會來？

她怎麼能來！

這戰場是什麼地方，有多危險她不知道嗎？

沈佑心中焦急，他一面砍殺旁邊的士兵，一面朝著王嵐趕過去。

王嵐這輩子沒見過這樣的景象。

周邊全是血，全是屍體，刀劍隨時可能落下來，然而正是因為如此，所以她在看見那個傷痕累累的人時，生出了莫大的勇氣，朝著他奔了過去。

一片兵荒馬亂之間，侍衛跟在王嵐身後，也難免護衛不周，眼見著刀從王嵐身後落下來，沈佑心中一急，猛地撲了過去，替人擋住了那一刀，鮮血落了王嵐滿眼，沈佑捏著她的肩頭，支撐著自己，咬牙道：「我送妳回去。」

話音剛落，衛韞的長槍就從他身後探了過來，沈佑艱難地側過身，便被一腳踹翻在地，眼見著銀色槍尖直刺而來，王嵐卻猛地擋在沈佑前方。

衛韞止住動作，皺了皺眉頭：「六嫂……」

「別殺他……」王嵐顫抖著聲音，她含著眼淚，沙啞道：「小七，別殺他……」

衛韞面色不動，他垂下眼眸：「六嫂，他是罪人。」

「有什麼罪不能贖呢？他若是有心殺人，那我給他抵命，可他本就只是顆棋子，有再天大的罪，他一輩子慢慢還不好嗎？」

「哪怕他還不了，我也來替他還，你留他一命。」

「六嫂！」衛韞提了聲音：「讓開！」

王嵐沒說話，她擋在沈佑身前，顫抖著身子，卻沒有退讓一步。

這個一貫軟弱的女子，在這一刻爆發出超出她本身太多的力量，她面對著衛韞的利刃，顫抖著聲：「你若執意殺他……且先殺了我。」

「六夫人……」沈佑沙啞著聲：「妳讓……」

「你閉嘴！」王嵐驟然揚聲，她背對著他，沙啞道：「在衛府門口守了五年，怎麼就不守了呢？」

「每年都來，每年都守……」王嵐的眼淚滾落下來：「說來就來，說走就走，怎的有你這樣的？」

「六夫人……」沈佑捏緊拳頭：「沈某是罪人。」

「是罪人就贖罪！」王嵐扭頭看著他，咬牙道：「一死了之，你以為就有人原諒你了嗎？沈佑，你活著，拿一輩子賠給我，賠給那些死去的人，這才有價值。你死了，我們拿著一具屍體做什麼？」

「你有這麼怕認錯嗎？」她的眼淚滾滾而出：「死都不怕，這樣怕認錯，怕贖罪，怕承認一句你錯了嗎？若你怕了，那你也給我活著，我幫你贖罪，我替你去死，可好？」

沈佑沒說話，王嵐扭過頭去，展袖叩首，沙啞道：「王爺，王嵐願替沈將軍一死。」

「六嫂，莫要荒唐了。」

「我不荒唐。」王嵐抬起頭，看著衛韞：「我軟弱糊塗一輩子，沒有任何一刻，比此刻更清醒。」

沈佑在她身後微微一顫，他察覺一隻冰冷的手握住他，她拉著他，冷著聲音：「跪下。」

沈佑睫毛微微一顫，王嵐抬眼看他：「你當真要逼死我嗎？」

她從未這樣強硬過，她站起來，費力提起沈佑的身子，一腳踹在他腿上，逼著他跪在衛韞面前。

沈佑低著頭，沒有說話，王嵐從身後衛淺手中猛地奪過劍來，抵在自己脖子上。

「沈佑，」王嵐含淚看著他：「你降，我嫁你；你不降，我替你死，降不降？」

聽到這話，沈佑閉上眼睛。

他腦海裡閃過無數畫面，他似乎走了很長的人生路，可是一步錯，步步錯，他要的太平盛世，他親手葬送；他要的忠君報恩，卻是他人精心謀劃。

這一輩子，什麼是真的呢？

他想起假山後那雙含著眼淚的眼，那是他第一次體會，南方嬌花之美豔。

他低笑出聲，片刻後，又聽到女子問：「沈佑，我最後一次問你，降……」

「我降。」

話沒說完，男人便開口打斷了她。王嵐微微一愣，沈佑睜開眼，眼裡含著水光，他低頭跪俯，沙啞道：「左前鋒沈佑，願降！」

沈佑這聲說得極大，旁邊所有士兵愣了愣，隨後一個聲音響了起來：「沈將軍，我跟你走！」

隨著這一聲，接著便聽沈佑大喊：「左翼軍聽令，隨我入城！」

話音剛落，沈佑便起身，翻身上馬，往城門衝去，場上士兵猶豫片刻後，陸陸續續有人跟隨著沈佑而去，場面一時間混亂起來，在後方的元帥李昭大吼：「逃軍當斬！逃軍當斬！」

然而這時陣前已經澈底亂了，反而是衛軍士氣高漲，戰鼓之聲擂響而起，衛韞翻身上馬，領著士兵迎戰追擊而去。

兩面相交，一面士氣已萎，連連退後，另一面是聲勢如虹，李昭騎在馬上，咬牙道：「沈佑這狗賊，壞老夫大事！」

旁邊副將一面抵擋著進攻，一面同李昭道：「將軍，如今已經亂了，先退吧！」

兩軍交戰，最重的就是士氣，人心不齊，只要開始散亂，哪怕再多的兵力，也是一盤散沙。如今沈佑已降，他帶著自己的親兵離開了戰場，逃兵便多了起來，哪怕如今他帶著二十萬大軍，數倍於衛韞，這一場李昭也不敢硬攻。

李昭咬了牙，終於抬手鳴金，帶著士兵撤了回去，衛韞沒有再追，如今城中就五萬守兵，李昭帶著二十萬軍，他只要守住城就足夠了。

如他和顧楚生的約定，除了取下姚勇的青州此事以外，所有的仗，能不打，就不打。

如今是趙玥攻給天下人看的第一戰，能贏這一戰，已經夠了。

遠遠看著士兵退去，衛韞舒了口氣，楚瑜提著劍來到他身邊，笑了笑道：「贏了。」

衛韞跟著她笑開，打量她片刻後，誇讚道：「劍法漂亮。」

士兵開始清理戰場，所有人都累了，楚瑜和衛韞一同回去，到了府中時，已經忙成一片，到處都是傷患，魏清平帶著大夫去看診。楚瑜和衛韞換洗了衣物後，便去了沈佑的房間。

沈佑躺在床上，他的傷口已經處理完畢，似乎昏睡了過去，呼吸沉重綿長。

王嵐坐在一旁，還有些呆愣，楚瑜同衛韞走進去，她還發著呆，衛韞走到王嵐面前，頗為擔心道：「六嫂？」

王嵐一下回過神，站起來給衛韞行禮。

楚瑜上前扶住她，打量片刻後，有些憂心道：「沒受傷吧？」

王嵐搖了搖頭，楚瑜扶著她坐下來，笑道：「想必是嚇怕了。」

王嵐嘆了口氣：「的確是嚇到了。」

楚瑜給王嵐倒了茶：「沈將軍的情況如何？」

「失血過多，暈過去了，但郡主說沒大事兒，讓我放心。」

楚瑜點了點頭，衛韞站在床前看了沈佑片刻，確認沈佑無事後，回過頭來，瞧向王嵐道：「嫂嫂在戰場說的話，可是當真的？」

王嵐愣了愣，她沒說話，衛韞皺起眉頭：「我希望嫂嫂勸降，但並不希望嫂嫂以自己的終身幸福來換……」

話沒說完，王嵐眼裡盈了眼淚，衛韞愣了愣，楚瑜溫和道：「王爺先去休息吧，我陪阿嵐。」

衛韞沉默片刻，終於道：「是我魯莽，若我有什麼說不對的，還望六嫂見諒。」

說完，衛韞拱手行禮，先離開了。

楚瑜坐在王嵐身邊，自個兒端了茶，輕笑起來：「其實我就不明白，妳和阿純，一個兩個的，怎的這樣糾結？」

王嵐抿唇不語，楚瑜抬眼看她：「妳喜歡他吧？」

王嵐也沒說話，楚瑜握著她的手，柔和了聲道：「妳到底是怎麼想的，多少同我交個底吧？」

「我也不知道……」王嵐眼淚撲簌而下：「妳問我，我也不知道。我喜歡他是真的，可是當年阿榮的死，多少是與他有關係的。若他是個壞人，當年他是有心做這事兒，那還好，我便一劍捅死他算了。可他偏生又是個不知情的，這麼多人死了，這些年，他又何嘗好過過？」

王嵐說著，握著楚瑜的手用了力：「五年，我沒見過他一面，沒同他說過一句話。有時候我都在想，我是做錯了什麼，阿榮去了，我喜歡的人偏偏又是這樣，這到底是在罰我，還是罰他？喜歡不能喜歡，放下難以放下，今個兒我看他差點死在我面前，我覺得大家一起死了了罷了。」

「那妳，」楚瑜摸著茶杯，慢慢道：「如今如何打算呢？」

「有什麼打算呢？」王嵐苦笑：「話已經說了，嫁就嫁吧。」

王嵐的聲音慢慢平靜下來：「嫁了，能少死幾個人，便少死幾個人吧。」

「妳嫁了開心嗎？」

這次王嵐沒說話，許久後，她艱難笑開：「我已經不想去想開心不開心，我這命就這樣，」說著，她低下聲去：「就這樣，隨他吧，隨這老天爺吧。」

楚瑜沒說話，她沒法開口。她不是當事人，沒法看得開，看得透。

許久後，她拍了拍王嵐的手，溫和道：「去休息吧，別多想了。」

王嵐應了聲，起身便回了自己房裡。

而臥榻之上，沈佑動了動眼珠，眼淚從眼眶裡滑落出來。

楚瑜聽出沈佑呼吸聲的改變，她起身平靜道：「人一輩子多少犯錯，有些能回頭，有些不能回。沈佑，你的錯不至於以死相抵，更不至於不能回頭。」

她輕嘆：「若無趙玥，你又有何錯？」

沈佑沒說話，他喉頭哽咽，楚瑜放下茶碗，留下一句「好好休息」，便走出長廊。

出了長廊，轉過轉角，楚瑜剛回房，便看見衛韞在房中批著文書等她。

如今不在白嶺，衛韞安排了親兵在房中，無需避諱柳雪陽，衛韞便如同已經成親一般，直接住在楚瑜的住所。

楚瑜進屋時，衛韞正在看各地傳來的訊息，聽楚瑜進來，他平靜道：「北狄如今又有異動，我怕把趙玥逼急了，他會與北狄蘇家那兩兄弟聯手。」

說著，他抬起頭，朝著楚瑜招招手：「過來我抱一會兒。」

楚瑜笑著走到他身前，衛韞一手抱著她，同她一起看著文書，他低聲道：「六嫂如何想的，我不大明白。」

「當年的消息畢竟是沈佑傳出去的。」衛韞輕嘆口氣：「沈佑在自己的位子上已經做到能做的最好，是趙玥賣了他，他的罪責……本也無甚。就算有罪，這五年他所做所為，也已經夠了。」

「你倒是心寬。」

「我不遷怒。」衛韞聲音平淡：「冤有頭債有主，我心中雖也有不喜，可我不能憑著喜好做事。沈佑雖有失職，但終究是受害之人。他本有報國之心，一生致力於此，卻被人算計，滿腔抱負成空反成罪人，這麼多年的愧疚……我放得下。」

「不過人本不同，」衛韞將下巴放在楚瑜身上，平靜道：「也不強求。六嫂放不下，這門親事……我再同沈佑說說吧。」

楚瑜點點頭，也沒多說。

如今開門一戰勝了，迅速傳到了各地，趙玥收了訊息，看著戰報，神色陰冷。

「沈佑降了？」

他捏著拳頭：「朕如此對他，他就這樣對朕？」

「陛下，」謝尚書聲音平淡：「如今不是追究沈佑降不降的時候，而是該想下一步怎麼辦。」

第一戰就輸了，不拿下衛韞，天下英豪紛紛有樣學樣，又能怎麼辦？

這話問在趙玥心裡，旁邊顧楚生雙手攏在袖間，靜靜聽著。趙玥轉頭看向顧楚生，冷聲道：「顧愛卿如何以為？」

顧楚生聽到問話，抬眼道：「如今打衛韞，還有什麼意義嗎？」

趙玥明白顧楚生的意思，他冷聲道：「繼續說。」

「天下就看著第一戰，第一戰已經輸了，天下士氣大振，就算後面贏了，大家也知道朝廷是會輸的。如今各地舉事者近百，陛下雖有大軍，可也難平這百王之局面。」

「盡說些廢話！」謝尚書怒喝：「如今局面不利，還需你說？」

「所以，」顧楚生聲音平淡：「與其打起來，不若先退守自保，如今陛下手握重兵，諸侯不敢來犯，到時朝廷再不會給前方一文銀子，糧草軍備統統自理。有些地方產糧多，有些地方士兵彪悍卻產糧少，一旦無銀，無需我們出手，自有紛爭，我們何必同他們硬打呢？」

聽到這話，所有人都沉默下來，顧楚生走到沙盤前，平靜道：「如今我們有兵有糧，若此乃春秋戰國之時，我等便是大秦，其他諸侯若無合縱連橫之意，我們四處挑撥、坐山觀虎鬥，等合適時機，再逐個擊破，局面優勢盡在於陛下，不知諸位有何憂心？」

「愛卿說得是。」聽著顧楚生的話，趙玥高興起來。

謝尚書有些不放心道：「若他們聯手呢？」

顧楚生輕笑：「謝尚書以為，縱橫之術為何不成？」

謝尚書愣了愣，便看顧楚生抬手指在自己心口：「人心。」

「千年明月不變，人心又變了？謝尚書多慮。」

顧楚生聲音平淡，在場眾人卻都放下心來，趙玥正想開口誇讚，卻覺得眼前一黑，旁邊張輝連忙扶住他，焦急道：「陛下！快叫太醫！」

尖銳的疼痛只是一閃而過，趙玥眼前又亮了起來，顧楚生站在不遠處，神色平靜道：「陛下太勞累了。」

趙玥嘆了口氣，他抬起手，握住顧楚生的手，認真道：「楚生，幸好你與沈佑不同。」

顧楚生抬眼看他。

「陛下說得沒錯，」他淡然道：「我與沈佑不同。」

他與那一輩子都不清楚自己在做什麼的沈佑，截然不同。

說著，他垂下眼眸：「我還等著陛下打下衛韞，替我與衛大夫人賜婚。」

這話是用來安撫趙玥的，趙玥聽了這話，本有幾分疑慮的心暫態打消下來，他拍了拍顧楚生的手，認真道：「多謝你了，楚生。」

顧楚生睫毛微微一顫。

他低聲開口：「陛下不用同我言謝。」

因為等日後，你不會想謝。

第一仗輸了，所有人心裡都有了底，衛韞這塊硬骨頭啃不下來，各地膽子都大了起來。衛韞、楚臨陽、宋世瀾等地都調整了稅賦，衛韞在洛州和楚臨陽買了大片地，洛州產糧產馬，昆州多礦，兩地互相貿易，倒是解決了軍備糧草問題。

趙玥如顧楚生所說，按兵不動，讓李昭退了回來，一時之間，天下反而太平下來。

沈佑的傷休養了半月後才好，下床之後第一件事，沈佑便來了衛韞大堂之中。衛韞正批著文書，見沈佑來了，他抬頭輕笑：「來，坐。」

沈佑沒有說話，他跪下身，重重叩首。

他雖然沒有說話，衛韞卻知曉沈佑是什麼意思，他輕嘆一聲：「起吧。」

「過去的事，我放下了，希望你也能放下。」

「王爺……」沈佑動了動喉頭。

衛韞換了話題：「傷勢可好些了？」

「已經差不多了。」

「日後有什麼打算嗎？」

衛韞抿了口茶，神色平淡，彷彿全然不在意一般。沈佑眼裡露出一絲茫然，他有些不確定道：「若我留在衛軍之中……」

「可。」

衛韞輕輕一句話，讓沈佑放下心來。他沉默著沒開口，衛韞撫摸著袖子裡的紋路，謹慎道：「那日戰場上，你和我六嫂的事，我本不該管，但是……」

「沈佑明白。」沈佑驟然開口，衛韞愣了愣，他抬頭看向沈佑，卻見這人艱難地笑起來：「戰場之上，夫人不過是想著將士、百姓，沈佑雖然是個混帳，但也不至於脅人至此。六夫人的話，沈佑沒放在心上，也請王爺別放在心上。」

衛韞敲著桌子，點了點頭：「其實我不過是希望六嫂能隨心，你們說好就好。」

「也無需說了，」沈佑輕嘆：「罪業未清，又怎有面目見她？」

「等什麼時候，我能乾乾淨淨見她，」沈佑帶了苦笑：「再去見她吧。」

聽到這話，衛韞沉默不言，這本不是他該管的事了。

兩人又說了一會兒局勢後，沈佑便退下了。

等到夜裡，衛韞回到房間，楚瑜和魏清平正在搖色子。

魏清平被秦時月下了戒酒令，魏清平不喝了，楚瑜少了酒友，也被誆勸著沒怎麼喝了。

如今已是深冬，衛韞進去時，屋裡炭火暖洋洋的，還沒到屋裡，就聽見兩個女人笑著的聲音。衛韞不自覺彎了嘴角，他轉進去，含笑道：「是在玩什麼，這樣開心？」

「衛韞你過來，」楚瑜滿頭貼著紙條，皺著眉頭：「我怎麼都搖不贏他。」

衛韞走進去，瞧見楚瑜對面是冷著臉的秦時月，衛韞解下大衣，坐到楚瑜身後，笑意盈盈將她攬到懷裡，抬手拿起篩盅。

秦時月眼神躲了躲，衛韞拿著篩盅就覺得不對，他搖了片刻後，將篩盅放下，抱著楚瑜，笑咪咪瞧著秦時月和魏清平。

「這麼欺負老實人，」衛韞瞧著秦時月，哂笑道：「要臉麼？」

秦時月輕咳了一聲，楚瑜一臉茫然，衛韞抬頭看那滿頭紙條，好笑道：「輸了這麼多，都不覺得篩盅有問題嗎？」

「有問題？」

楚瑜愣了愣，隨後趕緊將篩盅拿起來，在手裡掂了掂。

衛韞嘆了口氣，將骰子拿出來，抬手震碎了一個，楚瑜看著芯子是黑色的篩子後，終於反應過來，拍了桌子就道：「好啊你們兩個……」

「我突然想起還有病人，」魏清平一臉淡定起身，拉著秦時月就道：「走了走了。」

兩人逃一樣跑了出去，楚瑜還想去追，衛韞斜靠在扶手上，笑著瞧著她。

那神色全是縱容溫柔，讓楚瑜有些不好意思起來，她回到衛韞身前，摸著鼻子道：「你笑什麼？」

衛韞將她拉著坐下來，抬手將她腦袋上的紙條撕下來，笑著道：「時月這個人狡詐得很，妳別看他看上去老實，肚子裡全是壞水，以後欺負魏清平就行了，別和秦時月比什麼。」

聽這話，楚瑜有些狐疑：「他竟然是這種人？」

「嗯，」衛韞將最後一張紙條拿下來：「我騙過妳麼？」

好像也是，可楚瑜總覺得衛韞這些話不對，目前接觸過他的所有男性，彷彿都有些問題。

衛韞見楚瑜不說話，房間裡炭火燒得旺盛，楚瑜穿得不多，還如初秋一樣，只穿了件單衫。

衛韞手從她廣袖裡撫摸上她的手臂，低頭吻在她脖頸上，低聲道：「這樣的天氣，怎麼不多穿些？」

說著話，他的手已經順著袖子一路探進身體裡，楚瑜沒好意思說話，坐在他懷裡，彷彿什麼都沒發生一般，扭頭看著窗外下著的小雨道：「沒出去過，房間裡暖和。」

衛韞低笑出聲，周邊下人都識趣地退了下去。他的氣息噴塗在她的脖頸上，帶來莫名的麻癢。

如今遠在淮城，戰事又穩定下來，衛韞只要得了空便同她在一起，彷彿要將過去想要的全都彌補回來一般。

少年初嘗情事，哪怕是故作成熟克制如衛韞，也免不了失態，然而也多是在夜裡，如今還是下午，楚瑜察覺他的意圖，有些不好意思道：「天還亮著……」

「母親來信了。」衛韞煽風點火，含糊道：「最遲後日咱們回白嶺。」

楚瑜面色潮紅，低著頭應了聲「哦」。

有了這句話，無需衛韞多說什麼，也知道衛韞的意思。

衛韞將她壓在小榻上，一面動作一面喘息：「阿瑜，我到底什麼時候能娶妳？我有些忍不住了。」

楚瑜抱著他的脖子，理智有些渙散，然而最後一絲清明卻還是告訴他：「等局勢定下來吧。」

衛韞低頭吻向她，他吻得又凶又深，和動作頻率配合起來，沒給楚瑜一絲喘息。

他死死抓緊她，讓楚瑜有種莫名錯覺，這人彷彿洩憤一般，想將自己融進骨子裡。

楚瑜也不知衛韞是不是來了氣，從下午到第二日中午，兩人就沒出過房間。楚瑜感覺自己迷迷糊糊醒了，便被衛韞拖回去，再昏睡過去。

如此反覆到了中午，所有人開始用膳，楚瑜和衛韞都沒出現，王嵐不由得有些好奇：

「小七和阿瑜是怎麼了？怎的都不來吃飯了？」

「昨個兒大夫人和王爺議事太晚，」衛夏趕緊道：「怕是都要補補覺。」

王嵐點了點頭，還是有些奇怪：「多大的事兒要說這麼久？」

「這小人就不知道了。」衛夏撐著笑容。

等所有人將飯吃了，楚瑜迷迷糊糊醒過來，覺得自己餓得不行。她先洩憤地踢了衛韞一腳，衛韞便伸手來拉她，楚瑜忙道：「行了啊別太過分。」

衛韞靠過來，將頭靠在她身上，讓自己徹底從久眠裡醒過來後，衛韞才起身，叫了外面的人準備洗漱。

兩人洗漱之後，楚瑜穿上衣服，才發現脖子上也留了痕跡，衛韞在一旁吃著東西，見她面色不善地瞧著他，便走到她身後，低頭道：「怎的了？」

隨後便看見楚瑜脖子上留下的痕跡，他愣了愣，隨後有種莫名的感覺湧了上來。他驟然發現，在楚瑜身上看見自己的痕跡，尤其是露出來給別人看到這種，他心裡居然有一些無法言喻的興奮喜悅。

然而他面上不動神色，抬手想去觸摸那痕跡道：「我也忘記怎麼弄的了……」

話沒說完，楚瑜一巴掌拍到他的手上，有些氣惱道：「我早晚要宰了你。」

衛韞低笑，等楚瑜站起來後，他拿了大衣來，親自替楚瑜穿上，繫好帶子後，毛領便遮住了楚瑜的脖子。

「好了吧？」衛韞詢問。

楚瑜面色不太好看：「不准有下次。」

衛韞有些無奈，只能道：「我儘量吧。」

衛韞弄的痕跡深了些，等啟程去白嶺時也沒全消，楚瑜同王嵐、魏清平一個馬車，她一路都披著大衣，看上去十分怕冷，王嵐不由得有些奇怪：「阿瑜身子骨雖然弱，但也不至如此，可是如今上了戰場，消耗太過了？」

「大概吧。」

楚瑜扭頭看著窗外，她一貫不是會撒謊的。王嵐嘆了口氣，捲起簾子，看了外面一眼。遠處沈佑騎在馬上，剛好落入她的視線。她愣了愣，隨後便放下簾子，不再說話。

魏清平低頭看著醫書，沒察覺王嵐的動作，倒是楚瑜抬頭看了一眼，也沒多言。沈佑不願意娶王嵐，這事兒也同王嵐說了，王嵐鬆了口氣，沒多說什麼。

楚瑜看出王嵐此刻是擔心沈佑的傷勢，片刻後，她抬頭道：「等一會兒休息了，讓清平去給沈佑看看。」

魏清平抬眼，看了看王嵐，低頭應了聲：「嗯。」

馬車一路搖搖晃晃，楚瑜覺得無聊，倒頭便睡了下去，車隊停下休息整頓，魏清平便下去給沈佑看一看，只留了王嵐和楚瑜在馬車裡。

王嵐抬頭看了一眼，楚瑜正在睡覺，她頭上出了些熱汗，想必是熱的。王嵐便上前想要替她解了大衣，然而剛拉開大衣，她脖子上的痕跡便猛地落進了王嵐眼裡。

楚瑜也適時醒了過來，王嵐著急放了大衣，楚瑜迷迷糊糊道：「阿嵐？」

王嵐艱難地笑起來。

「妳這結繩太難看，」她心跳得飛快，直覺自己似乎知道了什麼不得了的祕密，可她必須裝作什麼都不知道，於是她繼續道：「我幫妳再繫一個吧？」

第十六章　人倫綱常

楚瑜看著王嵐強笑的模樣，以為她是被沈佑干擾，拍了拍她的手道：「別想太多了，既然沒有緣分，倒不如不要多想。」

知道楚瑜想錯了方向，王嵐舒了口氣，順著楚瑜的想法說了下去。

兩人聊了一會兒，魏清平回了馬車，抬眼同王嵐道：「挺好的，妳放心。」

三個人在馬車裡一路聊天交談，一直到白嶺，王嵐心裡都懸著，等到了白嶺，她進了自個兒府中，還忍不住想起楚瑜那痕跡。

那痕跡是誰的？

哪怕愚鈍如王嵐，也想起晨時楚瑜和衛韞都去補覺，衛夏的那些話。

那也是她愚鈍了，若是蔣純這樣心細的，恐怕當時就要聽出問題。

那蔣純知不知道呢？

王嵐有些按耐不住，回來當天夜裡，便去找了蔣純。

蔣純才同楚瑜敘完舊，便見王嵐來了，蔣純笑著道：「阿純也來瞧我？」

王嵐上前同蔣純寒暄了一陣，聊了一會兒後，王嵐將下人支開，才道：「我來是有些話想同姐姐說。」

蔣純正低頭喝茶，聽見王嵐的話，疑惑地抬起頭，看見王嵐強撐著笑道：「阿瑜似乎在外有了喜歡的人，姐姐可知道？」

蔣純頓了頓，有些琢磨不出來王嵐到底知道了多少，她遲疑了片刻，終於道：「妳怎的知道的呢？」

王嵐見蔣純猶豫遮掩，乾脆捅破了這層紙，深吸一口氣，直接道：「可是小七？」

蔣純沒說話，她放下茶杯，平淡道：「這些事兒，不是妳我管得的了。」

「這……這怎麼可以！」王嵐猛地起身：「長嫂如母，阿瑜一手將他帶大，這……這簡直是荒唐！」

蔣純沒說話，她垂著茶杯上的葉子，慢慢道：「阿瑜比小七也就大一歲，哪裡有誰把誰帶大的道理？不過是相互扶持罷了，我們衛府怎樣的情形妳不清楚？他們一路磨難走來，有了情誼，也是美事。」

「妳是不是早就知道了？」王嵐反應過來，蔣純點了點頭，王嵐露出震驚的表情：「他們這樣壞規矩，妳竟都不阻的嗎？」

「阿嵐，規矩的存在，是為了讓人活得更好。」蔣純淡然道：「讓人活得好的規矩叫禮節，讓人活不好的規矩叫禮教，一字之差，天壤之別，他們既然沒有對不起誰，壞了別人心裡的規矩，又如何呢？」

「太荒唐了……」王嵐搖著頭，不敢置信道：「他們、妳、你們都瘋了……」

蔣純起身將一杯熱茶遞給她：「妳明白也好，不明白也好，終歸是與妳無關的事，藏在心裡，別惹是生非，管好妳自己就夠了。」

聽到這話，王嵐愣了愣，她腦海裡驟然閃過沈佑的面容。

喜歡誰，又哪裡是能控制的？

她突然洩了氣，站在蔣純身前，深深嘆了口氣，最終還是離開了。

回到白嶺，在柳雪陽眼皮子底下，楚瑜不敢太過放肆，當天夜裡便同衛韞說好不要過來，還是忍耐一些為好。

等到夜裡楚瑜睡覺，她也不知道怎麼的，就睡不著。

她總覺得自己身邊似乎有個人，轉身就能摸到，然而轉身發現沒那個人的時候，不只人空蕩蕩的，自己心裡也是空蕩蕩的，輾轉反側到半夜，竟是一直睡不下去。

她有些氣惱自己，見夜色已經深了，乾脆起身披了件外袍，就潛到了衛韞院子裡。

她去的時候，衛韞房間裡還燈火通明，她不敢驚動別人，便悄悄潛伏在樹上，想等衛韞熄燈，周邊侍衛都離開後，再悄悄進去。

然而衛韞似乎很忙，一直沒有熄燈，於是她只能趴在樹上，看著衛韞跪坐在案牘前，埋頭批著文書。

他看文書的時候很認真，燈火映照在他清貴的面容上，帶著些許暖意。楚瑜趴在樹幹上，看著那個男人平靜沉穩的面容，看著燈光勾勒出的輪廓，不知不覺竟有些睏了。

她自己都不知道怎麼回事，高床軟枕，居然都不如在寒風樹幹上看著這個人，給她來得更心安。

她遠遠看著那個人都能得到慰藉，不知不覺就閉上了眼睛。

而衛韞批完最後一分文書，自己還是沒有睡意，他抿了抿唇，將衛夏叫過來，猶豫片刻後還是道：「大夫人房裡……」

衛韞：「……」

「早熄燈了。」

他嘆了口氣，有些無奈道：「小沒良心的。」

然而話剛說完，就有輕微的呼嚕聲從庭院裡傳了過來。

這聲音很小，然而對於衛韞這樣的高手來說，卻是極其清晰，於是幾乎是在同時間，衛韞的暗衛拔劍而出，直刺向楚瑜！

衛韞連忙出聲：「全都出去！」

暗衛在聽到這話的瞬間，立刻撤了出去，衛夏笑著往樹的方向瞧了一眼，領著下人全都退出了院子，帶著親信將院子守了起來。

院子裡頓時就剩下了衛韞一個人，他走到窗臺邊，單手撐著自己跳過窗臺，走下長廊，來到樹下。而楚瑜雖然睡得朦朧，卻還是被衛韞那一聲「全部出去」驚醒，她揉著眼睛撐起身子，就看見青年站在樹下，含笑瞧著她。

他仰著頭，雲紋壓邊月華色長衫墜地，白玉髮簪將頭髮隨意挽起，那似笑非笑的眼裡帶了些戲謔，看著她的眼神彷彿看一隻貓兒一般。

楚瑜慢慢醒過來，一時不由得有些尷尬。白日裡讓他別來找她的是她，如今悄悄躲在這裡看他的也是她。

「我睡不著……」楚瑜有些不好意思解釋道：「隨意過來看看，只是看看。」

衛韞低笑出聲，他的聲音帶著些許暗啞，像是寶石劃過絲綢一般，聽得人心都酥了起來。

他也沒多說什麼，只是伸出手道：「下來吧，天冷。」

楚瑜低頭瞧他，忍不住笑了：「我不下來，你怎麼辦？」

衛韞見她無理取鬧，笑意更深：「妳若不下來，那我可就上去了。」

楚瑜看了看這樹幹，覺得支撐自己一個人還好，衛韞上來怕是要斷，於是她又道：「那我若下來，你得許我一個好處。」

「什麼好處？」衛韞笑著瞧她。

「你答應我一個條件，要什麼我日後說。」

「行啊。」衛韞大大方方回答。

楚瑜有些詫異了：「這麼大方？」

「一身已予妳，又有何不能求？」

楚瑜愣了愣，衛韞這樣說話，她反而有些不好意思，不好再逗弄他了。

衛韞見她臉上泛紅，知曉她是害羞了，溫和了聲再道：「下來吧，別冷著自己。」

這次楚瑜也不矯情了，她直直往他懷裡落下去，衛韞伸手穩穩接住她。

衛韞看著落在自己懷裡的姑娘，月光落在她臉上，她面上還有未褪去的潮紅，眼裡又帶著些得意狡黠，看上去靈動又可愛，與那在外穩重沉著的衛大夫人截然不同。

如何看一個人愛你呢？

就是在你面前，她該是最真實的，截然不同的模樣。

看著這樣的楚瑜，衛韞覺得這姑娘不但落在了懷裡，還落在了心裡，他靜靜瞧著她，忍不住低下頭，吻了吻她的額頭。

楚瑜不由得愣了愣，隨後將臉埋到他胸口道：「親我做什麼？」

衛韞抱著她慢慢回了屋，聲音溫和：「是不是想我了？」

楚瑜沒說話，衛韞便知道是了。

他低笑，將她放在床上，隨後躺了下去，柔聲道：「我也想妳，想得睡不著，就只能大半夜爬起來批文書，所有公事兒都幹完了，卻還是睡不著，如今妳一來，我就覺得自己馬上能睡了。」

楚瑜有些不好意思地應了一聲，表示自己聽到了。衛韞靠上前，將人拉進懷裡，嘆氣道：「還是不分床了吧？我做小心一點，妳看可好？」

楚瑜將臉埋在他懷裡，沒說話，衛韞以為她還有顧慮，便道：「若是真讓母親發現了，我們就認了，該如何就如何，好不好？」

聽著這話，楚瑜還不說話，衛韞拉開她，嘆氣道：「阿瑜，妳如何想，同我回個話，妳這樣一聲不吭，我心裡害怕。」

「我一聲不吭……」楚瑜有些扭捏道：「不是不好意思嗎？」

於是分房睡這事兒便不再提了。

爾後的時日，衛韞開始準備攻打青州一事，楚瑜便籌備藥材。

如今距離青州那場地震已經沒有多少時間，她要多準備點救災的物資。魏清平同她一起準備這些，幫著她準備藥材，雖然她並不明白楚瑜做這些是為什麼，但是她從來不會管閒事，因此楚瑜讓她做什麼，她就只是幫忙而已。

除了公事，楚瑜剩下的時間便是在家裡陪陪柳雪陽，柳雪陽看她這樣忙碌的樣子，有些不忍地勸慰她道：「阿瑜妳也別太累，累壞了身子，又能算誰的？」

楚瑜笑了笑，口頭上應是，但依舊是該幹什麼幹什麼。

柳雪陽見楚瑜憔悴，心裡有些難受，同她身邊的桂嬤嬤道：「我也不明白阿瑜這孩子是在倔個什麼，如今都是些打仗的事兒，還有小七在呢，她該休息就休息，操心這麼些做什麼？」

「大夫人畢竟一個人，」桂嬤嬤給柳雪陽揉著退，隨意道：「心裡沒牽掛，當然要找點事兒來做。」

這話說到柳雪陽心裡，柳雪陽有些憂慮道：「也是啊，阿瑜這孩子死心眼兒，一心要為阿珺守貞，她這樣忙碌，也是心裡苦。話說之前咱們去燕大人家拜訪的時候，他兒子是不是還沒娶親？」

「是呢。」桂嬤嬤笑著道：「那燕家也是昆州名門，百年清貴門第，燕家大公子據說品貌雙全，風流倜儻，照我說啊，大夫人也不是死心，只是眼界高了，男人自然不好挑。顧大人是與大夫人有過過節，若是換一個優秀男子，也不一定呢？」

「妳說得極是。」柳雪陽握著桂嬤嬤的手，想了想道：「這樣吧，妳給我遞一份拜帖，就說我邀請燕夫人和燕大公子來府裡一敘。」

聽了這話，桂嬤嬤應了是。

待到第二天，燕夫人攜著燕大公子燕雲浪來了衛府，人剛到，柳雪陽便派人去傳楚瑜，讓她出來一起待客。

楚瑜沒有多想，便隨意打扮後起身出了門。

而這時候，衛韞在府衙中同下屬商議著作戰之事，衛夏急急忙忙進來，附在衛韞耳邊道：「老夫人將燕夫人和燕大公子請到府邸裡喝茶，還請了大夫人作陪！」

衛韞神色動了動，眼裡帶著冷意。他直起身，掃了周邊一眼，卻是問了句：「燕大公子是誰？」

「是燕太守燕雲浪嗎？」沈無雙迅速回憶起一個人。

衛韞抬眼看過去，見沈無雙滿臉肅靜之色道：「昆州第一浪子，一代情聖，據說他看上的女人，就沒有失過手的。」

衛韞臉色變了變，轉身就走。

沈無雙也不知道自己說錯了什麼，詫異道：「王爺？王爺你這是去做什麼？」

衛韞沒回頭，他抓起大衣，疾步走出房間，冷聲道：「回家去。」

沈無雙愣了愣，抬眼看向對面的秦時月。

這哪兒是回家啊？

這明明是去找仇家啊！

燕雲浪這個人，原在昆州是出了名的浪子。

他出身白州名門燕家，乃燕家嫡長子，自幼琴棋書畫無所不通，十六歲連中三元，二十三歲任白州太守，這份履歷不可謂不漂亮。這樣有才華的男人，對仕途偏生沒什麼興趣，他做官從來都是只做好分內的事，但在女人的事上卻極其上心。燕雲浪最出名的一句話叫做——家事國事天下事，事事不如美人事。他熱愛所有美麗的女子，對所有認識的女子，無論老少，都十分體貼。然而這樣一個花名在外的公子，卻沒有女子討厭，因為燕雲浪雖然風流，卻不下流，只在意女子的心，很少真正沾染誰。

衛府的帖子送過來時，燕雲浪正打馬從花街回來，天青色長衫獵獵飛揚，女子們歡叫著將帕子朝著燕雲浪扔過去，燕雲浪抬起手，接住最美那女子的手帕，在鼻尖輕輕一嗅，抬頭看向那姑娘，眼波流轉，那眼中脈脈深情，讓那女子當場羞紅臉去。燕雲浪朗笑出聲，倒也沒耽擱，駕馬回了燕府。

剛進門去，燕雲浪的父親燕章秀便從屋中急急忙忙出來，焦急道：「你這滿身的胭脂味又是去了哪裡？小祖宗如今是什麼時候，衛王爺如今占了白州，您不是土大王了，近來您就收斂著些吧！」

「父親說笑了，」燕雲浪笑著往屋裡走去，在侍女伺候下脫了衣服，慢慢道：「我本就在王爺手下做事，我把事兒做好就成，王爺難道還能管我喜歡幾個姑娘嗎？」

「若是以往當然不管，可如今衛府來帖子了！」

「嗯？」燕雲浪下了水，隔著屏風，漫不經心道：「來帖子做什麼？」

「你還記得衛府大夫人衛楚氏嗎？」

聽到這話，燕雲浪愣了愣，他是沒見過楚瑜的，然而對楚瑜的仰慕卻從來沒有停止過。當年白州傾覆，他身為白州太守被迫帶著百姓一路逃亡，在遙城被困時，他本打算自刎殉國，卻驟然聽聞楚瑜以女子之身守下鳳陵之事，於是他咬牙守下了遙城。後來他一直想去見一次楚瑜，但楚瑜身分高貴，遠在華京，他身為白州太守沒有皇帝准許不能隨意進京，便一直不曾得見。驟然聽到楚瑜的名字，他克制住情緒道：「父親說這個做什麼？」

「那衛楚氏啊，今年快二十二了，一直守寡，聽說在衛府，她地位極高，若能迎娶到她，我們與衛家的關係不是更密切了嗎？所以我花重金買通了衛家的下人，讓人幫我們搭條線。如今衛老夫人給咱們家下帖子了，你也不想想這是什麼意思？」

燕雲浪沒說話，他用帕子擦著身子，燕章秀見裡面沒說話，趕忙勸道：「你也別嫌棄她再嫁過，別說我不疼你，我打聽好了的，她嫁進去當天衛世子就死了，如今還是完璧之身……」

「別說這些混帳話！」燕雲浪的帕子從屏風裡砸出來，甩在燕章秀臉上：「她這般女子，不是這樣辱得的。」

燕章秀被他砸懵了，隨後跳腳罵起來：「你這小王八羔子，連老子都敢打！」

「我是小王八羔子，」燕雲浪拉長了聲音道：「父親，您是什麼嗎？」

「你……你……」燕章秀一口氣沒緩上來，然而他一貫寵燕雲浪，憋了半天，也就說了句：「明天給我規矩些！」

這次燕雲浪老老實實應了聲，燕章秀反而有些奇怪，但兒子規矩也是好事，他看了屏風一眼，轉身走了。

等到第二日，燕雲浪換了一件紫色華服，頭戴玉冠，搭著他那天生俊雅的面容，看上去倒是讓人極有好感的貴公子。

他隨著燕章秀進了門，由下人領著進了大堂，柳雪陽坐在高位上，正同桂嬤嬤說著話，燕雲浪收了一貫的浪蕩姿態，恭恭敬敬給柳雪陽請安。

他生得雖不如顧楚生那樣俊美，但也算一表人才，而且姿態端正，加上他有一雙帶笑的眼睛，老人家看了，生來就喜歡。柳雪陽見他並不輕浮，倒是極其滿意的，便讓人去請了楚瑜出來。

楚瑜聽到柳雪陽叫她待客，倒也不奇怪，她是衛府大夫人，有貴客來，一般都是她來接待。她詢問了來人，有些奇怪：「老夫人怎的突然請了他們？燕府與衛府是故交嗎？」

這話誰都回答不上來，只能楚瑜自個兒去了。今日天氣倒也還好，楚瑜穿了件白色單衫，外面籠了青色繡白花的華袍，又披了狐裘大衣，隨意挽了個髮便來到堂前。

此時燕雲浪正與柳雪陽說得高興，他向來知道如何和女子打交道，無論老少，正說到他在昆州的趣事，便聽見一個女聲道：「婆婆。」

那女聲很穩重，帶著笑意，燕雲浪抬頭瞧過去，便見一女子踏門而入。

那女子雙手攏在袖間，氣質清朗如月，燕雲浪從未在任何一個女子身上見過這樣坦蕩的氣質。然而她走進來時，每一步都是相同尺寸，長裙隨著她的步伐滑動出漣漪，是華京貴族最標準的步伐姿態，高貴優雅，沒有半分差池。

朗朗如月，亭亭如松，步若踏蓮，袖帶香風。

燕雲浪瞧著那人踏步而來，便想起當年他死守遙城時，聽聞她的故事，所描繪出的女子模樣。

他驟然發現，這女子比他想像中還要好上更多。

他暗中調整著呼吸，見楚瑜朝他瞧過來，輕輕一笑，同他和燕章秀行禮道：「燕大人，燕公子。」

既然是私宴，楚瑜也沒按照官場上的稱呼來。

燕章秀帶著燕雲浪回了禮，楚瑜便坐了下來。

楚瑜沒有貿然說話，但燕雲浪是個能說會道的，楚瑜也並不想給誰難堪，不一會兒，氣氛便熱絡起來。楚瑜沒想到燕雲浪是這樣坦率之人，倒覺得有幾分可愛。

柳雪陽見兩人聊得好，便同楚瑜道：「你們年輕人坐著也悶，阿瑜不若帶著燕公子去逛逛園子。」

楚瑜與燕雲浪聊得正好，便坦蕩道：「燕公子請。」

燕雲浪笑著起身，少了老人家在側，兩個人的話題便跑散開去。燕雲浪極擅長討女子歡心，三兩下就捉到了楚瑜喜歡的話題，一路詢問過去。

衛韞進了府裡，剛到門口，衛夏安排在府裡的人就上來，小聲道：「王爺，大夫人領著燕公子去後花園了。」

衛韞面色不動，轉頭就去了後花園，等見到兩人時，兩人正站在水榭旁邊，楚瑜正同燕雲浪說著北狄沙城放天燈的情形，衛韞走在長廊便聽見楚瑜的話，她語氣裡帶著幾分嚮往道：「那場景真真極美的……」

「聽大夫人如此說，雲浪也忍不住有幾分心動了。」燕雲浪笑起來：「若日後燕某有機會去北狄，倒不知大夫人能不能當個嚮導，指點一下？」

楚瑜正要說話，衛韞便掀了簾子進來。燕雲浪和楚瑜同時看過去，便見衛韞面色不善地站在門口，燕雲浪愣了愣，倒是先反應過來，笑著行禮道：「王爺。」

衛韞淡淡瞟了他一眼，點了點頭，隨後走到楚瑜身邊，淡道：「北狄的天燈節，本王也曾看過，有事兒太守不如直接找本王，本王還能找個北狄人給你當嚮導，直接領著你去。」

燕雲浪看著站在楚瑜身後的衛韞，有些茫然。

他瞧著兩人的模樣，總覺得有幾分不對，卻又說不出來，好在他一貫是會說話的，便笑著道：「也好，到時候王爺不要覺得下官多事。」

「無妨。」衛韞冷然開口，隨後低頭瞧向楚瑜，聲音裡帶了幾分暖意：「暖爐呢？出來怎的不帶在手裡？」

如今燕雲浪還在旁邊，衛韞驟然這樣親密問話，楚瑜輕咳了一聲，隨後道：「無妨的，今日天氣好。」

說著，楚瑜轉頭看向燕雲浪：「燕公子，如今畢竟天寒，不若我們先回去吧？」

「也好。」燕雲浪瞧著楚瑜纖細的身骨，眼裡帶著幾分溫情：「女兒家大多懼寒，大夫人還是要好好護著自個兒。」

「不是為了陪你遊園子嗎？」

衛韞一句話懟了過來，燕雲浪忍不住再看了衛韞一眼，總覺得今日的衛王爺有點奇怪，他收回目光，嘆了口氣，對楚瑜含情脈脈道：「今日辛苦大夫人了。」

楚瑜含笑看了他一眼，她從沒見過這樣的男人，眼裡總是含了水一樣，似乎見誰都深情。她想這大概就是天生的多情眼了，不免多看了幾眼。衛韞默默將手放在腰間懸掛的刀上，一句話也沒說。

衛韞一來，全場氣氛便有那麼些說不出的壓抑，起初燕雲浪還強撐著與楚瑜說幾句，後面也不知道怎麼，大家都沒了興致，一路沉默著回了大堂。

到了大堂，柳雪陽見著衛韞，不由得有些奇怪：「王爺怎麼回來了？」

見到柳雪陽，衛韞便笑了，上前恭敬道：「聽聞母親設宴，我想家中都是女眷不好作陪，便特意趕回來招待。」

這一句話把在場的柳雪陽和燕章秀差點嘔死，衛燕並非世交，柳雪陽這樣設宴說起來的確不算合規矩，但是如今戰亂多年，許多事兒早沒了這些禮節，加上柳雪陽本就有意撮合，越過了這層規矩。如今衛韞直愣愣一句話說出來，倒讓楚瑜有些詫異，衛韞這樣說來，衛家大概和燕家是不熟悉的。

楚瑜看了柳雪陽的表情一眼，心裡大概有了底，不由得又抬頭看了燕雲浪一眼，卻見他正喝著茶，察覺她的目光，他轉過頭來，彎了彎眉。

楚瑜愣了愣，突然覺得這公子的確是有趣的。

衛韞說了這話，柳雪陽只能尷尬道：「來了也好，那你同燕大人多說幾句……」

衛韞笑著應是，起身坐到楚瑜身側的位子，隨後同燕雲浪主動聊起話來。

然而今日誰都不想同衛韞說話，於是沒說幾句，燕章秀便主動告辭，領著燕雲浪走了。

衛韞親自送燕家父子出門，禮節倒是做得足夠，等回到大堂來，楚瑜已經回去，就留下柳雪陽在屋中，柳雪陽拍了桌子，怒道：「你這糊塗孩子，你差點就毀了你嫂子的事兒了！」

衛韞神色冷下來，坐到柳雪陽邊上，平靜道：「兒子倒是不知母親說的事，是什麼事？」

「你看著聰明，怎麼就不明白呢？今日我設宴請燕家父子做什麼，不就是想給你嫂子相看相看嗎？」

「相看？」衛韞冷笑道：「就憑他燕雲浪？」

「什麼叫就憑他燕雲浪？如今我看上燕雲浪，人家也是名門貴族，人又聰明上進，長得也好，脾氣又讓你嫂子喜歡，你倒同我說他哪裡不好？」

「就憑他那浪子名聲，我就不會讓嫂子去他那兒！」

「挑挑揀揀！你就知道挑挑揀揀！你倒給我找出個好的來？當年我說顧楚生好，你說顧楚生身分低微。如今人家是內閣大學士了，你也沒瞧上人家。你倒和我說你瞧得上誰？你嫂子都幾歲了？再過幾年，她要生孩子就危險了。我打從以前就讓你留意著人，這麼多年了，你一個鬼影都沒見著！你是打算讓你嫂子守寡一輩子？」

衛韞抿著唇不說話，柳雪陽眼裡帶著眼淚：「小七啊，我知道你偏你哥哥，可做人不能沒良心。阿瑜待衛家不薄，你總不能存這樣讓她守寡一輩子的心思。」

「母親，我沒這意思……」聽到柳雪陽的哭聲，想到柳雪陽也是一片苦心，衛韞軟化下來，有些無奈道：「但病急不能亂投醫，我給嫂子瞧著人呢。您就別亂找了，這燕雲浪一看就不是個好東西，您不能把嫂子往火坑裡推。」

「什麼叫往火坑裡推？這世上哪個男人不風流一下的？雲浪從來沒鬧出什麼事兒來，比起那些紈綺子弟已經算是潔身自好得很了。你以為個個都同你一樣，姑娘似的守身如玉。哦，別說你嫂嫂，倒說你……」

話題轉到了衛韞身上來，衛韞又被柳雪陽揪著說了一通。衛韞麻木地聽著柳雪陽說道，然後發現這些年柳雪陽數落人的能力真是越來越可怕了。

等夜裡回到屋中時，衛韞身心疲憊，他躺在床上，卻是累得一點力氣都沒有了。楚瑜側著身子撐著腦袋，不由得笑道：「你這一臉生無可戀的是怎麼了？婆婆說你了？」

「催婚的女人太可怕了。」衛韞轉過身，將人撈進懷裡，不高興道：「給母親找點事兒幹吧，別讓她天天盯著咱們的婚事。」

「老人家，不想這些想什麼？」楚瑜梳理著他的頭髮，輕聲安撫。

衛韞沉默了一會兒，似是有些不高興，楚瑜低頭瞧他：「怎麼了？被婆婆說不高興了？」

「我聽說，」衛韞遲疑片刻，終於還是道：「妳同燕雲浪聊得不錯。」

「嗯。」楚瑜想起白日裡那個公子哥兒，不由得笑了：「是個妙人。」

衛韞沒說話，抱著楚瑜的手收緊了些。楚瑜有些疑惑：「嗯？」

衛韞將臉埋在她胸口，小聲道：「我是不是不會說話？」

「什麼不會說話？」楚瑜有些疑惑。

「我覺得，」衛韞有些不甘願承認道：「我似乎沒有他會討妳開心。」

聽著這話，楚瑜輕笑起來：「你這是說什麼胡話，你們衛家一家正直，就你最能說。」

衛韞聽著，總覺得怪怪的，不覺楚瑜在誇他。但楚瑜這時有些回神了，抱著他道：「醋了？」

衛韞不語，楚瑜放下手，縮進被窩，抬手竄進對方衣服裡，笑著道：「真醋啦？」

「妳嚴肅些。」衛韞將楚瑜的手拉住，認真道：「妳答應我，以後離他遠些。」

「怎的這樣小氣呀？」楚瑜手被止住，又抬腳去逗弄他。

衛韞紅了臉，低聲道：「別鬧，說正經的。」

見衛韞要惱了，楚瑜總算停了動作，認真道：「好好好，我逗你呢。你放心吧，你不說，我日後也會離他遠些的。」

聽到這話，衛韞終於放心了些。他放開她的手，將她的手放回原來的位置。

「好了，」他低頭親到她的唇上，啞著聲音道：「可以不正經了。」

楚瑜：「……」

她就知道，裝什麼裝呢。

衛韞白天被柳雪陽數落得身心俱疲，晚上倒也沒太過胡鬧，出來後便睡了。

兩人歇息得早，等到子時，楚瑜依稀聽見鴿子的聲音，楚瑜有些迷蒙地睜開眼，便見到一隻鴿子落在窗戶上，腳下還掛著一頁香箋。

楚瑜覺得這鴿子有些奇怪，起身將那一頁書籤取下，鴿子便振翅飛了。楚瑜低頭一看，是一首情詩，文采極好，字也寫得好，落款是一隻小燕，畫也畫得好。

這香箋上的香味很特別，一看就是特意調製的，的確是上了心思，楚瑜低頭聞了聞香，不由得笑了。

活了兩輩子，倒是第一次被人這樣追求。這時衛韞察覺楚瑜一直沒回床上，抬起頭來，便看見楚瑜正低頭含笑看著一張紙。

衛韞瞬間就醒了，他急急從床上走到楚瑜身後，目光落到楚瑜手上，克制不住著急道：「這是什麼？」

然後他就看見這首情詩和落款那隻燕子。

衛韞這下倒是冷靜了，楚瑜抬頭瞧他，看見他冰冰涼涼的眼神，趕忙擺手道：「和我沒關係，剛才鴿子送過來的。」

「我知道。」衛韞冷笑：「這王八羔子倒也不負盛名。」

「別管他了，」衛韞將楚瑜打橫抱回去：「外面冷，趕緊睡吧。」

楚瑜應了聲，也沒有多想，徑直睡了。等楚瑜睡去，衛韞睜著眼，最終還是沒忍住，起身將信扔在炭火裡燒了。

燒完了信，他心裡還是覺得有幾分委屈，他瞧著楚瑜的模樣，又不忍心吵醒她，於是覺得自個兒轉過身去，和楚瑜冷戰這一晚。

熟睡中的楚瑜對衛韞開啟的這場冷戰毫無所知，等第二天醒來時，衛韞已經單方面將這場冷戰結束。

衛韞想了想，這大概是他與楚瑜相好以來最出息的一次冷戰了。

他算了算，冷戰了足足三個時辰呢！

衛韞自個兒和自個兒冷戰了一夜，到給自己冷病了。

清晨起來一個噴嚏一個噴嚏的打，楚瑜見著的時候不免有些奇怪，衛韞一貫身強體健，怎麼就病著了？

然而大家正在商討著進攻青州一事，楚瑜也不好問他，於是所有人就看著衛韞說著話，時不時來一個噴嚏。

「趙玥給劉容遞了消息，說是要借兵給他攻打石虎，劉容信了，已經整兵準備動手，我們不管麼？」

秦時月指著一個位置，將自己得到的消息說出來詢問衛韞。

如今各地舉事方不到一個月，趙玥不動手，看上去一派平穩，就如顧楚生所料，各自撕咬起來。

趙玥本就是挑事的好手，那裡挑撥這裡許糧食，如今許多本只是想趁亂撈一筆的早就打了起來。小魚吃蝦米，若是有個把英雄領路，怕會成長成一方勢力，等以後又是衛韞要頭疼的了。故而秦時月才多問了那麼一句，想知道衛韞如今是怎的想。

然而衛韞擺了擺手，只是盯著青州道：「青州和白州如今交接十城，其中六城都居山地，青酒、陽粟兩城易攻難守，但是姚玨如今已經加重兵把守，我們便在鄆城和惠城之間選一座進攻，諸位覺得哪一座合適？」

在場人思索著，片刻後，楚瑜抬手指了惠城道：「從惠城進攻吧。」衛韞抬頭看了她一眼，楚瑜繼續道：「惠城乃白頭江上游，青州最主要的水脈就是白頭江，拿了惠城，大有好處。」

聽到這樣的理由，陶泉點點頭道：「老夫認為大夫人說得是。」

衛韞皺了皺眉頭，想說什麼，但想明白楚瑜近來一直在收購的藥材，便懂了楚瑜的意思。

從惠城入青州境，下一個城就是元城，沒有多久，地震會從元城開始，一路蔓延到洛州。按照顧楚生的說法，災情應當十分嚴重。楚瑜想取了惠州，最重要的，大概就是對後續災情救援的考量。

其實比起鄆城，惠城更難進攻一些，然而明瞭了楚瑜的意思，他也沒有多話，便將此事定了下來。

等兩人一同回衛府去，楚瑜同他走在長廊上，突然頓住了步子，衛韞有些奇怪，楚瑜這是做什麼，便看楚瑜抬起手，將手放在他額頭試了試後，笑著道：「昨夜是不是我搶了被子，讓你著涼了？」

聽到楚瑜問話，想到昨夜的舉動，衛韞有些不好意思，低聲道：「沒，大概是最近事多，沒休息好。」

楚瑜嘆了口氣，抬手握住他的手，有幾分心疼道：「你辛苦了。」

衛韞不敢瞧她，目光往外瞟了去，覺得這事兒看來看去，就得怪燕雲浪。要不是他，他怎麼會和楚瑜置氣，冷戰了足足一晚呢？

他心裡記掛上了燕雲浪，面上卻是不顯，轉頭卻同楚瑜道：「妳心裡記掛著後面地震的事兒我知曉，不過到時候這事兒我去處理，妳千萬別去。」

「為何？」楚瑜笑著回頭瞧他。

衛韞有些不安道：「畢竟是天災，我心裡害怕。」

「和別人搶人我不怕，和老天爺搶人，」衛韞苦笑：「我還是怕的。」

楚瑜愣了愣，最後卻是莫名有些不好意思，她轉過頭去，低聲說了句：「我怎麼會有事？」

兩人在衛府吃了飯，衛韞便去和秦時月安排出征之事。楚瑜自己個兒坐在屋裡，清點這這一次地震準備的物資，沒了一會兒，楚瑜就聽到外面傳來一陣笛聲，她愣了愣，那低聲輾轉悱惻，一聽便知是哪家公子在撩姑娘。楚瑜聽了片刻，見笛聲就在外面，她不由得走出去，便看見青年坐在樹梢，手持竹笛，紫衣飛揚。

月光很亮，青年坐在月下，俊美非常，楚瑜靠在門前，聽著那人吹笛。

他明知她來了，卻沒有回頭看一眼，自己吹著笛子，笛聲驟然一轉，帶著激昂殺伐之聲，楚瑜一瞬之間，不自覺回想起年少時光，她忍不住笑了，吩咐長月準備了酒在庭院中，揚聲道：「燕公子吹笛辛苦，薄酒一杯，以作相報。」

笛聲未歇，完完整整吹完那一曲，那公子從樹梢輕躍入庭，坦然入席，將酒一口飲盡後，抬頭笑道：「好酒。」

「埋了十八年的桃花笑。」楚瑜站在長廊上沒下來，環抱著自己道：「倒配的上燕公子這般瀟灑人物。」

「人面不知何處去，桃花依舊笑春風。」燕雲浪嘆氣：「若早知這酒是桃花笑，燕某不喝了。」

說著，燕雲浪抬起頭，笑著看向楚瑜：「大夫人若是覺得燕某笛聲尚可，明日梅園正是梅花盛開好時候，不知大夫人可願一陪。」

「笛聲是好。」楚瑜點點頭，卻是坦然道：「不過，我心裡有人了。」

燕雲浪愣了愣，便見楚瑜從長廊上走下來，走到燕雲浪對面，自己給自己倒了酒，坦然道：「燕公子是風流人物，我敬公子一杯，我與燕公子能當好友，但是其他，怕是不能。」

燕雲浪聽到這話，輕輕笑了，同楚瑜碰了杯道：「男歡女愛本是快樂事，燕某愛慕大夫人，是燕某的趣事，大夫人不必苦惱。這杯酒，燕某敬妳。」

說完，燕雲浪舉杯喝完酒，便一躍上樹，站在樹梢，朗聲道：「大夫人，燕某受您三杯酒，便再吹一曲吧。」

楚瑜哭笑不得，燕雲浪這一次卻是吹了一支情意綿綿的曲子。

此時衛韞也到家了，他剛進門，就聽到了笛聲，那笛聲明顯是求愛的曲子，衛韞皺眉道：「誰這麼晚還在府裡吹這靡靡之音？」

說著話，衛韞走到長廊間，便聽見丫鬟小聲道：「燕公子雖然沒有王爺俊美，可真真是多情郎啊。我若是大夫人，當立刻許了他！」

聽到這話，衛韞腳步頓了頓，也不知道是為什麼，就停在了原地，偷聽那兩丫頭說話。另一個道：「妳當大夫人是妳？大夫人這樣穩重的人，當然是要考察一二的。」

「考察歸考察呀，」起初說話的丫鬟道：「可燕公子這樣追求，哪個女子不心動啊？」

衛韞有些聽不下去了，可讓他訓斥兩個丫鬟，又覺得有些丟份，便轉過身去，換了條道走。走了一半，衛韞轉頭同衛秋道：「你帶上人，把他給我扔走，明日若還來，見一次打一次。」

衛秋應了聲，片刻後，笛聲便沒了。

沒了那笛聲，衛韞心裡才舒坦些，他回了自己屋子，又悄悄折出院子。到了楚瑜院子裡，便看見楚瑜獨自一人坐在庭院裡玩弄著酒杯，對面還有個酒杯，酒杯裡有半口酒，明顯方才有人與她對飲。

衛韞也不知道該怎麼生氣，該生什麼氣，他見四下無人，走到楚瑜面前，憋了半天，終於道：「我會彈琴。」

楚瑜微微一愣，抬起頭，有些奇怪：「什麼？」

「妳若喜歡這些，我可以彈琴給妳聽。」衛韞有些低著聲，心虛道：「他若再來，妳把他打發走就是。」

「方才追著燕雲浪去的是你的人？」

楚瑜反應過來了，她招了招手，衛韞坐到她身側，沒有說話。

楚瑜握著他的手，輕輕摩挲。他手上有許多傷口和繭子，與華京貴族那些公子截然不同。很難想像這樣一雙手長在一個生得這樣俊雅的青年身上，也更難想這樣一雙手，會做撫琴調香這樣的風雅事。

然而衛韞畢竟出身高門，年少時雖然除了習武其他都不喜，但是六藝多少是學了一些的，當年衛珺作為世子對自己要求高，對這個弟弟管得更是嚴厲，打也要打到學。只是衛韞年少時太過頑皮，那些貴族公子的東西，他一概不喜，尤其是作詩寫文，更是寧願被衛珺抽都不學。

不過有衛珺在，衛韞也聰明，多少還是學了些，只是十五歲之後，便沒了時間。十五歲之後，他練出了一手好字不讓朝臣恥笑，學會了寫好文章與那些文臣鬥嘴，手中長槍不離身，再也沒摸過一次琴，調過一次香。

他不比燕雲浪那樣無憂無慮長大的風流公子，他的世界殘忍太多。

楚瑜摸著他的手，笑著道：「你同他比這些做什麼？」

衛韞抿了抿唇，又聽楚瑜道：「真會？」

衛韞有些猶豫道：「許久……沒練了。」

楚瑜笑起來，她招呼一旁的晚月，同晚月道：「妳去房中，將琴拿過來。」

晚月應了聲，便去取琴過來，衛韞看著琴犯了難：「真……真要啊？」

楚瑜挑眉：「你莫不是騙我？」

「沒有。」衛韞立刻道：「我怎會騙妳？」

說著，他取過琴，摸過琴弦，認真回憶著當年自己是如何受教。

他本也是師從大師，只是當年太過頑劣，基本功卻還是在的。

他垂眸在琴上，手放在上面，輕輕撥弄了琴聲。

的確是許久沒彈了，聲音算不得流暢。

但是他彈得很認真，坐姿手勢，無一不顯示著他曾經有過怎樣的好教養。

楚瑜靠在他肩頭，聽他的琴聲越來越流暢，她看著那雙手，溫和道：「懷瑜。」

「嗯？」

「等以後，你會跟我走嗎？」

「好。」

「竟不問問去哪裡嗎？」楚瑜不由得笑了。

衛韞平靜道：「妳向來是重責任的人，妳若要走時，必然是這天下安定，我也沒什麼牽掛。妳想去哪裡，我隨妳去就好了。」

「到時候，你就有時間學琴了。」楚瑜的目光落在他手上：「你可以像華京那些貴族公子一樣，學琴、學畫、學調香……」

衛韞琴聲一瀉，楚瑜抬起頭：「是不是覺得很好？」

衛韞沒說話，楚瑜有些疑惑：「怎的了？」

衛韞憋了半天，終於道：「那個……阿瑜，我到時候要好好教孩子。」

好不容易躲過了這樣的折磨，楚瑜愛折磨折磨孩子去吧！

楚瑜聽衛韞的話，想了想，點頭道：「也是，到時候還要教孩子呢。」

衛韞心裡鬆下來，然後他突然反應過來。

這是楚瑜少有的，同他提及未來。

他忍不住揚起嘴角，想壓著笑意，卻發現全然無法做到。楚瑜抬手戳了戳他的頭：「傻笑什麼呢？」

衛韞抬手捂住自己額頭，低頭輕笑：「就想著以後和妳在一起，覺得開心。」

有了楚瑜這一番安撫，雖然楚瑜沒有直接說，衛韞卻也消了氣，不同燕雲浪置氣了。

然而燕雲浪卻是個執著的，他每天晚上都來，今日吹笛被驅趕了，明日他就在遠處點了孔明燈，上面寫著楚瑜的「瑜」字，氣得衛韞射了近百支箭，將那孔明燈統統射了下來。

燕雲浪這樣鬧騰，柳雪陽自然是知道的。知道燕雲浪的動作，自然也就知道了衛韞總讓人攔著燕雲浪，不由得有些奇怪道：「妳說小七這事兒辦的，阿瑜是他嫂子，他一個小叔子，怎麼管起嫂子的婚事來？若燕公子是個壞種倒也罷了，明著遞書信來邀約小七攔著，放個孔明燈，小七也要給他射下來。近日他天天回府得早，好似就要盯著燕公子一樣……」

柳雪陽越說越不對味，說著說著，她突然道：「妳說小七同阿瑜是不是走得太近了些？」

話剛出來，桂嬤嬤和柳雪陽就變了臉色，柳雪陽輕咳了一聲，轉頭道：「我也是糊塗了，算起來小七也是阿瑜一手帶大，阿瑜雖然只比小七大一歲，可是長嫂如母，這些年衛府全靠她撐著……」

說到這些，柳雪陽有些說不下去了。有些事兒不說不覺得，說起來就總有那麼些不對味。她想了想，終於吩咐了桂嬤嬤道：「妳讓人，去大夫人和王爺那兩邊，偷偷盯著些。」

桂嬤嬤心裡有些慌張，但畢竟跟久了柳雪陽的，低聲道：「是。」

說完，柳雪陽站在庭院裡，皺著眉頭，合掌道：「菩薩保佑了。」

第十七章　荒唐

燕雲浪覺得，自己這輩子是不會娶一個姑娘的。要是打算娶，那就要娶一個當世無雙的。

楚瑜這個人，他倒不覺得自己有多深情厚誼，只是他這輩子情場上無往不利，第一次被人拒絕，的確有那麼些趣味。於是他十分堅持，十分認真的追求著楚瑜。

他知道衛韞不同意這門婚事，可是這也無妨，只要楚瑜同意，哪怕娶不到楚瑜，他也覺得不是憾事。

大約姓燕的，都是浪子吧，更何況他的名字，本來就帶著浪。

衛韞阻止得厲害，他的手段越是層出不窮。今天飛鴿傳書，明天孔明燈寄情，最後還買通了小孩兒在衛家門口唱他編給楚瑜求愛的童謠，那些孩子不明白自己唱了些什麼，衛韞卻是聽著就煩。

有一天夜裡，衛韞和楚瑜正睡得香甜，衛韞就聽到了外面念詩的聲音，他忍不住起身提劍，覺得自己今晚一定要砍死這登徒子，好在楚瑜保持著幾分理智，要是讓人看到衛韞從自個兒房裡大半夜跑出去，那也太過荒唐，趕忙讓暗衛把人攆了出去。

如此一去二來，燕雲浪追求楚瑜追求得很開心，楚瑜也看著燕雲浪鬧騰，只是苦了衛韞，白日辦公，夜裡防賊。眼見著他馬上要出征，衛韞實在是放心不下，他沉下心來想了想，終於讓沈無雙去準備了十幾個絕色歌姬，然後邀燕雲浪去聽雨樓。

聽雨樓是白嶺最風雅的茶樓，衛韞包下頂層雅間，讓人給燕雲浪去了信。

燕雲浪接到衛韞的邀請，有些奇怪，最後還是應了下來。

而衛韞包下聽雨樓一事，很快就傳到了柳雪陽耳朵裡，她皺眉想了片刻，終於同桂嬷嬷道：「妳去聽雨樓，替我包下頂層另一間雅間，別用我的名字。」

桂嬷嬷有些奇怪地看了柳雪陽一眼，終於還是去辦了。

第二日，柳雪陽早早提前到了聽雨樓，等到了衛韞和燕雲浪約定的時間，柳雪陽便聽外面有了女聲。柳雪陽早讓人在牆壁之間鑿了個小洞，聲音從洞裡傳來，十分清晰。

柳雪陽聽著隔壁開了門，陸陸續續有人走進來，而後有倒茶之聲。

又過了一會兒，一個男子的腳步聲傳來，卻是燕雲浪來了。

燕雲浪只帶了兩個隨從，都讓他們站在外面，他推門進去後，見衛韞坐在上座上，低頭喝著茶，他笑著上去，行禮道：「王爺。」

衛韞低應了一聲，指了位子道：「燕太守請坐。」

燕雲浪笑著起身，屋中炭火燒得旺盛，沒有半分冬日寒意，反而讓人覺得有些燥熱。燕雲浪搖著扇子，聽衛韞道：「本王不日就要出征一事，燕太守想必已知。」

「下官已收到消息，」燕雲浪笑咪咪道：「王爺放心，白州糧草調用我會看著……」

話沒說完，衛韞就擺了擺手：「我想同你說的不是這些。」

燕雲浪愣了愣，衛韞平淡道：「這些公事，我在府衙中已經說過，便不必再說了。我邀請燕太守來，是有一事相請。」

「不知王爺所說何事？」燕雲浪眸色動了動，小扇輕打著手心。

衛韞抬眼瞧他，眼中帶著冷意：「本王素知燕太守風流之名，也知燕太守愛美人，只是這世上美色雖多，卻不是每一個，都能任君摘采的。」

聽到這話，燕雲浪挑了挑眉，衛韞抬手拍了拍，旁邊一直懸掛著的簾子突然被人打開，十幾位頂尖美人出現在兩人視野裡。燕雲浪眼中帶了欣賞之意，便見女子踏著流雲碎步有序入場，隨後絲竹管樂之聲驟然響起，屋內輕歌曼舞，女子交替著出現在燕雲浪眼前，似是給他挑選一般。

這些女子都是極美的，美得各有特色，舉手投足間都帶著良好的教養，明顯是特意培養過。這樣的歌姬在外，每一位都價值千金，如今十幾位同時出現在人眼前，若是普通人，怕是早已直了眼。

然而燕雲浪畢竟是風流人物，面對這樣的架勢，卻只是笑了笑，轉頭道：「王爺這是什麼意思？」

「這些歌姬都是我讓人四處尋覓來的頂尖歌姬，今日便將她們都送給大公子，只請燕太守日後，」他抬起頭，瞧著燕雲浪，眸色中帶著警告：「離我嫂嫂遠些！」

燕雲浪微微一愣，隨後笑起來。

再如何大方，他終究是男子，追求一個人被人一而再再而三阻撓，他終於忍不住惱了，語氣裡帶著涼意：「燕某不大明白，王爺是怎麼個打算。燕某追求大夫人，那是燕某與大夫人之間的事，王爺您不過是大夫人的小叔，如今管這些做什麼？」

衛韞沒說話。

他這輩子最討厭的就是這句話。

他只是楚瑜小叔，憑什麼管她這麼多事。

可是憑什麼不能？

他和她早就有夫妻之實，如果不是時機不合適……

衛韞眸色有些深，旁邊燕雲浪也瞧出來，他皺著眉頭道：「王爺您管這麼多，到底是為什麼呢？您如此阻撓下官與大夫人，王爺也當給我個理由吧？」

「理由？」衛韞抬眼看向燕雲浪，卻是笑了：「我告訴你理由，你便會停手了？」

燕雲浪沉默片刻，扇子敲著手掌，他似乎意識到什麼，有些不敢置信。

衛韞直起身子，來到燕雲浪身前，他曲起一隻腿，單膝觸地，半蹲在燕雲浪身邊，平靜道：「你要理由，我就給你。」

「我喜歡她，」聽到這話，燕雲浪猛地抬頭，卻就見衛韞抽出一把匕首，猛地扎入桌上，他靜靜看著燕雲浪，神色認真：「我視她如妻，容不得他人覬覦染指，這個理由，夠不夠？」

燕雲浪震驚地看著衛韞，無法言語。

而另一房間之內，柳雪陽死死捂住自己的嘴，竟是連呼吸都覺得多餘了。

她滿腦子只有一個念頭——荒唐。

這逆子，太荒唐！

柳雪陽捂著自己的嘴，不讓自己發出半點聲響。

衛韞察覺隔壁有人，然而他並無所謂。

能到聽雨樓頂層的人，本該是達官貴族，什麼話該說什麼話不該說，那些人比他還清楚。

衛韞就盯著燕雲浪，而燕雲浪在經歷片刻震驚後，慢慢回過神。

其實衛韞的話早有端倪，燕雲浪本也猜出了一些的，只是沒想到衛韞居然就這樣坦蕩蕩認了，他不由得笑道：「王爺也真是敢說。」

「我有什麼不敢？」衛韞輕笑。

燕雲浪從旁邊拿了杯子，抿了一口道：「王爺不怕我說出去嗎？」

「燕太守這樣的聰明人物，想必不會做這種事。」

衛韞坐下來，聲音平淡，燕雲浪挑眉：「若我說了呢？」

「你若告訴了別人，」衛韞輕笑：「那我便提前娶她就好。我喜歡她這件事，大家早晚要知道。」

「你怕是巴不得全天下都知道吧？」

燕雲浪笑開來，衛韞倒也沒否認。

他私心裡當然是巴不得全天下人都知道的，可是一來此時不合適，二來楚瑜未必願意在此時說出來，所以他暫且忍耐。然而面對燕雲浪這樣的人挑釁，他自然是不會容下的。

燕雲浪心裡有了底，他嘆了口氣道：「日後您會娶她嗎？」

「必然。」

「那到時候，流言蜚語……」

「我喜歡她，我強迫追求的她，又與她有什麼關係？」衛韞抬眼看向燕雲浪：「我嫂子乃端正人物，一切都是我的私心，大家當同情她為我所欺才是，又有何能說的？」

燕雲浪聞言苦笑：「王爺，這天底下的汙水，都是往女人身上潑的。」

衛韞沉默下來，他一時竟不知道當說什麼。燕雲浪說的話，他如何不知道，可是他難道要為了天下人的話，就和楚瑜這樣偷偷摸摸一輩子？

許久後，他終於道：「天底下的人怎麼說，我管不了。誰要當著她的面讓她難堪，我就宰了他。」

「你說這些話，她這輩子都聽不到。」

燕雲浪笑而不語，衛韞抬手收了刀，平靜道：「話說到這裡，我如何想，你大概也明白。燕雲浪，你若真將她帶走了，」衛韞冷眼看過去：「奪妻之恨，你確定嗎？」

燕雲浪瞧見衛韞的神色，心裡猶豫片刻，還是抬起手，拱手道：「王爺言重了，雲浪不過玩笑罷了。日後斷不會再去叨擾大夫人。」

衛韞聞言，含笑道：「燕太守明理，衛某在此謝過了。」

衛韞和燕雲浪一番寒暄後，衛韞便先回去了，留燕雲浪坐在屋中，看歌姬起舞。

燕雲浪喝了口酒，嘆氣出聲。

遺憾是遺憾的，但是對於楚瑜，不過只是遺憾罷了。要是為了楚瑜當真和衛韞對上，他是不樂意的。

而衛韞走下樓後，轉頭看了聽雪樓另一間雅間一眼，他壓低聲音，同衛秋道：「去查一查，隔壁是誰。」

衛秋應了聲，便上樓去。

而柳雪陽坐在屋中，好半天緩不過神來，直到她身邊衛英說道：「老夫人，王爺可能察覺了，衛秋帶人往我們這兒來了。」

衛英是衛家上一代暗衛中最傑出的人物，說起來衛秋、衛夏這些人還得叫他一聲師父，前任鎮國候衛忠死後，衛英就按照鎮國候生前的吩咐留在衛家專門聽命於柳雪陽。柳雪陽聽到衛英的話，有些慌亂，隨後忙道：「將此事遮掩過去！不能讓小七知道我來過！」

衛英應了聲，平淡道：「煩請夫人入內室。」

柳雪陽帶著桂嬤嬤起身進了內室，衛英領著另外兩個暗衛拿出早已準備好的人皮面具，倒上酒，在衛秋敲門之後，偽裝成小廝的暗衛上前開了門。

衛秋抬頭看去，便見是兩個富商坐在裡面，有些詫異地看了過來，衛秋迅速掃了一眼，說了句：「抱歉，找錯了。」

說完，衛秋走下樓去，又去尋了聽雨樓的老闆，查出來人，是城東一位姓陸的富商訂下的。

衛秋核實了所有訊息，確認無誤後，回去報給了衛韞。衛韞點點頭，也沒再多理會。若只是普通富商喝茶，且不說聽雨樓的隔音應當聽不到，便就是聽到了，也是無妨。

等衛韞澈底走了，衛英讓人去查看過後，這才領著柳雪陽回了家中。柳雪陽在馬車裡整個人都是木的，她拼命消化著方才衛韞說的話，等到了家裡，桂嬤嬤給她梳頭時，她才慢慢反應過來，艱難道：「小七，喜歡阿瑜？」

桂嬤嬤手上一抖，隨後鎮定下來。

桂嬤嬤從村裡來，這種事兒在他們那兒並不少見。窮苦人家，幾兄弟娶一個媳婦兒的都有，更別提兄長死後為了省聘禮錢繼續和嫂子在一起的。桂嬤嬤比柳雪陽冷靜得多，她揣摩不出柳雪陽的心思，只能道：「聽王爺的意思，約是如此。」

「那他們……他們……」

柳雪陽有些著急，後面的話卻是如何都沒說出口。

到底只是喜歡，還是已經發生了什麼？

柳雪陽不敢確定，然而過了許久後，她鎮定下來。

衛韞說的是他喜歡她，那這件事，或許還沒有開始，只要沒有開始，便有轉機。

喜歡這件事是攔不住的，衛韞喜歡她，只要楚瑜不回應，少年人的情誼，埋在心裡，誰也別知曉，那就足夠了。

柳雪陽想明白這一點，抬眼看向窗外，慢慢道：「明日小七就要出征了吧？」

「是。」桂嬤嬤揣測不出柳雪陽如今的想法，猶豫道：「老夫人要不要去看看王爺？」

柳雪陽點點頭，便尋去找衛韞。

此時衛韞正在書房之中，同大夥兒商量著明日出征的事宜，楚瑜在旁邊聽著，算著日子。如今年代太過久遠，她已經不太記得地震的具體時間，只是時日推移，楚瑜不由得心裡發緊。

可戰事不能催，她心裡雖然擔憂，卻也不敢對衛韞太過催促，默默坐在一旁聽著衛韞同秦時月等人商量戰事，時不時插一句話。

一行人正說著話時，外面來報柳雪陽來了。楚瑜和衛韞對視一眼，有些不明白柳雪陽如今來這裡做什麼，但還是恭敬請了柳雪陽進來。

柳雪陽進來之後，目光從楚瑜身上掠過，以往知曉楚瑜和衛韞常常一起議事，也不覺得怎麼，今日瞧見了，心裡卻忍不住多了些想法。柳雪陽不是個藏得住事兒的，神情上有了變化，楚瑜和衛韞立刻察覺出來，衛韞扶著柳雪陽進了屋，笑著道：「母親怎麼來了？」

「你明日就要出征，我來瞧瞧你。」柳雪陽目光落到衛韞身上，上下打量了片刻後道：「戰場上切勿激進，輸贏自有天命，不要太過強求。」

「孩兒知曉。」

衛韞跪坐在柳雪陽對面，楚瑜上前添了茶，其他人對視一眼後，紛紛出了房間。

柳雪陽看了楚瑜一眼，有些僵硬道：「此番，阿瑜也要去嗎？」

楚瑜愣了愣，心裡不由得閃過一絲擔憂。柳雪陽一貫不管事，今日怎麼問起這些來？然而她面上不動，笑了笑道：「我為王爺左前鋒。」

「這樣……」柳雪陽應了聲，她似乎有些猶豫，衛韞瞧出她有話，便道：「母親可是有什麼想法？」

「我……我就是覺得，剛來白嶺，如今阿瑜不在，府裡亂糟糟的，我心裡不放心……」

這是要楚瑜留下了。

楚瑜聽了出來，衛韞也明白，他有些疑惑道：「家中庶務，不都是二嫂在打理嗎？」

「你二嫂也就是打理一些雜事，家裡的大事，還是要阿瑜來的……」柳雪陽說得磕磕巴巴，她有些心虛道：「我近來也不是很舒服，阿純還要侍奉我，怕沒這麼多時間了……」

話說到這裡，衛韞沉默下來，似是有些不快。

楚瑜笑了笑，抬眼看向衛韞道：「既然婆婆身子不適，那我留下來侍奉便好。王爺看看，要不把錢勇調來？」

若柳雪陽不是存心要留她，聽到這話，便該知道她耽誤了衛韞的安排，會鬆了口。

然而柳雪陽沒鬆口，楚瑜心裡就沉下去幾分。

衛韞沒有說話，他似乎正在認真思索著。楚瑜知曉他是不願留下她的，尤其是在柳雪陽如此反常的情況下。

然而衛韞若是忤逆柳雪陽，怕又有一番爭執，楚瑜想了想，笑著道：「王爺，我也覺得戰場辛苦，本就不想去的。如今有婆婆給這個藉口，倒也正好了。」

「嫂嫂……」衛韞皺著眉頭，開口間帶了不贊同。

楚瑜抬手道：「便就如此吧，我留下侍奉婆婆，將錢勇調來換我的位置。我會將糧草清點好，你上前線後，我讓錢勇押運過去。」

衛韞抿了抿唇，楚瑜已經這樣說了，他還要強求，便有些奇怪了。柳雪陽偷偷看了楚瑜神色一眼，見楚瑜面上並無怒意，她內心稍稍放鬆了一些。

「我也沒有他事，便先走了。」沉默片刻後，柳雪陽也覺得尷尬，她站起身，又忍不住瞧了楚瑜一眼。

楚瑜心裡明白柳雪陽的意思，主動起身，扶起柳雪陽，溫和道：「婆婆，我送妳回去。」

柳雪陽拍了拍楚瑜的手，似是感激。楚瑜扶著柳雪陽出去，如今已是寒冬，雨水似乎結成了冰粒，往下落的時候，砸得雨傘劈里啪啦作響。

柳雪陽同楚瑜走在長廊上，楚瑜低垂著眼，走了好久，才聽柳雪陽道：「阿瑜，妳在我心裡，一直是很好的孩子。」

「我一直很惋惜，妳這樣好的姑娘嫁過來，阿珺卻沒有福氣……這麼多年來，我一直將妳當成我的女兒，」柳雪陽握著她的手，聲音裡帶著哭腔，楚瑜抬眼看她，柳雪陽紅著眼，低聲啜泣道：「這些年，妳幫著小七，幫著衛家，若小七有個親姐姐，怕也就是如妳這樣了。」

親姐姐。

楚瑜睫毛微微顫動，明白柳雪陽話中的意思。她沒說話，柳雪陽便以為她不明白，接著道：「我一直想著給妳找個好人家，想為妳尋一門妳喜歡的，又讓妳終身無虞的親事。我老了，這輩子，我什麼都沒有，就只剩下小七一個兒子。我沒什麼願望，就是希望看到妳和小七，能各自找到自己的終身歸宿，能看著妳嫁人，他娶妻，一輩子過得穩穩當當的，別走歪路。阿瑜，老人家走過的路多，看過的事兒多，有些路不能走，走了就是萬丈懸崖，妳知不知道？」

楚瑜微微張唇。

一瞬之間，她想開口詢問，什麼是萬丈懸崖？

是那些人言，還是他人的疏離？

可是她不能問，她只能假作什麼都不知道，笑了笑，送柳雪陽進了屋，溫和道：「婆婆今日怎的想這樣多事？」

「別想了。」楚瑜拍了拍她的手，笑著勸慰：「您身子虛，就是想得太多，好好休息吧。」

說著，楚瑜同柳雪陽告退，一個人轉身去了魏清平的院子。

魏清平正在看書，她院子裡養了隻鸚鵡，楚瑜一進來便開始叫：「美人來啦，美人來啦。」

楚瑜聽到這話便笑了，她大步跨進房門，旋身直接坐在地上，從旁邊舉了茶壺，就自個兒給自個兒倒了茶。

魏清平皺了皺眉頭，從書裡抬起頭，冷淡道：「妳想做什麼？」

如今在一起廝混這麼久，楚瑜的脾氣她是瞭解的，楚瑜這姿態，明顯是要做什麼。

楚瑜抓了一把瓜子，斜斜靠在桌邊，嗑著瓜子道：「清平，妳我是不是姐妹？」

魏清平愣了愣，隨後還是誠實地點了點頭。

楚瑜嘆了口氣，她抬起頭，頗為憂愁道：「我犯了事兒，到時候跑路了，妳得幫著我。」

「妳犯了何事？」

魏清平有些奇怪，楚瑜一臉嚴肅，彷彿自己犯下滔天大錯，魏清平不由得有些害怕了，皺眉道：「傷天害理的事兒我不能容妳。」

「我，睡了一個男人。」

楚瑜開了口，魏清平有些懵。楚瑜和衛韞的關係她是知道的，就衛韞的脾氣，在他眼皮子下睡了個男人……

魏清平心裡咯噔一下，覺得不好，然而她告訴自己，在這種關鍵時刻，她作為朋友不能退縮。於是她道：「我幫妳和衛韞……」

「他是我小叔。」

魏清平：「……」

那不就是衛韞嗎？

她鬆了口氣，覺得楚瑜是來找她開玩笑的，便道：「這又算什麼大事……」

楚瑜嘆了口氣，抬起頭，哀怨地看著魏清平：「被他母親知道了。」

魏清平：「……」

片刻後，魏清平站起身，冷靜道：「我現在收拾行李，妳也快點，我們連夜出城，其他不管，先跑了再說。」

楚瑜拍了拍手，將瓜子皮拍乾淨。

「先別跑這麼快。」她悠悠道：「我都是猜的，等我婆婆打上門來，再跑不遲。」

魏清平：「……」

看著魏清平一臉一言難盡的樣子，楚瑜忍不住大笑起來，魏清平有些無奈，抿了抿唇，半天才道：「妳是怎麼知道他母親知道了？」

「我婆婆不是個藏得住事兒的人，」楚瑜淡道：「她一貫不管家裡的事兒，今天卻特意來攔著我，不讓我和小七一起上前線，她若不是聽說了什麼，哪裡來的這樣的念頭？」

聽到這話，魏清平謹慎道：「會不會有什麼誤會？」

「所以我並不著急走。」楚瑜淡道：「先當做什麼事兒都沒發生一樣，先看看吧。」

「若這不是誤會呢？」魏清平皺起眉頭：「妳總不會當真要和我走？」

魏清平留在這裡，一來是為了秦時月，另外一來則是楚瑜說有一件事要拜託她，到時候就要讓她幫忙。魏清平知曉自己早晚是要離開的，但楚瑜呢？

她是衛府大夫人，她若離開了衛家，對衛家來說是一大震盪。

然而這樣重要的事，楚瑜卻像玩笑一般：「我不走還留著做什麼？受氣嗎？」

「顧楚生走的那天我就想明白了，」楚瑜神色平淡：「我同他在一起，沒必要顧頭顧尾，兩個人在一起是為了過得更好，同他在一起我覺得幸福，那我們就一起往前走，柳雪陽若讓我受了氣，那我便離開。」

魏清平愣了愣，眼中露出幾分不忍：「可是衛王爺……並沒有做錯什麼。」

「所以我只是離開衛家，又不是離開他。」楚瑜輕笑：「每一分感情總要有付出和堅持，我不是只想著同他只享受快樂，他母親不同意，我也不願在他母親跟前受氣，那我便離開了衛府，一年兩年，總有等到他母親同意那天。」

「要是中間……他娶妻了呢？」

楚瑜聽到這話，愣了愣，片刻後，她低笑出聲：「那便是緣分盡了，我再另外找個喜歡的人就好。」

「沒誰規定誰要喜歡誰一輩子，」楚瑜聲音平淡：「兩個人在一起的時候美好過，那就足夠了。」

聽著這話，魏清平沒有回話，她低頭應了聲，楚瑜想起來道：「我這邊藥草都準備好了，妳再看看單子，有沒有要加的？如果到時候地震洪水，肯定要有瘟疫，除了藥材我們還有沒有要準備的……」

魏清平聽到說正事，立刻回了神，和楚瑜聊起來。

兩個人一直商討到夜裡，外面傳來衛韞來了的通傳，楚瑜抬起頭，便看見衛韞站在門口。青年月色華袍，頭頂金冠，白色狐絨鑲邊的鶴氅披在身外，雙手籠在袖間，含笑站在門口看她。楚瑜回過頭去，看見燈火下的人，便笑了：「回來了？」

「嗯。」衛韞聲音溫和，彷彿提了聲就會驚擾到誰一般，柔聲道：「來接妳。」

楚瑜和魏清平最後說了兩句，便起身走到衛韞身側，自然而然挽住他的手，抬眼看他，笑著道：「走吧。」

衛韞應了聲，同楚瑜一同走出房間，秦時月跟在衛韞身後，衛韞突然想起什麼，頓住步子道：「明日出征，你陪陪郡主吧。」

聽到這話，秦時月愣了愣，衛韞瞧著他，想起顧楚生說過，當年的秦時月是死在沙場的。

他心裡緊了緊，嘆息道：「時月，人一輩子不長，每一刻都要珍惜，每一個人都要珍愛，你明白嗎？」

秦時月抿了抿唇，也不知是明白還是不明白，他只是和以往一樣拱手道：「是。」

說完，衛韞帶著楚瑜離開，秦時月回過頭去，看著站在門口面色清冷的女子，他一句話也沒說，提著刀，好久後，終於道：「我明天走了，妳有沒有什麼想要的？」

魏清平沒說話，她只是突然朝他撲了過來，死死摟住了他。

她的話一如她這個人一樣乾脆俐落：「我要你。」

秦時月愣了愣，他垂下眼眸，好久後，他終於抬起手，抱住懷裡的人。

衛韞拉著楚瑜走在長廊上，他垂著眼眸道：「周邊我都讓人清了人，妳別擔心。」

「婆婆今日的意思，你聽明白了？」楚瑜見他這樣上道，不由得笑了。

衛韞面色不動，只是道：「我不知道她怎麼想，若她真的知道了，她今日不說，也不會撕破了臉來說，我明日出征後，妳就避著她一些，她若問什麼，妳就裝傻充愣過去，別和她起衝突。」

「我知道。」楚瑜輕笑：「我不會氣著她。」

「我不是怕妳氣著她，」衛韞頓住步子，他抬眼看她，神色平淡：「我是怕她委屈妳。」

楚瑜微微一愣，衛韞垂下眼眸，握著她的手道：「妳的脾氣我明白的，她若真的說了什麼，妳也不會同她計較。這世上大風大浪妳倒是不怕，就是我母親這樣的，妳最無法。我不在，」他語調裡帶著擔憂：「我怕妳吃虧。」

「本來我也這麼怕著，」聽見衛韞的話，楚瑜笑著道：「可聽你這樣說，我倒是不怕了。她若讓我受了氣，你回來了，我便使勁兒折騰你。」

「好。」衛韞輕笑：「那妳得等我回來。」

楚瑜笑著沒應話，領著衛韞到了自己房裡。長月早就備好了水，楚瑜先隨便洗刷過，而後衛韞再去洗，楚瑜便一面擦著頭髮，一面坐在邊上給他舀水。

衛韞身材極好，精瘦幹練，他並不是那種武夫的強壯，只是每一塊肌肉都十分緊實，看上去便覺有力非常，卻又帶著流暢協調的美。

楚瑜坐在一旁，用皂角給他搓著頭髮，聲音平和：「我如今見到你母親，就覺得有些心虛，總有種自己拐了她兒子的感覺。我想你母親必然是不喜歡我的，她大概覺得，要清平那樣的女孩子，才配得上你。到時候若真的說開了，我有的是罪受。」

「妳怎麼又說起這些？」衛韞忍不住笑了：「我以為郡主這事兒翻篇了。」

「我就是想讓你知道一下，」楚瑜抬眼：「我為了睡你，付出了多大的努力。」

衛韞：「……」

說著，楚瑜用水給衛韞沖洗了頭髮，水模糊了衛韞的眼睛，楚瑜給他遞了帕子，衛韞擦著眼，楚瑜淨了手，等衛韞剛把眼睛擦好，楚瑜便捧住他的臉，輕輕拍了拍他的臉蛋道：「要不是為了你這如花似玉的小臉蛋，我犯得著麼我？」

衛韞聽了這話，忍不住笑得更歡了些，但他還是輕咳了一聲，握住楚瑜的手道：「別張口閉口說這些，輕浮。」

楚瑜聽了輕笑，她站起身道：「好好好，我輕浮，」說到這裡，她頓住步子，回過頭來，笑出聲道：「可你喜歡啊。」

衛韞愣了愣，片刻後，竟有些哭笑不得，也不知如何回答。

他覺得心裡暖洋洋的，看著面前笑得得不遮掩不收斂的人，他體會著她的改變，感覺面前這個人似乎一點一點從黑暗裡將爪子探了出來，輕輕交在他手裡。

他想到這裡，就有一種很迫切的欲望，迫切的想要擁抱她，想要和她融為一體，想要讓她的骨血和他交融，去證明自己這份喜愛，感受她的喜愛。

在這件事上，衛韞有著令人驚訝的執著和強勢，他對她的渴望彷彿壓抑太久後噴湧而出來的急流。

他喜歡能和她貼近在一起的姿勢，無論是從前面還是後面，他喜歡去貼近她，擁抱她，讓身子完全沒有縫隙。直到接近高潮的時候，他才會分開來，放縱自己，也放縱她。

有時候衛韞會覺得，感情也是如此，沒有走到絕對相信的極致，就會試圖用各種外界的方式，患得患失的捆綁擁抱。而真的走到了最深那一步時，外界的一切就不重要了。

約是出征前夜，雖然去的時間估計並不長，可衛韞還是放任自己做得酣暢淋漓，而楚瑜也毫無收斂，一直到深夜，兩人才停下來，氣喘吁吁躺在床上。

他們兩個人抵著額頭交手而握，面對面看著對方。

他還在她身體裡，並不願意退出來。楚瑜抬眼看他，低聲道：「錢勇本來就是在左前鋒位置上，你用慣了的，臨時換了我，也沒多大的事兒。剛好我可以留在後方準備糧草，若是不夠，我臨時去借也方便。」

「我不想聽妳說這些。」衛韞聽見她在此刻說這些，竟是有些不悅，他彷彿孩子一樣，翻身壓住她，靠在她胸口，聽著她的心跳。

楚瑜不免笑了。

「那你想聽我說什麼？」

衛韞沒說話。

她的心跳很沉穩，在這個夜裡顯得特別安靜。

衛韞想起白日柳雪陽的神色，想起十五歲那年他抱著劍躬下身對著自己哥哥說那聲對不起，想起顧楚生跪在楚瑜身前痛哭流涕的模樣。

他心裡無端端有了那麼一絲惶恐。

別人總誇他敏銳聰慧，可有時候，他最厭惡自己的，恰恰就是這份敏銳聰慧。

他靠著她的胸口，閉上眼睛，聲音有些低啞。

「我想聽妳說，懷瑜，等妳回來，我就嫁給妳。」

楚瑜微微一愣，然後她看見衛韞抬起頭，神色裡哀求與堅定混雜，慢慢道：「阿瑜，等我拿下惠城如期而歸，我便將一切告知母親，然後去妳家提親，好不好？」

楚瑜沒說話，她扭過頭去，看著窗外，手指梳理著衛韞的頭髮，好久後，終於道：「好啊。」

「若是，」她語調裡沒什麼情緒：「你母親同意的話，等你拿下青州，便去我家提親。」

第十八章 離家

第二日清晨，衛韞走得很早。

他甚至沒有驚動楚瑜，等楚瑜醒過來的時候，人已經走了，楚瑜雙手攏在袖中，站在門口，呆呆看了門外好久，直到長月叫她：「大夫人。」

楚瑜這才反應過來，她回了神，低低應了一聲，轉身回到屋中。

衛韞走後，整個白嶺上下就交給了楚瑜，衛韞在前線，楚瑜負責打理好後方。她其實不太擅長這些，但是當年跟著顧楚生久了，觀摩久了，自然也知道一些門道。

後方最複雜的，其實是人情世故，糧食、兵器、軍中物資，從哪裡來，怎麼送過去，到處都是門道。一個地方打仗，稅賦如何徵收，如何鼓勵商貿，什麼樣的政策才能最大程度保持軍資的狀態下又不擾民，這些都是楚瑜要去考慮的問題。

大楚一貫輕商人，然而楚瑜卻是一反常態大力鼓勵商貿，甚至鼓勵商人將資金投入到農產一事上，這些商人比楚瑜聰明得多，他們若是願意插手農產，有的是辦法增收。

衛韞出去十幾日，楚瑜幾乎不回衛府，就直接休息在府衙。一來她不敢去見柳雪陽，二來她也的確沒有時間。

她有時候會想衛韞，想他的時候，她就寫信過去。青年回信很快，幾乎每天都有他的信件回來。這時候會讓楚瑜想起最初他跟著衛珺出征的時光，他代替衛珺寫信回來。楚瑜將衛韞寫給她的信都珍藏在一個盒子裡，好好收起來，放在自己手邊。

每天辦公的時候，想他了，她就抬起頭看看那些信，感覺好像這個人還在自己身邊一樣。

而衛韞在前線也是如此。

他會將楚瑜的信細細折疊好，放在自己胸口，每一次上戰場前，他都會抬手摸一摸那些信，感覺好像那個人就在身後，同他說那麼一句——懷瑜，早去早回。

或許是思念太過急切，衛韞這一仗打得很快，當衛韞將槍頭從北狄調回大楚內亂，大家才明白這位少年將才的能力，從來不是吹噓而來。

惠城的陷落，從進攻到全城淪陷，也不過半天。

這樣閃電般的進攻速度，瞬間震驚了整個大楚。而那天楚瑜收到的信也只有一句——我很快回來。

楚瑜看著信忍不住想笑，她明白衛韞的意思，打得這麼急，只是因為太想回來。

她有心想要訓斥一下他，卻又想著此時此刻，那個人必然是帶著些驕傲和急切，這樣的訓斥似乎有些不合時宜，於是想了好久，她也只是回了一句：嗯，等你回來。

衛韞要回來的消息柳雪陽和楚瑜幾乎是前後收到的。

楚瑜住在府衙這件事，讓柳雪陽有些不安。她也不知道楚瑜是怎麼想，柳雪陽幾次想找楚瑜談一談，卻又有些擔心，她怕萬一楚瑜不知道這件事，將這樣的感情攤開，未免太過難堪。又怕楚瑜知道這些事……那於衛家，更是難堪。

可這件事總要解決，柳雪陽急切地想知道楚瑜和衛韞到底發展到了怎樣的程度，她本還在思索，可衛韞要回來這個消息，卻逼著她要下決定。

自己兒子的性子她是瞭解的，要做任何決斷，都要趕在衛韞回來之前。柳雪陽思前想後，愁得夜不能寐，桂嬤嬤看見了，終於道：「夫人這樣壓著自己又是何必呢？不若同其他人問一下？」

「問什麼呢？」柳雪陽嘆息道：「我難道要將此事宣揚得所有人都知道不成？」

「夫人何必明說呢？」桂嬤嬤出著主意：「您先去找二夫人、六夫人問一問，您也別明著說出來，就是提一提，看兩位夫人如何反應。如果有不尋常反應，您再詐一詐，深挖一下，您看如何？」

柳雪陽沒說話。

她於大局上，的確算不得一個好的主母，但是在後宅這麼多年，卻也不是個純傻的。她以前不愛管事，可如今涉及到她唯一的兒子，她卻是不能不管。她幾乎把一輩子所有的腦子全用在這事兒上，她深吸一口氣，想了想，讓人先將王嵐叫了過來。

蔣純的性子她清楚，蔣純若是知道這件事，瞞了這麼久，自然就是做出了選擇，不會告訴她什麼。這位兒媳是個頂頂聰明的人精，不願意說的話一個字兒都詐不出來，反倒是王嵐，卻是個不大聰明的。

柳雪陽思索了一會兒該說什麼，等王嵐被領進來後，她面上沒透露半分，只是道：「小七來信說要回來了，我夜裡做了噩夢，有些難睡，便叫妳來說說話。」

王嵐有些疑惑，不明白柳雪陽為什麼做了噩夢要叫她過來。但她向來孝順，便乖巧勸了幾句。柳雪陽嘆了口氣，面上帶了些許擔心道：「我今夜又夢到妳公公和幾位公子，心裡難過啊。」

聽到這話，王嵐心裡有些忐忑，她忍不住想，柳雪陽是否是知道了沈佑的事情來敲打她。然而柳雪陽嘆了口氣，卻是道：「其實幾個孩子裡，我最心疼阿珺。他打小懂事，對他同楚瑜這門親事，最初還有些不喜歡，後來便坦然接受，我如今瞧著阿瑜，頂好一個姑娘，就覺得若是阿珺還在，知道阿瑜是這樣的性子，大概會很喜歡。他們夫妻之間，應該會很和睦吧？」

王嵐心裡開始有些些底，然而心跳卻是忍不住快了。

她絞著手帕，思索著柳雪陽到底知道了幾分，今日叫她來，到底是要問些什麼。

她不是擅長遮掩的性子，這一番舉動都落在柳雪陽和桂嬤嬤眼裡，柳雪陽心裡便是明白，怕就連王嵐，都看出了什麼。

她捏著拳頭，笑著道：「阿嵐，我心裡是極喜愛阿瑜的，今日我有一個想法，想同妳商量一下。」

「什……什麼？」王嵐話有些結巴。

柳雪陽壓著心裡的情緒，面上假作慈愛道：「我想，阿瑜這孩子這樣好，小七又沒娶妻，阿瑜早晚要嫁人的，不若嫁給小七，這樣就能一直留在衛府了，妳覺得如何？」

聽到這話，王嵐便完全確認，柳雪陽必定是知道了！

她冷汗涔涔，不知是該不該說。柳雪陽閉上眼睛，猛地拍在了扶手上，怒道：「到現在妳還要這樣包庇隱瞞？妳是怎麼知道的，知道多少，統統說出來！」

「婆婆！」王嵐連忙跪下去，焦急道：「這件事……這件事……我也不知道該如何說啊。」

「事，大體如何我已知曉。」柳雪陽冷著聲：「妳便將妳知道的說出來便好。」

王嵐猶豫片刻，柳雪陽憤然起身：「連妳都要如此欺瞞我嗎？」

「婆婆息怒！」王嵐見柳雪陽大怒，琢磨著也瞞不下去了，便將在馬車上所看到的一五一十說了出來，焦急道：「兒媳畢竟沒有看到其他，全是猜測，或許是大夫人有其他人也不定，故而兒媳沒有多嘴。」

柳雪陽沒說話，她捏著拳頭，整個人微微顫抖。

桂嬤嬤見狀，趕忙道：「六夫人，您先回去歇息吧，老夫人累了。今日的話，別再同他人提起了。」

王嵐早就想走了，她聽到這話，說了幾句讓柳雪陽保重的話，便起身焦急地走了出去。出去後她也不知道怎麼辦，想了想，她急急朝著蔣純的房間奔了過去。

等王嵐走後，柳雪陽長袖往桌上狠狠拂過，桌上的東西瞬間砸了一地。

柳雪陽顫抖著身子，反覆道：「不知廉恥……不知廉恥……」

然而說著這話，她卻不知道當是罵誰。

她突然覺得一切變得格外骯髒噁心，她捏著拳頭，喘著粗氣，想起當年。楚瑜剛才嫁進來，就信誓旦旦同她說不會離開衛家。當初她覺得是楚瑜赤子之心，可今日……

「他們什麼時候在一起的？」柳雪陽急切道：「是阿珺走之後……還是……」

還是早在此之前，就有了交集。所以哪怕衛珺身死，她也不肯離開。反而在衛家，不顧生死，這麼多年。

如果真的是在衛珺身死之前……

那時候衛韞、衛韞也只有十四歲啊！

而衛珺等了她這麼多年……

柳雪陽眼睛通紅，一想到這個可能，想到那英年早逝的大兒子，她就有些按捺不住自己。

她一定要將事情搞清楚，她必須知道，楚瑜和衛韞，到底是衛韞一廂情願，還是兩人早就有了首尾。

她急切地衝了出去，叫出衛忠留給她的所有人，直接朝著楚瑜的院子衝了過去。進了屋子之後，柳雪陽讓人將大門關上，紅著眼道：「找，所有和男人有關的東西，都找出來！」

暗衛得了令，便開始迅速翻找起來。

楚瑜珍藏東西的櫃子上了鎖，暗衛翻出來，柳雪陽便讓人砸了開來。

砸開之後，裡面零零散散放著些物件。雖然看不出主人，卻明顯看得出來是有關感情之物。這些東西下面是一些信件，柳雪陽將信件打開來，卻是當年衛韞代替衛珺和楚瑜的通信。

柳雪陽一眼就認出這是當年衛韞別具特色的字體，看到落款日期，她整個人都顫抖起來。

桂嬤嬤捧著衣服走上前。

衛韞常在楚瑜這裡過夜，楚瑜也會準備一些他的用品衣物，桂嬤嬤將東西捧了過來，柳雪陽抬手摸過尺寸，便確定，這的確是衛韞的。

她身子顫抖，胸間血氣翻湧。

她一共就兩個兒子，一個兒子潔身自好，從九歲守到二十四歲，就等著這個女人，可這個女人卻這樣不知廉恥，勾搭上自己剩下的兒子。

她這是要毀了衛韞，這是要毀了衛家！

可是饒是腦海中已經有了無數對於這段感情齷齪的推測，柳雪陽仍舊還是記起那年楚瑜握著她的手，同她說「身是衛家婦，生死衛家人」的畫面。

她不能輕易判一個人的罪，若是冤枉，那就太讓人寒心。

她深吸一口氣，在夜裡抬起頭，冷聲道：「請大夫人回來。」

而這時，蔣純早已在柳雪陽去楚瑜院落時便讓人去請了楚瑜。

楚瑜尚未歇下，正和魏清平說著去元城救災的路線。雖然魏清平並不明白為什麼楚瑜這樣肯定青州會有災情，但是她卻從來不質疑朋友，只是靜靜聽著楚瑜說話。

小廝來時，楚瑜也說得差不多了，小廝焦急地衝進房中，跪在地上道：「大夫人，二夫人派人來說，老夫人領著人去您的房裡搜查，讓您趕緊回去，早做準備！」

聽到這話，魏清平愣了愣，猛地反應過來，怒道：「她敢如此！」

隨意闖入一個人房中，這當真是莫大的羞辱了。

然而楚瑜的面色卻很平淡，她對柳雪陽這一場毫不意外。甚至氣定神閒捲起了地圖，交給魏清平，淡道：「妳休息一下，明日就啟程吧，能快一點走就快一點。我會追上來。」

說著，她起身理了理衣衫，便打算往外走去。

魏清平被她的舉動搞得有些莫名，等楚瑜走到長廊邊上，換上木屐時，她才反應過來，焦急道：「妳現在還回去？那柳雪陽擺明是要找妳麻煩了。」

楚瑜沒說話。

她穿著淡青色廣袖長衫，白色單衫在內，捲雲紋路印在廣袖邊角。白色髮帶在她身後隨意挽起，在夜裡潤了濕氣，髮帶垂落在她的髮間。

她沒有回頭，雙手攏在袖間，帶著從容平靜，淡道：「她既然去了我房裡，自然是打算同我攤牌，有些事，我是要同她說清楚的。」

小雨淅淅瀝瀝，楚瑜抬眼，目光中帶了一絲冷意。

「我不惹事，可若事來了，我卻也不怕事。」

說完，她抬手猛地撐開雨傘，步入風雨之間。

神態沉靜如水，姿態自帶風流。

楚瑜回到衛府時，正是風雨最大的時候，柳雪陽穩住了心神，坐在大堂中等著她。

柳雪陽沒有驚動他人，這件事她不敢太過聲張，她冷靜下來後，終於決定，自己要和楚瑜好好談一次。

她讓桂嬤嬤備好茶和點心，一面喝著茶，一面等著楚瑜。這些年她身子骨越發不好，這樣熬夜已經是少有了。

她一輩子沒有怎麼剛硬過，總是柔順地躲在別人身後。當年衛忠在的時候，衛忠護著她，衛忠死後，楚瑜撐著家，她這一輩子，雖然歷經風浪，然而那大風大浪拍打在她臉上，卻是第一次。

等楚瑜進來時，她已經平靜不少，她抬起頭，靜靜打量著從長廊盡頭撐傘而來的女子。

她已經不是當年十五歲初嫁進來的模樣。她身形高挑，眉目張開來，明眸皓齒，顏色姝麗，正是一個女人一生最美麗的時候。

她神色坦蕩，眉目間不見豔俗之色，從一個男子的角度來看，當真是值得敬重的佳人。

柳雪陽靜靜注視著她，看楚瑜收起傘，來到她身前，朝她恭敬行了個禮道：「婆婆。」

大堂中沒有其他人，柳雪陽克制著自己的情緒，垂下眼眸，有些疲憊道：「先坐吧。」

楚瑜應了聲，她從容落座，似乎什麼都不知道一般。然而柳雪陽卻清楚，楚瑜在衛家扎根這些年，她這樣大的動靜，楚瑜怎麼會不知曉？

她知曉，卻仍舊是這樣的做派，無非是因為，她不在意罷了。

柳雪陽抬眼看她，苦笑起來：「我去搜查了妳的房間，此事妳知曉了吧？」

「知道。」

「那妳面對我，沒有什麼想說的？」

楚瑜沒說話，她靜靜注視著柳雪陽，片刻後，卻是問：「這話該我問您，您就沒有什麼想說的？」

柳雪陽深吸一口氣，她從旁邊拿過一個木盒，那木盒是楚瑜珍藏的東西，柳雪陽的手有些顫抖，她艱難道：「這些東西……」她抬起眼，眸中有了水花：「妳是否，當同我解釋一下？」

楚瑜愣了愣，沒想到柳雪陽搜查得這樣徹底，竟是連這些舊物都搜了出來。

柳雪陽見楚瑜不說話，以為她不敢說，便直接道：「我只問妳一句，妳同小七，是否有私情？」

楚瑜迎著柳雪陽的目光，不躲不避，平靜道：「是。」

柳雪陽的呼吸急促起來，她捏著拳頭，顫著聲道：「什麼時候開始？是在阿珺……阿珺……」

她沒說出來，眼淚卻是先落了下來。楚瑜呆了呆，隨後猛地反應過來她在想什麼，急切道：「衛韞喜歡我此事，我也是在上次他回華京時才得知！我嫁衛世子時清清白白，與衛韞並無半分私情！那些書信是當年衛韞為他哥哥代筆所寫，我之所以珍藏，不過是因為那是衛世子少有留給我的東西。柳夫人，」楚瑜聲音沉下來：「我與衛韞有情不錯，但若是衛珺還在，我絕不會讓這種事發生。我與衛韞的感情或許世俗不容，卻並未如此齷齪難堪。」

她的稱呼，無形之中已經換成了柳夫人。然而柳雪陽卻沒注意到，她聽到這話，心裡暗暗鬆了口氣，她抬頭看著楚瑜，眼裡帶了擔憂，沙啞道：「妳既然也知道世俗不容，那妳為何不打住呢？」

柳雪陽面露疲憊，她低頭看著那盒子，垂著眼眸：「阿瑜，一直以來妳都比小七懂事。小七看著聰明，可終究只是個孩子。妳雖然只比他大一歲，可我心裡卻明白，妳比他成熟得多。」

說著，柳雪陽抬頭看她，眼裡帶著真切的關心：「有些路得妳長大了，人生走得長了，看得多了，妳才明白，不該走的路不能走的。我當年將衛家全權交予妳，就是看重妳的品性，妳怎麼也同他這樣，一起胡鬧呢？」

楚瑜沒有說話，柳雪陽的話，她是明白的。

最初她一直抗拒這份感情，便是因為柳雪陽說的，人生路走得長了，便會知道哪些路特別難走。

可是她如今走上去了，就沒有想過回頭，於是她笑了笑，只是道：「柳夫人說這些話，我都想過，當初衛韞同我說時，我並沒有應下，便是如此想的。」

「可是，」楚瑜輕笑起來：「感情這種事攔不住的。衛韞為我的付出我看在眼裡，他喜歡我，我喜歡他，那我們在一起，又又什麼不可呢？」

「妳的意思是，」柳雪陽劇烈喘著粗氣：「是他糾纏妳嗎？」

楚瑜神色帶了些冷意，她端了茶杯，淡道：「是我允許他糾纏我。」

「荒唐！」柳雪陽再也克制不住，她猛地起身，提了聲音道：「如今衛韞是什麼身分，妳是什麼身分，妳不清楚嗎？你們如今正在舉事之際，這天下有才之人最看重的是什麼？便是名聲！你們罵趙玥寡廉鮮恥，你們這事若傳出去，那又是什麼？叔嫂私通……就算我信你們是阿珺死後多年萌生的情誼，可別人呢？這世上跑得最快的就是這些風言風語，」柳雪陽聲音顫抖：「楚瑜，妳還要名聲嗎？」

聽到這話，楚瑜輕笑出聲：「柳夫人，」楚瑜倒茶入杯，平靜道：「我為他連命都可以不要，我還要什麼名聲？」

「那他呢？」柳雪陽捏著拳頭：「我兒衛韞，這一生沒半分汙點，我衛家高門，出去從來都是清貴門第，妳要讓他，讓我衛家，因為妳一個人蒙羞嗎？」

「妳不在意，妳就當他不在意，當我衛家都不在意嗎？」

楚瑜沒說話，她握著杯子的手緊了緊，好久後，她將茶一口飲盡，抬起頭，神色平靜道：「所以，我什麼都沒說，不是嗎？」

柳雪陽呆了呆，她看見楚瑜站起來，平靜道：「我知道如今在舉事之際，我知道衛韞需要名聲，我也知道衛家容不下這件事，所以，從頭到尾，我什麼都沒要過，什麼都沒說過，不是嗎？」

楚瑜的話融進雨裡，她神色間沒有半分抱怨，溫和道：「柳夫人，您說得對的是，我和小七不一樣。他要一份感情，就不管不顧敢與天下人對抗，而我要一份感情，又怎麼捨得讓他這樣面對千夫所指。所以他要什麼，我給什麼。他要我回應我給他回應，他想同我像一對普通戀人一樣相愛，我儘量給他相愛。可我從來沒有要過什麼，三媒六娉我沒要，一生一世我沒要，將這段感情公諸於眾，我也沒要。」

「您所擔憂的，亦是我所擔憂的，我對小七的感情，或許比不上您作為母親舔犢情深，可是我總是盼著他好的。」

「阿瑜……」聽著楚瑜平靜的言語，柳雪陽喉頭哽咽，她眼淚落下來，握住楚瑜的手，沙啞道：「一份感情委屈至此，又何必呢？妳換條路，換個人，不好麼？」

楚瑜沒說話，她無聲笑開：「夫人，換哪一個人，又會是一帆風順呢？一段感情總有挫折，衛韞從來不肯放棄，我又怎麼能隨便放棄？」

「那妳……」柳雪陽呆呆抬頭：「妳要如何？」

楚瑜沒說話，她低頭瞧著這個女人，柳雪陽明白什麼，她猛地退了一步，焦急道：「我絕不會同意妳和小七的婚事！」

楚瑜無聲笑了，她嘆了口氣，溫和道：「您不同意，也就罷了。」

說著，她看了看天色，回到位子上，給自己倒了茶。

柳雪陽呆呆看著她做這一切，隨後看她舉起茶，溫和道：「婆婆，這最後一杯茶，我敬您。」

「妳這是……什麼意思？」柳雪陽的手有些顫抖。

楚瑜輕輕笑開：「五年前，衛韞代他哥哥寫下放妻書的時候，我便不是衛府的少夫人了。」

她說出這件遙遠往事，柳雪陽腦子「嗡」了一下，恍惚想起來，當年楚瑜，便已經拿到了衛韞親手寫的放妻書。

楚瑜嘆了口氣：「當年留在衛家，是因為衛家風雨飄搖，衛家這樣英雄門第，我見不得它受人羞辱，那時候我便想過，等有一日衛家振興，便該是楚瑜離開之時。我與衛韞，其實說來，不該是叔嫂不倫，而應是無媒苟合，雖然在您眼中傷風敗俗，可是我們沒干擾任何人。我喜歡他，願與他在一起，我不覺得這場感情，對不起誰。說句讓您聽著心煩的話吧，」楚瑜抬眼看她，眼中帶著笑意：「我心裡，從無禮教，只有道理。我行事，只問是否傷害他人，若這份感情未曾傷害誰，我又做錯什麼了呢？」

她的目光清亮明澈，柳雪陽心裡有了些許動搖，而後便聽她道：「走到今日，我並無後悔，只是如今，也是到了該走的時候了。」

「阿瑜不可！」柳雪陽反應過來，然而喚出這句話後，柳雪陽卻又不知，不可什麼？

她早已經習慣了楚瑜在的衛府，她不知道沒有楚瑜的衛府，該是什麼樣。

而楚瑜似乎知道柳雪陽在想什麼，她笑了笑道：「如今府中庶務幾乎是二夫人打理，平日與外交往，我也已經大多交代好，家中帳目我也已經清點好，楚瑜雖走，對衛府卻不會有什麼影響，婆婆大可放心。」

「我不是說這個……」柳雪陽哭出聲來：「於妳心中，我如今擔憂的，是這些嗎？」

楚瑜抬眼看著這哭得停不下來的婦人，她輕嘆了一口氣，清楚明白柳雪陽對她不是沒有感情，可這份感情和衛韞比起來，卻是完全無法比較的。

她再覺得楚瑜好，楚瑜終究是個外人，一個可能害了自己孩子的外人，除非她澈底放棄衛韞，否則柳雪陽與她之間的矛盾，根本無法調和。

她的確喜歡衛韞，可是除卻愛情，她內心還有許多。她喜歡衛韞這個人，卻不是喜歡衛府。

當年她固執留在顧楚生身邊，是因為她覺得，那時候的顧楚生離不開她，然而如今她卻不覺得，衛韞有什麼離不開自己。

於是她沒有說話，舉起杯來，仰頭將茶飲盡，隨後道：「柳夫人，保重。」

說著，她起身收起桌面上的木盒，轉身走了出去。柳雪陽看著那女子提傘而去，猛地喊道：「阿瑜！」

楚瑜停住腳步，她轉過身，看見屋中的柳雪陽顫抖著身子，恭敬跪了下去。她雙手放在身前，朝著她深深叩首，沙啞道：「這些年，衛府多謝。」

楚瑜愣了愣，片刻後，她輕笑出聲。

「我付出的時候，沒想過要回報。若是想要回報，大約就不付出了。」

說完，她突然想起什麼：「還有，柳夫人，」她含著笑：「下一次，任何時候，都不要隨便碰別人的東西。」

柳雪陽沒想到楚瑜會說這樣一句，楚瑜沒有多說，轉過身去，便去了自己屋中。

而與此同時，衛韞正在趕往衛府的路途上。

夜裡大雨傾盆，衛夏焦急道：「王爺，您還有傷在身，歇歇吧！」

「不用了。」他揚聲道：「很快就到了。」

「王爺，」衛夏跟在他身邊，大雨被風夾雜著打過來，砸得他臉疼，他不能理解道：「您趕這麼急是做什麼？沈大夫說了，您這傷要靜養的啊。」

「無妨的。」衛韞聲音平和：「到家就好了。」

「王爺，」衛夏嘆了口氣：「您到底是圖個什麼啊？」

衛韞沒說話，他抿了抿唇。

片刻後，他終於沒有忍住，他抬起頭，眼裡帶了笑，那壓不住的感情從他漂亮的眼裡傾斜而出，他的笑容在風雨裡帶著暖意，他大聲回答衛夏。

「我想她了！」

衛夏微微愣了愣，看著那帶著少年氣的青年，聽他笑著再一次重複：「我想見她，等不及了！」

那話直白又簡單，如同他的感情。

從來都是，單刀直入，坦率認真。

楚瑜回到自己屋裡時，屋中已經是一片狼藉。晚月、長月正在收拾著東西，長月面露憤恨之色，見楚瑜來了，頓時上前，將東西猛地扔到地上，怒道：「小姐，咱們回楚府去吧！」

「長月！」晚月上前，一把拉住長月，給她使著眼色，楚瑜看著屋子，走到書桌邊上，將掉在地上一本話本撿起來，撣了撣灰。

「小姐，」晚月走到她身後，恭敬道：「如今如何打算？」

晚月也跟著長月叫了小姐，便是表明了她的態度。楚瑜笑了笑，抬眼道：「收拾東西吧，我平日細軟用度，長月先送回我大哥那裡，妳同我一起跟上魏郡主去青州。」

「我就說小姐一定會走！」長月聽到這吩咐，舒了口氣，她有些得意地看了晚月一眼：「就妳婆婆媽媽，還說什麼等小姐吩咐。」

晚月有些無奈地笑了笑，同長月一起收拾東西。

楚瑜沒什麼好收拾的，她最珍貴的東西，都放在那些木盒裡。最初不過是想留下衛珺的一些痕跡，這畢竟是她最敬重的一任丈夫，雖無愛慕，卻有敬仰。然而後來這個盒子裡珍藏的東西，都變成了衛韞的。

她低頭從那些信件裡，拿出那一封「放妻書」，看著衛韞稚嫩的字跡，無聲地笑了起來。其實她從來沒想過會有用到它的一天，當年她也曾經真心實意，想在這個府邸，安心待上一輩子。

哪怕面對柳雪陽說得再如何從容，可五年付出變成這個屋中一片狼藉，她也並不是，真的無動於衷。

她收拾著行李時，蔣純急急走了進來，她似乎等了許久，焦急道：「婆婆如何說？」

說音剛落，她看著這長月和晚月收拾出來的細軟，瞬間蒼白了臉色，她顫抖著唇，抬起頭，不可思議道：「妳要走？」

楚瑜點了點頭，溫和道：「我與她說開了，她容不下，那我便走好了。」

蔣純沒說話，她靜靜看著楚瑜，喉頭哽咽，她想說什麼，卻是不敢開口，她克制著情緒，好久後，才沙啞道：「可不可以，不要走？」

楚瑜有些意外，她露出詫異的神色，然而說完這句話，蔣純便閉上眼睛，有些痛苦道：「我開玩笑的，不用在意。」

「這時候了，」楚瑜輕笑：「妳還同我開玩笑嗎？」

蔣純沉默著，好久有，她艱難笑開：「妳知道嗎，五年前，小七頭一次和我說他喜歡妳的時候，我就擔心著這一天。」

「我沒有家，是阿束給了我家。他走之後，我本無處可去，無根可尋，是妳給了我命，又重新給了我一個家。」

蔣純說起這些，紅了眼眶，她似是有些難堪，艱難地笑起來，抬手用帕子擦拭著眼淚，忙道：「說這些矯情話，讓妳見笑了。」

楚瑜靜靜看著她，看她慌忙擦著眼淚，聽她顫抖著聲道：「我本就不是個堅韌的人，我得找個什麼靠著，才立得起來。妳來了，我便覺得，咱們是一家人，一家人在一起，無論風風雨雨都能走過。可是小七同我說這話的時候，我便知道，早晚會有這一天。」

蔣純已經很努力了，可她的聲音還是變得含糊，她的眼淚越來越多，她太過痛苦，身子都有些佝僂，楚瑜走到她身前，將她摟進懷裡，嘆息道。

「阿純，我一直是妳的家人。」

聽到這話，蔣純再也克制不住，整個人依靠著楚瑜手臂的力量站立著，嚎哭出聲。

「最艱難的時候都走過了，為什麼如今大家都好好的，卻要散了呢？」

「生死咱們扛過去了，國破咱們扛過去了，怎麼如今，就抗不過去了呢？」

蔣純大口大口喘息，她死死捏住楚瑜的手腕，彷彿難過到了極致。

她一貫隱忍，然而所有情緒都發洩在這一刻，楚瑜垂下眼眸，慢慢道：「大概是因為，這世上最難扛過的，便是人心吧。」

「你可以與猛虎搏鬥，卻很難扛過螞蟻吞噬。因為有的時候，妳甚至不知道一拳打過去，該打在誰身上。」

蔣純沒回應，她喘息著，痛苦地閉上眼睛。

「我知道。」她重複：「我知道。」

她念叨著，不知道是在勸說著誰，直到最後，晚月的聲音響了起來：「小姐，東西收拾好了。」

楚瑜應了聲，蔣純慢慢緩過神來，她艱難地起身，靜靜看著楚瑜。

楚瑜沒有說話，好久後，卻是蔣純先出聲。

「我送妳吧。」

她聲音沙啞，帶著微微顫抖。楚瑜應了一聲，而後放開她，帶著長月、晚月走了出去。

蔣純和柳雪陽都清了人，府中大多不知道發生了什麼。

楚瑜來時就只帶了長月、晚月，如今走了，也沒多少東西。

她讓人牽了馬車，自己上了馬車，蔣純同她一起上了馬車，低聲道：「我送妳出城。」

「嗯。」

楚瑜應了聲，沒有多話。

馬車搖搖晃晃，楚瑜掀起簾子，看見風雨中衛府的牌匾，在燈火下，金字流淌著淡淡光澤，貴氣非常。

楚瑜看著那兩個字澈底消失在自己視線裡，便覺得有什麼慢慢消散在心裡。

她慢慢放下簾子，聽著蔣純問她：「之後打算去哪裡？」

「去青州。」

「和小七怎麼辦？」

楚瑜微微一愣，片刻後，她無聲笑了：「就這樣啊。我有事就去做自己的事，我想他就去見他。我只是放棄了衛大夫人的身分，」楚瑜垂眸，遮住自己眼中的神色：「並不是放棄他。」

說話間，到了城門前，楚瑜抬頭看了外面的天色一眼，嘆了口氣：「如今大雨，便不必再多送了，他日我若路過白嶺，會來找妳飲酒。」

聽到這話，蔣純終於笑起來，她眼裡還含著淚，溫和道：「我等著妳來。」

楚瑜點點頭，溫和道：「去吧。」

蔣純沉默片刻，終於握了握她的手，隨後起身下了馬車。

等蔣純走了之後，楚瑜坐在馬車裡，摩挲著當年定親時衛府送過來的玉佩，沒有說話。

楚瑜從東門出行時，衛韞揚鞭打馬，剛剛到了衛府。他歡喜地上前親自敲門，門房開門時，見到衛韞的模樣，嚇得呆了呆，隨後反應過來，緊張道：「王爺回來了？」

「嗯。」衛韞進了屋中，直接朝著大堂走去，高興道：「我提前回來了。母親呢？大嫂呢？」

說著，他覺得自己問得似乎直白了些，又接著道：「二嫂和六嫂呢？」

門房沒說話，衛韞走了兩步，直覺有些不對。

今夜的衛府，似乎有些過於安靜了些。

他頓住步子，皺起眉頭，猛地轉過身，厲聲道：「大夫人呢？」

門房嚇得猛地跪了下去，衛韞直覺不好，抽出長劍，直接抵在那門房的脖子上，怒道：「說！大夫人和我母親呢？」

「我在這兒。」

疲憊的聲音傳了過來，衛韞猛地回頭，便看見大堂中央，柳雪陽跪坐在正座上方。

她神色疲憊，眼睛哭得紅腫，衛韞愣了愣，隨後便見四處一一點起燈來。

「母親？」衛韞有些疑惑：「您這是作甚？」

說著，他心裡無端端有些惶恐起來，下意識便道：「嫂嫂呢？」

「你是問阿瑜吧？」柳雪陽沙啞開口，衛韞還沒來得及想這話語裡含著什麼意思，便聽柳雪陽道：「她走了。」

聽到這話，衛韞睜大了眼睛，然而片刻後，他旋即反應過來，立刻轉身朝著大門走去。

柳雪陽提高了聲音，怒道：「站住！」

衛韞頓住了步子，就聽柳雪陽道：「她走了，便是走了。你若真為她著想，有半分廉恥之心，今日便回去歇著！」

衛韞沒說話，他背對著柳雪陽，沙啞道：「我走的時候，同她囑咐過，不要同妳起衝突。」

柳雪陽手微微一抖，隨後她閉上眼睛，艱澀道：「小七，你還小。」

「這句話我聽過太多次了。」衛韞回過頭，神色裡帶著疲憊：「顧楚生說過、二嫂說過、阿瑜說過、沈無雙說過……太多人，都同我說過這句話。可我年少怎麼了？我年少，所以我愛一個人就不是愛，所以我想要什麼，你們說不給，就不給，是嗎？」

柳雪陽沒說話，和楚瑜的對話耗盡她所有力氣，此刻面對著紅著眼的衛韞，她已經沒有任何多餘的力氣去阻攔他。

她不敢看他，只能垂著眼眸，沙啞道：「不能去，就是不能去。我是你母親，你難道還要同我的人動手不成？」

說話間，柳雪陽的人從長廊兩側小跑而來，就在衛韞兩側立著，手裡提著人高的長棍，目光平靜冷漠。

那些長棍，是以前衛家施行家法時用的，衛家已經多年不曾請過家法，柳雪陽聽著人來，她抬起頭，冷道：「我不能放縱你們，將衛家的名譽毀了。」

「名譽？」衛韞聽到這話，忍不住笑出聲：「若是沒有她，連命都沒了，妳還有機會站在這裡說什麼名譽？」

「母親，」衛韞的聲音冷下來，他頭一次失了理智，再也不想什麼克制、什麼平衡，他定定看著柳雪陽，嘲諷開口：「您這樣的行徑，與那些忘恩負義的小人，有什麼差別？」

「你放肆！」柳雪陽怒喝：「莫要再胡言亂語，給我回屋去！」

「我不會回去。」衛韞轉過身，平靜道：「今日除非妳打死我，不然我就去找她。」

說完，衛韞便提步走了出去。

然而在提步那瞬間，侍衛手中的棍子便狠狠砸了下來，猛地打在衛韞的背上。衛韞被打得一個踉蹌，差點跪了下去。衛夏焦急道：「老夫人，王爺才剛受了傷！」

柳雪陽沒說話，她咬著下唇，眼淚簌簌而落。

她不明白。

她真的不明白。

不過是少年人的情誼，多幾年就忘了，再過些時候就散了，何必這樣執著？

有什麼比名聲重要，比清譽重要？

她沒出聲，執行家法的人就不會停。衛韞每往前一步，兩側的侍衛便會將大棍落下來。

他撐不住了，摔到地上，又撐著自己站起來。

大棍再次落下，他再次被擊打到地上，卻還是要站起來。

他覺得視線有些模糊，呼吸都覺得疼。後面的路，他是自己爬出去的。

他聽見衛夏的求饒聲，聽見衛秋的爭辯聲，等到後來，他一層一層爬過衛家階梯，喘息著站起來的時候，他什麼都聽不到了。

他只聽見大雨滂沱而下，劈里啪啦。而後他看見剛剛回來的蔣純，蔣純呆呆看著他，片刻後，她猛地反應過來，焦急道：「她去青州了，從東門出的！」

衛韞沒有來得及回應，他依靠著本能翻身上馬，隨後便朝著東門衝了出去。

他整個人趴在馬上，感覺胸腔處疼得讓人發抖。

他死死抓著韁繩，一路衝出了白嶺，上了官道，衛韞算了算楚瑜的路，掉頭上了山，抄著近路急趕。

衛秋、衛夏追在後面，衛韞打馬極快，完全忘記自己是個病人。許久之後，他們視野裡出現一輛搖搖晃晃的馬車。

衛韞握緊韁繩，從山坡下俯衝而下。

馬穩穩停在馬車前方，逼得馬車驟停，楚瑜坐在馬車中，心裡咯噔一下。她捲起車簾，然後就看見坐在馬背上的人。

他衣衫凌亂，上面還沾染著血跡。

他靜靜看著她，漂亮的眼裡無數情緒交雜在一起。

他們兩在夜裡靜靜對視，馬車車蓋邊角上的小燈在風雨中輕輕閃爍著燈光。衛韞看著那人素淨平和的面容，好久後，他沙啞道。

「我回來了。」

阿瑜，我回來了。

第十九章　家法

楚瑜靜靜看著他，聽到那一句話的瞬間，她的手忍不住微微顫抖了一下，可是她克制住自己，只是笑起來，溫和道：「你怎得回來得這樣早？」

「我想妳。」

衛韞艱難地笑開，雨水打濕了他的衣衫，沖刷著他身上的血跡，他沙啞道：「戰事一歇，我就想妳，所以我沒有休息，一路趕了回來。」

「我想早早見到妳。」衛韞紅了眼睛，他撐著笑容：「妳看，我這不是，見到了嗎？」

楚瑜沒說話，她看著勉強人強撐著笑容，靜靜等著她，最後他再也撐不住了，顫抖著聲，慢慢道：「阿瑜，今夜雨太大，回去吧？」

然而說完這句話，他卻先哭了。

他抬手捂住自己的臉，趴在馬上，低嗚出聲來。他其實不需要她的回答，在聽到她離開的時候，他就知道了她的回答。

楚瑜的性子他清楚，她走了從不回頭，若是要回頭，她便不會走出去。

可是他還是追過來，還是想將這句話說出口，哪怕得不到回應，甚至被拒絕，他還是想告訴她。

他想留下她，他不想她走。

楚瑜看著衛韞的模樣，有些無奈：「我若真的為你留下，你會讓我留下嗎？」

衛韞微微一愣，他沒有動彈，便聽楚瑜溫柔道：「我會留在衛府，日日受著你母親的氣，我因她是長輩敬重她，不會忤逆她，卻會將所有怨氣放在心裡。一日、兩日，一年、兩年。」

「懷瑜，」楚瑜低笑：「這樣的生活，上輩子我經歷過了。再美好的感情在這樣的蹉跎下，都會變得面目全非。我很喜歡現在的你，我也很喜歡現在的自己。我並不是離開你，懷瑜。」

楚瑜聲音溫柔：「我只是想換一種方式，和你相愛而已。」

衛韞沒說話，他慢慢抬起頭，通紅著眼看她。

楚瑜盯著他的眼，慢慢道：「好嗎？」

她沒等來答案，便只能嘆了口氣，放下車簾，同車夫道：「啟程吧。」

馬車搖搖晃晃，在於衛韞擦身而過的瞬間，他猛地回頭，跳到了馬車上。

馬被驚得高高躍起，衛韞衝進馬車之中，一把抓住楚瑜的手腕。楚瑜抬頭皺眉，訓斥的話尚在口中，就聽見衛韞沙啞開口：「帶我走吧。」

楚瑜睜大了眼，面露詫異，衛韞握著她的手微微顫抖，他盯著她，握著她的手腕用了力，拼命克制著自己的情緒道：「妳留不下來，那妳帶我走。」

「白、昆兩州不要了？」

「不要了。」

「衛家不要了？」

「不要了。」

「那你隨我去哪裡呢？」

「妳在哪裡，我在哪裡。」

「衛韞，」楚瑜輕笑：「你這是入贅，你知道嗎？」

「好，」衛韞盯著她，認真道：「我入贅。」

楚瑜微微一愣，片刻後，她輕輕推了推他的腦袋，無奈道：「又說胡話了。」

「那我能怎麼辦？」衛韞盯著她，顫抖著道：「妳要我怎麼辦？」

「阿瑜，」衛韞將臉埋入她手中，跪在她身前，眼淚落在楚瑜手心裡，灼得她忍不住縮了縮。衛韞低啞著聲音道：「愛一個人就會思戀，會想與她在一起，會想陪伴她。我知道妳為什麼要走，我知道妳不是拋下我，可是我害怕……」他的身子輕輕顫抖，然而握著她的手，感受無數力量湧上來，他抬起頭，看著楚瑜，沙啞道：「妳答應我……」說著，他死死盯著她：「妳答應我，我就信妳。」

「答應什麼？」

「妳答應我，」衛韞認真道：「妳會等我。」

聽到這話，楚瑜輕笑，「我當然會等你。」

她抬手梳理著衛韞的頭髮，衛韞在這個人的懷抱裡，聞著她身上的氣息，聽她平和又從容的語調：「懷瑜，我本來，也不該是留在內宅裡的人，等待都是雙方的。你等我，我也會等著你。」

「想你的時候，我會來見你。」

她是溫暖的來源，在雨夜裡給了他無數慰藉了力量，衛韞閉著眼睛，聽她柔聲開口：「你想我的時候，也可以來找我。我喜歡你這件事，不會有任何改變。」

沒有人說話，他靜靜抱著她，許久後，他終於沙啞道：「好。」

說著，他似乎怕自己後悔一般，猛地站起身，掀了車簾走出去。楚瑜聽見外面馬嘶鳴之聲，聽見馬奔走之聲，過了片刻，她終於有些麻木地開口：「人走了？」

沒有人回話，楚瑜有些奇怪，她捲起車簾，然而也就是那一瞬間，一股巨大的力道從外面而來，抓住她的手，猛地將她拽了過去。隨後一個溫熱的唇就印了上來，他坐在馬上，按著她的頭，纏綿又粗暴地吻著她。

顧不得周邊有多少人，顧不得正有大雨傾盆而下，雨水沾濕了她的睫毛，她閉上眼睛，承受著他所有的力道，感受著那唇齒之間帶來的眼淚和不甘，許久後，她甚至覺得嘴皮都有了痛意，他才放開她，喘著粗氣，額頭抵著她的額頭，認真道：「楚瑜，我許妳——」他聲音沙啞：「他日我入華京，必十里紅妝，上門求娶。」

楚瑜睜開眼睛，眼眸深沉，衛韞盯著她，啞聲道：「說話。」

「說什麼？」

「許或不許，妳說句話。」

「你若敢來，」楚瑜笑出聲：「我便敢嫁。」

「好。」衛韞看著她的笑容，聲音溫柔下來：「那便等著吧。」

說著，他抬手覆在她的面容上，他含著笑，眼裡卻全是不捨：「妳放心，」他沙啞著聲開口，「妳回來時，妳顧慮的，我都會解決好。」

如果沒有給她一個平穩順遂的未來，他怎敢求娶？

說完這話，他看了看天色，怕再耽擱下去，自己就真的捨不得了。他閉上眼睛，說了句：「保重。」

而後便真的轉過身，打馬揚鞭，疾馳而去。

楚瑜站在馬車車頭，回頭看著那在夜裡沒有回頭的青年，許久後，她抬手抹了把臉上的雨水，回到車裡。

她閉上眼睛，平靜道：「走。」

而衛韞剛回到家中，便看見衛英站在門口等著他。

他原本是衛忠的暗衛，衛忠死後就留在柳雪陽身邊，算起來是衛韞叔叔輩的人，雖然是家臣，但衛韞平日卻也是給足了他面子的。

他似乎等了許久，衛韞剛進門，他便抬起頭，神色平淡道：「老夫人哭暈了。」

衛韞微微一愣，片刻後，他冷靜下來，立刻轉身朝柳雪陽的房間走去，柳雪陽正躺在床上由桂嬤嬤餵著湯藥。

衛韞進去時，手裡提了鞭子，見衛韞來了，她掙扎著起身，焦急道：「阿瑜她……」

然而她的話戛然而止於衛韞的神色。

衛韞的神色很平靜。

雖然明顯哭過，可此時此刻，他面上的表情卻什麼都沒有，這樣的平靜讓柳雪陽有些害怕，她顫抖著聲，沙啞道：「小七……」

衛韞沒有理會她，他手裡握著鞭子，走到柳雪陽身前。

「小七……你這是作甚？」柳雪陽的聲音有些沙啞。

衛韞平靜道：「我知道，您覺得我和阿瑜有錯。您是我母親，我不能忤逆您；可是我卻也不能忤逆自己的心。我犯了錯，那就該罰，罰完之後，還請母親，」說著，他叩首下去，沙啞道：「寬恕則個。」

「你到底要做什麼……」柳雪陽眼裡帶著惶恐。

衛韞神色平淡：「我與楚瑜的感情，錯都在我，若是當罰，亦當是我。」

「是我對不起大哥，先喜歡她，此乃一錯。」

說話間，衛韞猛地揚鞭，抬手就打在自己身上。柳雪陽睜大眼睛，慌忙去拉他：「你這是做什麼！」

衛韞神色不動，只是道：「將夫人拉開。」

衛秋、衛夏猶豫片刻，衛夏便走上前，兩邊人馬劍拔弩張，這時候卻是侍奉在柳雪陽身邊的蔣純站起來，握住柳雪陽的手，將她拉扯過去。

沒有了柳雪陽，衛韞垂下眼眸，接著道：「喜歡了不能克制，想要驚擾她，這是二錯。」

說著，鞭子猛地抽上他的身子，衛韞一條一條數著。

驚擾她是錯、逼著她是錯、讓她也喜歡他是錯、偷偷摸摸藏著她是錯。

沒有三媒六娉娶她是錯、想著隱忍是錯……

他有千錯，有萬錯。

可是與她在一起，卻是沒錯。

他一句一句說，鞭子一鞭一鞭抽，他身上衣衫裂開，血肉露出來，傷口猙獰，鮮血淋漓，他面色蒼白，柳雪陽在一旁看得哭鬧不止，可是蔣純卻是死死壓住了她，神色平靜道：「婆婆，這是小七的選擇。」

「什麼選擇！」柳雪陽猛地回頭，她痛苦道：「他這是認錯麼?他這分明是在罰我！」

他知道自己是她唯一的兒子，知道自己是她生命裡唯一的意義，他不能與她動手，就用這樣的方式，自傷七分，傷人三分。

柳雪陽常聽別人說衛韞狠，可這是她頭一次發現，原來自己的兒子，是真狠。

蔣純沒有說話，她垂下眼眸，只是壓著柳雪陽，看著衛韞抽完了九十九鞭。

當年衛忠在的時候曾定下的規矩，九十九鞭，這就是他們衛家幾位公子在家法中最重的懲罰了。

抽完九十九鞭的之後，衛韞已經沒有任何力氣。

血肉混雜著落在地上，他喘息著，撐著自己，慢慢站了起來。

「我的錯，我認，」他抬頭看著柳雪陽：「我認完了我的錯，」說著，他靜靜看著柳雪陽：「母親是不是也該認錯了？」

柳雪陽沒說話，衛韞輕笑起來。

「我父親當年說過，」他神色裡帶了幾分蒼涼：「錯了不要緊，怕的是不知自己錯，更怕知錯卻不改。我們衛家沒有這樣的人，您是衛家的老夫人，」衛韞語調平靜：「不該以身作則嗎？」

柳雪陽顫抖著身子，好久後，她從旁邊抽出鞭子，猛地抽在自己身上！

旁邊驚叫一片，柳雪陽咬牙睜開眼睛。

「忘恩負義，這是我的錯。」

「我當同她說聲對不起。」

「同誰說？」衛韞步步緊逼。

柳雪陽捏緊了鞭子，一字一句道：「楚瑜。」

聽到這話，衛韞彷彿突然累了一般。

他點了點頭，轉過身去。

他沒說一句話，沒做任何舉動，就只是轉過身，疲憊地、狼狽地朝外走去。

所有人都沒預料到他會這樣做，這樣顯得他方才所做的一切，都只是為求這一句對楚瑜的對不起一樣。

柳雪陽呆呆看著衛韞走出去，即將離開門時，她終於沒忍住，叫住了他：「小七！」

衛韞頓住步子，回過頭看柳雪陽。

「你做這些……」柳雪陽沙啞道：「就只是為了給她討個公道嗎？」

聽到這話，衛韞笑了。

「不僅是為她討個公道，」他轉頭看向遠方，語調輕飄飄的，彷彿在說無足輕重的事，然而那言語的分量，卻讓所有人沉默下來。

他說：「也是為了堂堂正正去愛她。」

「過去做錯的，我為此負責，」衛韞抬眼看向柳雪陽：「可是母親，我愛她這件事，從今日開始，堂堂正正，正大光明。」

「誰都不能阻攔，您也不能。」

說完這句話，衛韞似乎覺得累了。他疲憊地走出門，自己撐著自己往楚瑜的院落裡走去，他沒有讓人攙扶，等到了楚瑜房門口，他讓人留在門外，自己走了進去。

房間裡還留著被翻找過的狼藉模樣，他坐在床前的臺階上，一句話也沒說。

他不知道自己要說什麼，不知道自己要做什麼，他在這夜裡靜靜看著屋子裡的月光，好久後，他掙扎著爬上床，像楚瑜躺在自己身邊一樣，他閉上眼睛，將手伸出去，似乎在抱著誰，然而過了許久後，他終於忍不住，蜷縮起身子，無聲地哭了出來。

門外衛秋和衛夏站著，衛夏忍不住小聲道：「要不勸勸王爺先把傷口包紮一下……」

衛秋抬眼看了衛秋一眼，平靜道：「你去。」

「你這混蛋，所有難辦的事兒都要推給我！」

衛夏壓低了聲音罵了一句，衛秋面色不動，衛夏終於是看不下去，捽袖去找了沈無雙。

等沈無雙趕過來的時候，衛韞已經暈在了床上，沈無雙低罵了一聲：「我這是做了什麼孽認了他當主子！」

說完，沈無雙就將針扎了進去。

折騰了一天一夜，衛韞終於悠悠醒了過來，柳雪陽坐在他床邊，哭著道：「你這是做什麼？你就拿自個兒這麼逼我嗎？」

衛韞有些疲憊地閉上眼睛，什麼話都沒說。

見衛韞這模樣，柳雪陽知曉此刻他不想見她，咬緊了唇，轉身便跑了出去。

等柳雪陽出去後，衛韞終於開口，卻是問沈無雙：「要養多久？」

「皮外傷不是大事。」沈無雙見慣了大風大浪，淡道：「但最好內調一下。你挺厲害啊，九十九鞭，沒給自己抽死？」

「我自己動手，有數。」衛韞聲音平淡，轉頭看向衛夏道：「準備一下，明日啟程去惠城。」

「王爺！」衛夏忍不住跪了下去：「您可好好消停著吧！」

衛韞沉默片刻，終於道：「不趕路，我在馬車裡養傷，惠城剛打下來，不能鬆懈。我與顧楚生有約，五個月內必取青州拿下姚勇，不能拖了。」

這話說得在場人都沉默下去，沈無雙笑了笑，咧出一口白牙：「別擔心，你們王爺身強體健，厲害著呢。再來九十九鞭都行。」

說完，沈無雙站起身，摔袖走了出去。

出門沒幾步，就聽他大罵：「老子不管了，愛死去死吧！」

衛韞躺在床上，有些疲憊。衛夏猶豫道：「王爺……」

「他一會兒會回來，該做什麼做什麼，明日啟程。」

衛韞躺在床上休養時，楚瑜卻是追著魏清平去了。

魏清平並沒有刻意放緩速度等她，於是楚瑜追上魏清平的時候，已經到了清水鎮郊外不遠。清水鎮距離元城不遠，總共不過一天的路程。位處山谷之間，是個與世隔絕的小鎮，卻也是去元城必經之路。

魏清平隨意找了個茶舍喝暖茶取暖，不曾想喝著茶的時候，楚瑜便到了，魏清平看見楚瑜的馬車狂奔而至，等楚瑜下馬來到她身前，她彷彿早就知道楚瑜要來一般，給楚瑜倒了茶水道：「等會兒妳帶著我們入城？」

如今元城還是姚玨的地盤，楚瑜準備了新的身分，剛好可以用上。

魏清平見她應了話，又抬頭看了她一眼，見她面色不大好，不由得道：「妳坐在馬車裡趕路，也不覺得顛簸？」

「東西多了。」楚瑜有些無奈道：「沒辦法自己來。而且自己來也未必好到哪裡去。」

說著，楚瑜捧了一杯茶，低頭抿了一口。

如今已經接近冬末，很快就要到春節，茶舍裡人不多，但楚瑜和魏清平的人一來，就擠滿了整個茶舍，老闆親自來招呼他們。

楚瑜看著忙碌的老闆，不由得道：「就快春節了，我們需得早些到才好。」

魏清平低低應了一聲，老闆上著菜，聽著她們談話道：「最近貴人多，不知道是發生了什麼事，兩位姑娘要小心啊。」

聽到這話，魏清平和楚瑜對視了一眼，魏清平先開口道：「什麼貴人？」

「不知道啊。」老闆低著頭道：「前兩天有一批華京來的人，火急火燎的，喝了一口就趕到元城去了。」

楚瑜思索片刻，接著道：「領頭之人可是一位長得頗為俊美的紅衣公子？」

「您怎麼知道？」老闆有些詫異。

楚瑜笑了笑，留了句：「故人罷了。」

便打發了老闆。

等老闆走遠了之後，魏清平皺起眉頭：「華京的人來這裡做什麼？」

「無妨。」楚瑜淡道：「怕是顧楚生。」

「顧楚生？」魏清平這次有些疑惑了：「他來這裡做什麼？」

「大概……」楚瑜猶豫片刻，終於將猜測說了出來：「是顧楚生來救災了。」

當年這件事是顧楚生一手處理的，對於地震的細節，顧楚生比她清楚得多。

如今青州屬於姚勇，也就變相屬於趙玥，顧楚生自然是要來護著的。護好了，趙玥給他升官發財也說不定。

而且顧楚生那人，百姓於他心中總是有份量的。他既然也是重生而來，不可能眼睜睜看著百姓受災。

對於楚瑜的回答，魏清平雖然有些奇怪，卻也接受了。兩人又就著其他事聊了一下，便再次啟程，一同往清水鎮趕了過去。如今已經接近夜裡，按理來說該是所有人回家的時候。然而楚瑜卻看見陸陸續續有人從清水鎮走了出來。他們大多背著行李，走得匆忙，看見楚瑜等人，都投以怪異的眼神。

最初遇到幾個，楚瑜和魏清平還覺得只是奇怪，等走到山頂處，看見大批人收拾了行李，被官兵驅趕著走出來，楚瑜便直接叫住了人馬，自己上前問了一位村民道：「大娘，這些官兵是在做什麼？」

「不知道咧。」那年邁的女人委屈道：「在家種地種得好好的，突然就有人要來讓我們走，說是地龍要動了咧。可咱們這裡好好地，從來沒有地龍動過，誰知道這些官家是要做什麼？怕是想要搶我們的糧食和地，找個藉口罷了。」

這女人這麼想，其他人也會這麼想，下方的士兵和一些年輕力壯的村民吵嚷著，道路擁堵成了一片。聽到這話，楚瑜皺起眉頭，抬頭看了這山形一眼。

當年青州的災情具體嚴重到什麼地步，一直是朝廷的機密。然而從民間遇到的災民所說來看，青州這一場地震所造成的災害是史無前例的。清水鎮緊挨著當年的重災區元城，而且這裡又處於山谷，若是真的發生了地震，後果怕是不堪設想。能提前預知地震的是顧楚生，這些士兵怕是顧楚生派來的。當年地震的事是他一手處理，他知道得更加清楚，今天既然派人來了，那清水鎮必然是重災區。

於是楚瑜低頭道：「大娘，我是從華京來的，實話和您說，如今要變天了。」

「變天？」大娘愣了愣，楚瑜看了看四周，小聲道：「華京裡祭司說的，這裡會有大災，能跑趕緊跑吧，別告訴太多人，到時候您跑不出去。」

聽到這話，大娘頓時變了臉色。

比起這些官府的話，這種由祭司說出來的鬼神之說向來更令村民信任。而且這樣竊竊私語，更增加了幾分可信。大娘連連點頭，和楚瑜分開後，大娘立刻找到了自己弟弟，小聲道：「走快著些吧，剛遇到一個貴人，說這次是真要出大事兒了！」

楚瑜和大娘聊完，魏清平便來到她身側，小聲道：「發生什麼了？」

「先讓一部人撤出去，到空曠的地方。」楚瑜轉頭吩咐，隨後道：「再另一部分，幫著我同這些士兵去疏散人群。」

楚瑜剛說完，就聽見士兵道：「到時候了，走了！」

說著，整個山谷都迴盪著士兵互相照應的聲音：「到時候了，走了！」

聽到這話，楚瑜心頭一凜。

顧楚生是給了他們確切的撤退時間的，證明這個時間後，就要有危險來臨了！

而這時候還有些百姓和士兵糾纏著，士兵不耐道：「你們要死就留著吧，我們先走了！」

說著，士兵們就拼命想要往外走去，楚瑜看著剩下的村民，轉頭同魏清平道：「等會兒他們亂起來，妳就領隊帶著他們有序往外跑。」

「妳去做什麼？」魏清平皺起眉頭。

楚瑜笑了笑：「妳且等著吧。」

說著，魏清平就看見楚瑜往山的另一頭跑了過去，那些老百姓還有些固守著不肯走，大聲道：「這些官兵什麼時候說話不騙人的？我就不信了……」

話沒說完，就聽「轟隆」巨響，卻是山上一塊巨石翻滾著從山上落了下來！

這一聲響驚動了所有人，隨後就聽有人高喊：「跑！地動了，快點跑啊！」

人群一下亂了起來，所有人慌不擇路開始跑，這時候魏清平算是知道了楚瑜的把戲了，她趕忙衝上去，領著侍衛排在兩邊，大聲道：「跟我來，不要亂，排好隊！」

有人不聽話的，就被強行壓在後面，隊伍很快有序起來，速度也快了很多。

楚瑜站在對面山頂，腳下是個巨坑，方才那塊大石頭就是她撬下去的。她遠遠看著人流疏散出去，魏清平轉頭看她，遙遙大喊：「別鬧了，回來吧！」

「行！」

楚瑜回應了一聲，就是這瞬間，地面迅速顫動起來，魏清平和楚瑜臉色都是一白，楚瑜大喊了一聲：「跑！」

頃刻間天崩地裂，地動山搖，誰都顧不上誰，只見泥土盡數傾斜而下，山崩如急流，朝著山下村莊沖了過去，人群驚叫，恍如末日瞬息而來，魏清平一路狂奔逃出來，直到來到平地的時候，她回過頭去，看見那已經塌了半邊的山，才猛地反應過來。

是泥石流！

楚瑜還在那裡！

地震開始的時候，顧楚生已經儘量讓百姓都到了安置點。然而當地面開始震動的時候，人群還是慌亂了起來，顧楚生被侍衛圍著，感受著這來自自然的力量，內心跳得飛快。

他敢賭，但不是不怕死。他還有許多事情沒做，重生回來，他還有一個人放不下。

他不甘心死。

他這樣早已經經歷過一遭生死的人尚且如此，更不要提那些普通百姓，哭聲、驚叫聲、動物的嚎叫聲，一瞬之間淹沒了這個城鎮。

顧楚生在人群中間，捏著拳頭，深深呼吸。

突然之間，地面斷出一條裂縫，站在邊上的人猛地掉了下去，驚叫聲更大了。

生死終於變得如此清晰，顧楚生的手忍不住微微顫抖。

地震的時間很短，然而對於每一個人來說，卻十分漫長。

等到結束的時候，許多人癱軟下來，有些人抱在一起痛哭流涕，顧楚生面色有些蒼白，旁邊的侍衛也有些後怕，顫抖著聲道：「大人……」

「吩咐下去，今夜都不能進城，還有餘震。讓甲組領著大夫的隊伍去看傷患，乙組統計死亡人數和需要救援的人數。」

顧楚生聲音平穩，在夜晚裡彷彿一根定海神針，讓所有人冷靜下來。

侍衛按照顧楚生的吩咐和所有人通知下去，大家都沒敢再進去，顧楚生坐在人群裡，聽著哭聲，因親人受傷或者死亡所發出的哀號。他感覺自己就像身處在煉獄之中，神不渡眾生，佛不渡眾生，唯有眾生自己，血命來渡，過此苦海無間。

那一夜，青州洛州相繼大震，周邊均有震感，大楚上下，陷入巨大的惶恐之中。

百姓私下紛紛傳言，德不配位，天降秧災。

而衛韞剛剛到達惠城，惠城也是受災區，他早已將人全都帶了出來。第二日他讓人開始清點受災人數，和陶泉計算糧草藥材的數量。

他身上的皮肉傷已經好了許多，基本沒有太大影響，只是還在結痂。陶泉同他分配好了物資，嘆了口氣道：「事情早就準備好，王爺也不用太過憂心，還是養傷要緊。」

正在說話間，衛秋急急從外面走了回來：「王爺，出事了。」

衛秋聲音裡帶著顫抖：「昨天晚上，清水鎮泥石流，全鎮都被淹了。」

「死傷多少？」衛韞皺起眉頭。

衛秋單膝跪下，艱難道：「暫無死傷人數統計，但是，大夫人在裡面。」

聽到這話，衛韞微微一愣，片刻後，他不敢置信道：「你說什麼？」

「我們的人昨夜趕回來回話，他們說，地震時，大夫人正在清水鎮救災，百姓都出來了，大夫人沒來得及……」

話沒說完，衛韞便衝了出去，焦急道：「備馬帶上沈無雙，點天字組的人跟我走！」

「王爺。」陶泉急急衝上來，語速極快道：「王爺，此事急不得，如今元城還是姚勇的地方，您千金之軀……」

「陶先生，」衛韞回頭握住陶泉的手，認真道：「惠城我交給您，我必須親自去找她。」

衛韞神色太認真，陶泉愣了愣，隨後他嘆了口氣，拱手道：「微臣領命。」

說完，衛夏已經拖著馬出來，沈無雙也背著小藥箱趕了過來，喘著氣道：「慢著些！」

然而衛韞已經等不得他們，轉身走出長廊，便翻身駕馬著急趕了出去。

而在此之前，顧楚生終於見到了魏清平。

魏清平趕了一夜的路，終於來到了元城。她留了人去找楚瑜，她在這些事上沒經驗，如今最近的路程下能指望加派人手的就是顧楚生，於是她毫不猶豫到了元城，然後老遠就看見了顧楚生。

她焦急趕到顧楚生面前，大聲道：「顧楚生！」

顧楚生正在聽屬下報受損的情況，聽見魏清平的聲音，他有些詫異地抬頭：「清平郡主？」

「你這邊人夠用嗎？」魏清平喘著粗氣：「我想同你借幾個搜救的好手去找人。」

「您要找的是……」

顧楚生有些猶豫，魏清平不清楚他與楚瑜這層關係，只當他與衛韞之間有協議，便壓低了聲道：「衛大夫人。」

顧楚生猛地抬頭，盯著魏清平，聲音裡帶著顫抖：「妳說誰？」

「衛大夫人楚瑜，」魏清平小聲道：「她昨夜與我在清水鎮救災……」

話沒說完，顧楚生把手中冊子往侍衛手中一扔，便叫了人來，清點了人安排好事宜後，朝著清水鎮直奔而去。

魏清平被留下帶著賑災，顧楚生領著當時在場的人一路到了楚瑜失蹤的地方。

此時這裡已經被黃土掩埋，四處一片狼藉。顧楚生站在空無一人的山谷裡，大喊一聲：「楚瑜！」

他的聲音在山谷裡飄蕩開去，這裡彷彿一個巨大的墳場，沒有任何人回應。

搜救的人領著獵犬一寸一寸探著土地，顧楚生就跟在他們身邊，一聲一聲叫楚瑜的名字。

旁邊搜救的人有些看不下去了，有個年長的老者嘆了口氣道：「顧大人，遇到這種天災，活下來的都是萬幸，您別太在意。」

「萬幸？」顧楚生聲音嘶啞，他喊得太久，喉嚨都啞了，他一夜未眠，眼裡帶著血絲，盯著那老者道：「元城這麼多人活下來了，清水鎮這麼多人活下來了，這場地震大家都活下來了，怎麼到她這裡，就是萬幸了？」

「她該活下來。」顧楚生有些茫然：「她這麼好的人，誰死了都不該她死。該死的是我……」

他捏著拳頭，手微微顫抖：「該死的是我這樣的人……」

「顧大人……」那老者看著他的模樣，有些看不下去：「我們好好活著，是因為您在啊。都是托您的福……」

「因為我在……」

顧楚生呢喃著這句話，他看著那早就變形的山谷，腳下的村莊已經被泥土掩蓋。

這一場地震，震源其實是在清水鎮，當年受災最嚴重的，也是清水鎮。清水鎮上下五百多戶人家，幾乎都埋在裡面。

全鎮絕戶的受災情況，當年朝廷根本沒有賑災，因為不需要救，沒辦法救。反而是受災相對好一點的元城，是主要救濟的地方。因為這裡至少還能救活幾個人。

此時此刻他站在那裡，當年被他和朝廷放棄的地方，想著那個人有沒有逃出去。

當年的人都活下來了，她卻可能沒有。

因為他不再她身邊。他管了這麼多人，卻獨獨沒有管到她。

愧疚和絕望一起湧上來，顧楚生疼得有些佝僂。

她應當是逃出去的。

顧楚生安慰著自己，她這樣有福氣，這樣厲害的人。她無數次面臨絕境，又無數次爬出來。

這樣的念頭湧現出來，他起身朝著泥石流兩側走去。

泥石流流下來時，想要逃生肯定是往兩邊跑的，顧楚生朝著右邊高一點的山走去，旁邊侍衛焦急道：「大人，別走太遠……」

就是這一瞬間，地面突然開始顫動，顧楚生毫不猶豫，幾乎是憑藉著本能，朝著最近的高處衝了過去！

所有人憑藉著本能開始瘋狂奔跑，想去一個安全的地方。

顧楚生剛剛攀到高處，第二波劇烈的震動剛好過來，他腳下一個不穩，便順著斜坡猛地滾了下去！

那邊上就是懸崖，顧楚生滾到懸崖邊上，死死抓住石頭。

他的衣袖掛在旁邊樹枝上，整個人懸在半空中。

他手中的石頭隨著地面一起震動，顧楚生咬牙想要去抓更多的東西。

然而也就是這一刻，石頭無法承受他的重量，終於澈底斷裂開來。

顧楚生快速墜落下去，他似乎猛地撞上了什麼，他下意識用手臂和腿護住自己，只聽「哢嚓」的聲響，他又開始接著下墜。

劇痛從腿上傳來，即將落地那一瞬間，一道馬鞭突然捲到他的腰上，有人將他拉扯在半空中，他喘息著抬頭，就看見一個姑娘一手提著馬鞭，另一隻手握著劍柄，劍被她直接插入了懸崖山岩之中，她踩在兩塊石頭上，笑咪咪看著顧楚生。

她穿著黑色的長裙，袖子被布帶捲起，成了乾淨俐落的勁裝。她站在高處，臉上還帶了些土，看上去有幾分狼狽，然而她的笑容卻明朗如斯，猶如雲破日出，看得人心瞬間亮堂了起來。

「阿瑜……」顧楚生睜大了眼。

楚瑜笑起來：「喲，顧楚生，是你呀。」

第二十章　地動

楚瑜說著，將鞭子鬆開，顧楚生就落在了地上，她從高處跳下來，將鞭子收到腰間：「你怎麼來了？」

顧楚生臉色蒼白，楚瑜半蹲下來，看他捂著自己膝蓋，憂心道：「傷著哪兒了？」

「小腿。」顧楚生吸了一口氣，隨後道：「我們趕緊先走，這裡危險。」

楚瑜應了聲，將人背了起來，趕緊往開闊的地方走過去。

楚瑜行動矯健有力，顧楚生便放下心來，知道這人應當是沒有事的。楚瑜背著他往遠處河邊走去，同時道：「你不是應當在元城救災嗎？來這裡做什麼？」

「魏清平來找我，說妳出事了。」顧楚生聲音平靜，也聽不出這傷勢對他的影響。他只是有些奇怪：「妳怎麼會在這裡？」

「地震來時我剛好站在山頂，」楚瑜笑了笑：「當時山頂往下塌，我就躲著塌的地方跑，結果躲到這斷崖來，我也沒辦法，就抓著藤蔓一路又跳又爬落了下來。」

顧楚生聽著，有些疲憊地應了聲：「妳沒事就好。」

這話讓楚瑜一下沒法接，她沉默了很久，終於道：「其實你不用親自來找我，你要是出了什麼事，後面賑災的事情誰處理？」

「這時候妳還能操心這些，」顧楚生嘲諷：「大夫人真是為國為民。」

楚瑜靜下來，顧楚生這話說出來，又有些後悔，他疲憊地靠在楚瑜背上，好久後，才重新開口：「我聽說妳離開衛府了。」

「嗯。」楚瑜應了聲，來到水源邊上，她將他放下來，而後道：「我先去找樹枝給你固定一下腳，你餓不餓，我抓條魚給你吃？」

顧楚生低著頭沒說話，楚瑜看了四周一眼，接著道：「那就這樣安排吧，吃了東西，我再背著你往水源方向走，走一段路應該會看到村子。」

說著，楚瑜便去找了樹枝，她帶著樹枝回來，用匕首劃開他的褲腿，看了看他的傷勢，低頭給他用樹枝固定著傷。

顧楚生靜靜看著，整個過程裡，楚瑜的神色坦坦蕩蕩，沒有半分狹促，也沒有溫情，她像是面對一個再普通不過的朋友，他受了傷，她幫助他，僅此而已。

「妳不恨我嗎？」分別許久後頭一次見面，他終於開口問她這個問題。

楚瑜愣了愣，片刻後，她垂下眼眸：「我剛重生的時候總是在想，如果有一天我能再見到你，我一定殺了你。」

「那為何不殺呢？」顧楚生捏緊了拳頭。

楚瑜用衣帶綁好的樹枝，想了想，終於道：「因為不想殺了吧。」

「想殺你，是因為那時候我覺得因為你我受了很大的傷害，我心裡難過，殺你洩憤。」楚瑜笑起來，玩笑一般道：「可如今我心裡是滿的，不覺得難過了。顧楚生，其實仔細想想，如果當年我不喜歡你，你這個人也不算壞。雖然小節有失，但也是個好人。」

說著，楚瑜站起身，提步去了河邊：「我去抓魚。」

顧楚生沒說話，他目光落在她身上，就看著她走到一邊，用匕首將樹枝削成尖頭，成了個魚叉。他靜靜看著她，驟然發現，她真的走出去了。

這一段感情裡，她已經脫身得乾乾淨淨，甚至連怨恨都不剩了，她與他之間，已經沒有了任何瓜葛，只是他一個人停留在原地，作繭自縛。

楚瑜打了魚上來，生火給他烤魚，顧楚生靜靜看著，一言不發。

等魚烤好後，楚瑜將魚遞給他，抬眼道：「我死之後，你過得好嗎？」

顧楚生拿著魚叉的手微微一顫，隨後垂下眼眸，有些嘲諷地笑開：「若是過得好，我又會在這裡嗎？」

楚瑜微微一愣，隨後卻是笑了：「你怎麼過來的？」

「被衛韞殺了後，睜眼就是十六歲。」顧楚生聲音平淡。

楚瑜卻是好奇了：「你是被衛韞殺的？」

「嗯。」顧楚生未曾覺得不堪：「妳死後，我又活了三十年，最後我熬不住了，也不知道活著有什麼意義，皇帝昏庸，衛韞意圖謀反，我力保陛下，為他所殺。」

顧楚生力保皇帝而死，楚瑜到不覺得奇怪，他們顧家一向對皇室忠心。顧楚生雖然和顧家人不太一樣，骨子裡卻仍舊是個地道的保皇派。

楚瑜皺起眉頭：「那如今，你又要反了趙玥？」

顧楚生沒說話，他看著跳躍的火種，神色冷漠。

「阿瑜，我的忠誠不是沒有底線的。」

「而且，為著朝廷，為著他們皇家，我已經努力了一輩子了，」他抬眼看她：「我重生回來的時候就想，這一輩子，我只為了妳。」

楚瑜呆了呆，片刻後，她垂下眼眸，轉動著手中還烤著的魚，好久後，她終於道：「楚生，人一輩子從來不是為了哪一個人，而是為了自己。」

「你活著，」她抬眼看他：「該學著為了自己活著。」

「一個人有所求，但也有其責任。你承擔自己的責任，你不傷害別人，做到以上兩點後，你就可以求你所求。你喜歡做什麼，便去做什麼。」

「我喜歡妳。」顧楚生執著地看她：「那我當如何？」

楚瑜聽見這話，抬眼看他：「那你就喜歡。可你要知道，這份喜歡不會改變什麼。你依舊是顧楚生，你的夢想，你的責任，你當做的，不當做的，不會因我有任何改變。喜歡是一件很純粹的事，我不介意你喜歡我，顧楚生，只是你要明白，這份喜歡你該放在你的限度你，我不會回應你，你不能強求。而你也不會為我改變你的人生，你依舊是你。」

「那又算什麼喜歡？」

「你知道我離開衛府是為什麼嗎？」

「為什麼？」

「因為楚瑜志不在後宅，更不會對誰低頭。我喜歡衛韞沒有錯，可我也不會為他改變什麼，委曲求全。顧楚生，你喜歡誰，不喜歡誰，這與我無關，」楚瑜笑了笑：「但是，認識這麼多年，我希望你過得好。」

顧楚生沒說話，他看著楚瑜，好久後，卻只是道：「可是除了妳，我無所求。」

楚瑜笑了笑：「等日後，你再同我說這句話吧。」

說著，她起身將顧楚生背起來，淡道：「走吧，我帶你出去。」

顧楚生靠在她的背上，他聽著她的心跳，想起年少時，好多次，她都是這麼背著他。

他顧家本來就是書香傳家，他也就是在六藝中學過騎射舞劍，花架子還行，但是和楚瑜這樣從小打磨出來的是完全不能比的。當年在昆陽當縣令，結了太多仇家，好幾次被追殺，他受了傷，就是楚瑜這樣背著他，一路背，一路罵。罵他惹事，罵他又給自己找麻煩。

那時候無論她怎麼罵，他被她背著的時候，都會知道，安全了。

楚瑜從來不會背叛他，也不會拋下他。

然而如今，她背著他，卻不會罵他了。顧楚生不由自主捏住了拳頭，終於道：「阿瑜，妳說句話吧。」

「上輩子，我死之後發生了什麼？」楚瑜隨口道：「和如今變化大嗎？」

「也不大吧，」顧楚生閉著眼睛：「北狄被衛韞打滅族了，一路往西走，建立了一個新的國家，後來聯合陳國又打回來。有人舉事，有人叛亂，國家一直打來打去，沒有消停過。」

「其實，大楚本來就積弱，要不是衛韞硬撐，早就完了。」

「後來輔佐了幼帝登基，我和他攝政，終於安定了幾年，但幼帝很快長大，被宦官慫恿要親政，衛韞還權之後，小皇帝就開始作死。好不容易穩下的江山又動盪，衛韞便舉事了。」

顧楚生慢慢說著上輩子的事，楚瑜就聽著。

兩人順著河流下去的時候，衛韞也趕到了清水鎮。

如今的清水鎮早已被泥土掩埋，根本看不出任何活人的蹤跡，所有人站在泥土之上，都覺得膽寒。

自然的力量，比任何一支軍隊都要可怕，見著這屍骨無存的力量，衛夏忍不住道：「王爺……這……」

這救不回來了吧？

衛夏話沒說出來，然而所有人都明白了他的意思。

衛韞靜靜看著山谷，卻是道：「她活著。」

說完，他便轉過身，立刻朝著高處找去。衛秋著急道：「王爺！您往哪裡跑去做什麼？」

衛韞沒有答話，他一路奔到了山頂，仔細勘察著凌亂的足跡，最後來到了顧楚生落崖的地方。

他看了山崖下面斷落的樹枝一眼，轉頭同衛夏道：「衛秋你帶著獵犬在這裡找人，要是再有餘震趕緊撤開。衛夏你帶人去找到這懸崖下面的出口會在哪裡，在出口等我。」

「等您？」

衛夏愣了愣，隨後便聽衛韞道：「找繩子來，我下去看看。」

「王爺，我去吧。」衛秋忙道，衛韞抬眼看了他一眼，衛秋便明瞭他的意思，皺著眉頭，卻是不敢說話。

衛韞等著人拿了繩子過來，將繩子綁在自己身上，又綁在附近一顆大樹上之後，便順著懸崖爬了下去。

懸崖上有藤蔓，他抓著藤蔓和石頭，藉著輕功快速落了下去。沒有一刻鐘他便到了崖底，首先看到就是楚瑜的劍在懸崖上鑿出的痕跡。他克制住激動，到了崖底後，他順著足跡找了過去，他趕了約莫半天的路，終於看到一個背影，那人似乎還背著一個人，正在說什麼。衛韞叫出聲：「阿瑜！」

楚瑜頓住步子，回過頭去，便看見衛韞站在她面前。

他身上衣衫被掛得破破爛爛，大氅上也沾著樹葉，頭髮早已凌亂，看上去狼狽不堪。

他看著她的時候，眼裡被欣喜溢滿，楚瑜輕輕一笑，溫和道：「你怎麼也來了？」

說著，她放下顧楚生，直起身，看著衛韞道：「你……」

話沒說完，青年便大步走來，猛地將人抱進懷裡。

他沒有說話，可他抱著她的動作那麼緊，那麼用力，彷彿放開就會失去。楚瑜在他懷裡，好久後，終於抬起手，輕撫著他的背，柔聲道：「我沒事。」

衛韞不語，楚瑜反覆道：「我很好，我沒事，你別怕。」

衛韞在她反覆安撫下，才停止了顫抖，慢慢放開她。

他上下打量著她，好久後，才鬆了口氣，他似乎想說什麼，最終轉頭看向顧楚生，有些詫異道：「顧大人？」

顧楚生坐在地上，他閉著眼睛，聽見衛韞叫他，他慢慢睜開眼睛，平靜道：「衛王爺。」

衛韞本想問他為什麼在這裡，然而卻在出口前便反應過來。

顧楚生親自到元城賑災，自己身在惠城都來了，更何況在元城的顧楚生？

衛韞抿了抿唇，終於道：「我背著顧大人回去吧。」

顧楚生沒有應聲，衛韞走上前，背起顧楚生，轉頭同楚瑜道：「衛夏在外面等我們，我們走吧。」

楚瑜笑了笑，她跟在衛韞身邊，唇邊笑意完全壓不住：「你從惠城來？」

「嗯。」衛韞苦笑道：「聽見妳出事就過來了。」

「惠城還好？」

「還好，」衛韞如實道：「都提前準備好了，傷亡並不算大。」

只是普普通通的話，兩個人說著，不知道為什麼，就覺得高興。楚瑜突然想起來：「顧大人為何親自來賑災？」

聽見楚瑜問他，顧楚生睜開眼，平靜道：「我怕我不親自來，下面的人不聽話。而且趙玥若是知道災情，怕為了逼你們不肯賑災，所以我提前帶了糧食過來。」

「您帶了糧食？」楚瑜詫異。

顧楚生點頭道：「我把給姚勇的軍糧弄了過來。」

「那你怎麼辦？」衛韞皺起眉頭：「你這樣做，趙玥不會放過你。」

「他又能把我怎樣？」顧楚生冷笑：「殺了我不成？我押送軍糧，半路救災，我有錯？」

「倒也沒有……」楚瑜有些擔憂：「但趙玥日後，恐要提防你。」

「他如今就不提防我？」顧楚生聲音冷漠：「他這樣的人，這輩子又信過誰？」

衛韞和楚瑜一時無言，顧楚生閉上眼睛，繼續道：「他只信利益。」

「好了，別想太多。」楚瑜嘆了口氣：「你先休息吧。」

顧楚生抿了抿唇，沒有說話，衛韞背著他，怕吵著他，便沒有和楚瑜多說話，安安靜靜走了出去。

路比想像中要漫長，走到黃昏，也沒看見衛夏，倒是見了一間茅廬立在遠處，衛韞看了看天色，同楚瑜道：「怕是有雨，我們先歇息吧。」

楚瑜點了點頭，同衛韞一起走了過去，三人敲響大門，卻是一個老者開了門。

老者頭髮雪白，看上去八九十歲的模樣，衛韞恭恭敬敬說了來意，又給了老人銀子，老人看了銀子一眼，搖了搖頭道：「你們進來吧，幫忙做頓飯就好。」

三人連連道謝，進了茅屋之中。

老人身形佝僂，衛韞去房中做飯，楚瑜安置了顧楚生，同老人坐著聊天。

房屋不大，老人的聲音清晰地傳到廚房中。

「我姓李，叫李謀，以前在元城郊外種地。我有三個兒子、八個孫子，還有重孫，年紀大了，記不太清了。」

「那他們人呢？」楚瑜好奇，老年人輕嘆了口氣，沒有說話。

顧楚生皺起眉頭：「莫不是他們遺棄了您？本……我去找他們，一定要按律處置！」

「拋棄？」李謀愣了愣，隨後趕緊擺手道：「不不，我不是被拋棄的，我是自願出來的。」

「我活得太長了，」李謀嘆了口氣：「我八個孫子，五個充軍，說是要給我們留後，重孫也都去了，家裡就剩些女眷和老人。我兒子也已經六十多了，沒什麼力氣了。我在家做什麼啊？稅賦重，天天打仗，家裡還吃不飽，給我一個老年人吃的做什麼？」

「我不想麻煩他們，」李謀苦笑起來：「反正我死了也沒什麼遺憾，便自己來了。這屋子我也不知道是誰的，自己占了住了，我還幹得動活兒，外面栽了些小菜，我就天天等著什麼時候死，但是等啊等，也沒死。」

「他們不來看看您嗎？」顧楚生皺著眉。

李謀愣了愣，片刻後，他苦笑起來：「兵荒馬亂的，看了做什麼？經常來看，萬一什麼時候不來了，我心裡還難過。倒不如不要來，就算有一天真的來不了了，」老人嘆了口氣：

「也不覺得難過。」

聽著這話，衛韞在廚房裡炒菜的手頓住了。他看著外面陰暗的天色，好久沒有動作。

顧楚生和楚瑜也沉默下去。老人卻是笑起來：「你們這些年輕人，多大點事兒就愁眉苦臉的。這不是什麼大事兒，」李謀拍了拍顧楚生的肩，站起來道：「生死之外，均無大事。哪怕是生死，於這世間，也是了無痕跡的。」

這番話並沒有安慰到三人，吃飯的時候，大家都沉默著。

這一頓飯裡有楚瑜打的魚，老人吃得高興，連連說好久沒吃到肉了。

等到夜裡睡下，因為只有兩個房間，便是顧楚生睡一間，老人單獨睡一間。衛韞和楚瑜到大堂裡去，用外套打了個地鋪，便睡了。

夜裡有點冷，衛韞將大氅都給了楚瑜，把她攬在懷裡。

兩人即將入眠時，衛韞突然開口：「我希望這一仗打快一點。」

楚瑜沒有說話，她伸出手，將人攬在懷裡。

衛韞低啞著聲音，認真道：「我希望這一仗早點結束，希望有一個安穩的朝廷，誰做皇帝我都無所謂，我就希望他能安安穩穩的。我希望這天下的老百姓都有飯吃，希望這位老人家的孩子都在，希望他們能接他回去，不會因為缺少糧食，讓他選擇到山野裡來。他們能每天想見面就見面，也不用擔心哪一天就見不到了。」

「我希望他們能好好的，」衛韞抱緊楚瑜：「我們也好好的。」

「快了。」楚瑜閉上眼睛，她給予著他溫暖：「小七，快了。」

休息一晚，第二天清晨，三人便重新啟程，老人家送三人出來，還送了三人一點小菜。顧楚生連連推辭，老人還是交到他手裡，高興道：「公子，您回元城邊上的長樂村去，找到戶主叫李樂的人家，就同他們說，我還好，讓他們別擔心，啊？」

顧楚生猶豫了一會兒，點頭道：「老人家，您放心，我一定讓你們家糧食夠吃，到時候我讓他們來接你。」

「不必了，」李謀嘆了口氣：「這皇帝不好，接回去了，沒多久我又得自己走回來。公子，」李謀拍了拍顧楚生的手，語重心長道：「亂世保重啊。」

顧楚生沒說話，他提著手中的小菜，突然覺得有萬斤重。

衛韞背著顧楚生、帶著楚瑜走了很久，突然聽到了人聲，衛韞抬起頭，便看見衛夏等人打馬而來。

衛韞舒了口氣，衛夏趕了過來，焦急道：「王爺，你們沒事兒吧？」

「沒事兒。」衛韞搖了搖頭，轉身道：「有馬車嗎？顧大人受了傷，怕是騎不了馬。」

「有。」衛夏趕緊過來，讓沈無雙上前，給顧楚生看診過後，便讓人抬著顧楚生上了馬車。

等顧楚生上了馬車後，衛韞和衛夏確認一下情況，再往前走就是元城，他抿了抿唇，轉頭看向楚瑜，好久後，他突然笑了，伸手握住楚瑜的手，柔聲道：「我要回去了。」

「嗯。」

楚瑜垂下眼眸，看著他握著自己的手。她本以為衛韞會請求她一起走，然而卻是聽他道：「妳接下來怎麼安排？」

「我想幫著顧楚生賑災。他截了姚勇的糧草來賑災，後面怕有兇險。」

衛韞沒說話，他握著她的手，好久後，他抬眼看她，眼裡帶著無奈：「那好好保重，別再這樣犯險嚇唬我。」

楚瑜愣了愣，她慢慢抬頭，看見那雙眼睛。

他的眼裡明明帶著思念和請求，然而他卻全壓了下去，他克制著自己的愛，沒有任何任性，也沒有要求她妥協。

好久後，楚瑜小心翼翼道：「你……不帶我回去？」

「妳若說願意，我此刻就帶妳回去。」衛韞伸手將她抱進懷裡，閉上眼睛：「我怎麼不想帶妳回去？我都想搶妳回去了。只是阿瑜，我知道，妳不願意。」

楚瑜在他懷裡垂下眼眸，聽他道：「妳不願意，我又怎麼能強求？妳想去哪裡都可以，阿瑜，」他聲音頓了頓，終於道：「只要妳記得回來。」

「別這樣說，」楚瑜笑出聲：「說得好像我在外面花天酒地，你是獨守空閨的正室一樣。」

衛韞也被她逗笑了，他放開她，伸手扶正她額頭上的髮簪，而後他將手攏入袖中，溫柔地瞧著她道：「去吧，我送妳離開，我再走。」

楚瑜低低應了一聲，轉身朝著馬車走去。

衛韞靜靜瞧著她的背影，她往前走了幾步後，突然頓住了腳步。

然後她回頭，朝著他衝了過來，抱住他的脖子，逼得他微微彎了腰，而後便覺得她溫熱的唇在他臉頰上使勁兒親了一下，她抬眼看他，認真道：「衛韞，這天底下，我最最喜歡你，只喜歡你。」

說完，她便放開他，果斷回了馬車裡。衛韞看著馬車搖搖晃晃啟程，他呆呆地抬手覆在自己被親過的臉頰上，好久後，他低下頭，抿唇笑了起來。

而楚瑜進了馬車裡，感覺自己心跳得飛快，她靠著馬車，抬手搧著自己有些發熱的臉。

顧楚生低頭看著自己手裡的青菜，好久後，他抬起頭，看向楚瑜。

他看著這個像小姑娘一樣紅著臉亮著眼的姑娘，覺得她帶著前所未有的漂亮。如果說她上輩子活得狹促無知，這輩子的開始壓抑陰沉，那麼此時此刻，她就是將上輩子那份灑脫和經歷過世事後的包容智慧巧妙融合在了一起。

那是走過了千山萬水後的善良，也是經歷過黑暗絕望後的光明。

他突然很想知道，如果自己也能像楚瑜一樣，走過、放下、圓滿，自己會變成什麼樣子？

那個帶著少年熱血、又帶著時光給予的沉澱的顧楚生，會是什麼模樣。

他提著手中的小菜，突然說：「阿瑜。」

楚瑜抬頭看他，卻聽顧楚生道：「妳能不能，帶我看一看，這世界是什麼模樣？」用妳的眼睛，妳的靈魂，帶著我去看一看，走出了自己給自己畫下的圈後，世間本該是什麼模樣。

楚瑜愣了愣，隨後她笑起來，認真道：「好啊。」

「你十三歲的時候，其實是個很心軟的人。」楚瑜坐在馬車上，瞇著眼想著當年：「那時候我調皮，我記得那一年我和楚錦去你們家做客，我發現一個螞蟻窩，我蹲在樹底下捅它，你就跑過來和我說，讓我放了它們。他們既然活在這個世界上，便該有一條活路。」

「是麼？」

顧楚生聽著，覺得這些過往很遙遠。

這些記憶他隱約記得，忘了大概也是從十六歲那年開始。

那一年顧家落難，為了保住顧家，他親自將他父親送進了宮裡，送上了斷頭臺。

他父親在宮裡被斬殺那天晚上，他跪在淳德帝面前面帶笑意俯首臣稱，然而回家那一條路上，他一個人，躲在馬車裡，卻是哭都不敢哭出聲來。

從那時候開始，他便告訴自己，做人不能付出太多感情。你也不知道哪一天就要背叛，哪一天就要失去，人要冷漠一點。

不付出感情，把自己當成最重要的，這樣才能活得好。

反正，他本就是這樣的人。

一個能將親爹送到斷頭臺的孽子，這一輩子，又要談什麼仁義？

他想起少年時，就覺得已經是特別遙遠，特別漫長的時光，他甚至有些記不清，到底是這樣的少年經歷讓他走到今天，還是他本就是這樣的人，所以才有了那樣的過往。

馬車搖搖晃晃，終於到了元城，楚瑜低頭看著他手裡的小菜，卻是笑了：「你要不要去找這位老伯的家人？」

顧楚生愣了愣，他猶豫片刻，楚瑜卻為他下了決定：「去找吧。」

說著，楚瑜為他撩起簾子，元城灼熱的日光落進馬車裡，楚瑜回頭看他，溫和道：「我陪你去找。」

顧楚生沒有說話，好久後，他點了點頭，應聲道：「好。」

顧楚生的腿受了傷，由著侍衛將他背了出來，楚瑜跟著顧楚生進了府衙，這時候餘震差不多完了，百姓陸續回到城中。

城中房屋塌的塌，毀的毀，人員雖然傷亡不大，卻也有百姓在自己家園上痛哭出聲。

這世道本就不易，這一場天災雖然只損失財物，但是如今錢比命貴，對於有些人家來說，便已是浩劫。

楚瑜陪著顧楚生走在官道上，聽著百姓震天的哭聲，楚瑜嘆息，目光落在百姓身上，艱澀道：「顧大人，且好好聽聽這些哭聲吧。」

顧楚生沒說話，他靜靜聽著這些哭聲。他從來沒這麼認真去聽過百姓的哭聲，因為他不敢去聽。他怕午夜夢迴，會回想起那聲音，無法安眠。

然而如今聽著，他卻發現，這哭聲和他想像中的尖利怨恨並不一樣，而是一種深入骨髓的絕望和無能為力。

在國家、在命運面前，這些百姓的力量，的確太小，太微薄。他們無法掌控天災，無法預知人禍。顧楚生頭一次發現，原來和他們相比，自己早已成長為一個手握利刃的人。

他們只能哭嚎，他卻有抗爭的資格。

他來到府衙，魏清平已經在這裡展開了義診。傷亡雖然不嚴重，但依舊有許多人在強震中受傷，患者排成隊接受診治，魏清平安排著人有序問診，顧楚生的侍衛走上去，焦急道：「郡主，您看看我們大人……」

「郡主！」

「先去分診，」魏清平頭都沒抬，直接道：「命無尊卑，重症先診。」

「就這樣。」顧楚生卻是開了口，他笑了笑，從容道：「去分診吧。」

聽了顧楚生的話，侍衛也無法，便帶著顧楚生去了分診的地方。

顧楚生的傷勢並不算重，他便等在一邊。等著的時候，下屬過來給他彙報受災情況。顧楚生靜靜聽著，忍不住皺起了眉頭。楚瑜察覺他皺眉，走上前，低聲道：「怎的了？」

顧楚生搖了搖頭，卻道：「無事。」

楚瑜點點頭，便道：「我出去幫忙。」

顧楚生應了聲，明顯在思索什麼。

楚瑜幫著鎮壓騷亂，統計糧食，等到了夜裡，楚瑜正準備歇下，便見有人來道：「楚大小姐，顧大人有事相請。」

楚瑜愣了愣，她看了看天色，本想拒絕，然而想到今日顧楚生的神色，便知顧楚生應是有什麼不能當著眾人說的難處。

她猶豫片刻，終究站起來，跟著侍從走了過去。

顧楚生的腿此刻已經用夾板固定住，配合著他一身華衫，看上去頗為滑稽。楚瑜走了進來，瞧見腿上夾板，笑出聲：「不是斷了吧？」

「托妳的福，」顧楚生也笑了，搖頭道：「沒斷，休養半月就好。」

說著，顧楚生將一個冊子遞到楚瑜手裡，楚瑜拿到冊子，有些迷茫：「怎的了？」

「這是如今元城的存糧。」

顧楚生說著，楚瑜打開了冊子，很快皺起眉頭，上面寫了如今元城糧食總數，以及元城受災情況。

「元城糧庫幾乎是空的，」顧楚生嘆了口氣：「糧食都被姚勇運走了，如今應當在青城作為軍用，我帶來的糧食，賑濟一個元城還可以，賑濟一個青州……」

顧楚生有些發愁，楚瑜靜靜看著，青州是受災最嚴重的，接壤的白州、昆州、洛州都有不同程度的震感，但是不至於有青州這樣的受災程度。可是如果僅僅是受災，青州不至於此。

「一城糧庫都被搬空了……」楚瑜忍不住氣笑了：「姚勇能耐啊。」

說著，她很快反應過來：「那趙玥呢？你可寫信了？青州他不管了？」

「他會管嗎？」顧楚生抬眼，冷笑道：「他不再來製造些災禍，已經不錯了。」

楚瑜沒有說話，顧楚生氣極了，楚瑜沉默片刻，終於道：「我去借糧。」

「現在誰借給妳？」顧楚生皺起眉頭：「妳總不能讓衛韞、妳哥給妳借糧，現在所有人都看得出來，趙玥是打算拿青州耗死你們，如今糧食就是命，」顧楚生緊皺著眉：「還是想其他辦法。」

「若是只靠我哥和衛韞，那的確是勉強了，」楚瑜笑起來：「要是如今這自立為王的幾百諸侯每個都送一點呢？你從趙玥手裡拿了姚勇這份糧，就當是趙玥出的，我和我哥、衛韞、宋世瀾各再要一份，剩下的，我再想辦法。」

「妳有什麼辦法？」顧楚生皺眉。

楚瑜擺了擺手：「你這種文人別管了，我有的是辦法。你就統計個數目給我，要多少糧食你說。」

顧楚生被她堵得一下說不出話來，憋了半天，他終於忍不住說道：「妳別把妳自個兒給折騰死了！」

話剛出口，兩人都愣了，楚瑜瞧了他片刻，笑出聲來：「可有點以前的樣子了。」

顧楚生沒說話，楚瑜起身擺手道：「行了我不同你說，我先睡覺去，明天我就啟程。」

楚瑜走了兩步，突然想起來：「哦對了，姚勇不會來找麻煩吧？」

「找什麼麻煩？」顧楚生冷笑：「他若敢來，我就跪著求他救百姓，我看是他不要臉還是我不要臉！」

雖然姚勇把元城的糧食搬空了，但是作為青州軍的首領，青州是他母族之地，要是真的不聞不問，的確過於難看了些。

然而楚瑜還是有些不放心，皺眉道：「他要真比你不要臉怎麼辦？」

「放心吧，」顧楚生也不逗她，只是道：「趙玥不會讓他來，趙玥如今肯定會把青州撒手不管，因為他知道你們會管。」

楚瑜沒說話，片刻後，她嘆了口氣：「好人難當。」

「好好養傷。」

楚瑜沒有回頭，轉身走了。

顧楚生坐在屋子裡，他聞著她留下來的味道，好久後，有些無奈地笑開，低頭開始給她統計要用的數。

楚瑜回到屋中，一直沒睡著，想了想，便爬起來，給衛韞寫信。

如今通信不便，她也不知道這些信什麼時候能送出去，然而她還是寫了許多，事無鉅細，似乎每一點每一滴都想同他分享。

寫完信後，她將信貼在心口，總算覺得安心，閉上眼睛睡了。

睡到第二天晨醒，楚瑜卻是被魏清平推醒的：「別睡了，趕緊醒醒，攻城了！」

楚瑜迷迷糊糊醒過來：「攻……攻城了？」

魏清平一巴掌拍她頭上，焦急道：「妳家衛韞打過來了。」

楚瑜有些懵，衛韞在惠城，接下來打元城……也是理所應當的？

「衛韞打過來，」楚瑜打著哈欠起身：「我們著什麼急？」

「不是，他一來，姚勇的人都跑了，剩下沒跑的也被顧楚生給按住了，顧楚生給衛韞開了城門，現在衛韞進來了，妳趕緊洗洗梳妝，妳要這樣見你心上人嗎？」

楚瑜愣了愣，她轉頭看向魏清平，上下一打量，就發現魏清平頭上戴了髮簪，面上上了精緻的淡妝，明顯是好好收拾了一番的。楚瑜呆愣了片刻後，指著她道：「都這時候了妳還有心情談情說愛……」

「談感情又不耽誤事。」魏清平認真想了想，起身道：「行了我走了，還有好多人等著我呢……」

「唉等等！」楚瑜一把抓住魏清平，魏清平回過頭來，看見楚瑜腆著臉道：「那個，借盒胭脂唄。」

說話間，外面已經傳來了腳步聲，魏清平淡道：「怕是來不及了。」

話音剛落，腳步聲便頓住了，青年青衣狐裘站在門前，雙手攏在袖間，含笑看著屋內。楚瑜用魏清平的袖子遮著臉，魏清平強行將袖子拉出來，楚瑜便翻滾到另一邊，捂著臉沒有說話。

周邊的人都退了下去，衛韞提步走了進來，靜靜坐在床邊，楚瑜半天沒聽見動靜，轉過頭，便看見衛韞含笑的眼眸。

楚瑜愣了愣，隨後抬手拍自己腦門，有些洩氣道：「啊，魏清平那個小人，這時候叫我有何用！」

衛韞沒說話，他就靜靜瞧著她，楚瑜坐起身，有些奇怪道：「你怎麼來得這麼快？」

「趁著顧楚生還在元城控制局勢，便趕緊過來了。」

楚瑜點點頭，這時元城剛地震，軍隊鬆懈，城牆有損，衛韞來得倒也恰當，衛韞抬手給她用手指梳開頭髮：「當然，還有一點就是，」他笑出聲來：「想妳了。」

這話他說得順理成章，楚瑜卻是愣了愣。衛韞站起身，去給她翻找衣服，一面找一面道：「先起來用飯吧，剛才顧楚生已經同我說了城內的情況，他說妳有法子讓其他人也跟著出糧食，妳有什麼辦法？」

「我？」楚瑜懶洋洋起身，衛韞替她披上外衣，她張開手讓衛韞給她穿著衣服，完全沒有任何負擔，直接道：「我沒你們那麼聰明，他們不給我就搶啊。」

「我還以為妳有多絕妙的主意，」衛韞替她繫上腰帶，有些無奈地笑了：「這麼多人，妳搶得過來？」

「咱們不用搶這麼多，你聯合我哥，宋世瀾發一個文書過去，要求所有人送糧食過來，而且寫清楚了，點名了，每個人送多少。這個糧食你不能讓他們送太多，就是破財消災的數量，不能讓他們心疼，分成四輪送，每輪你們就附加一個名單，規定好這一輪哪些人的糧食要送過來。然後你們定一個規矩，凡是一輪裡面最後到的、不到的諸侯，咱們就發兵討伐這種不義之舉。第一輪人數別太多，我把第一輪的人都搶一遍，差不多了。」

這算不上個聰明主意。

然而衛韞想了想，卻明白，這大概是最直接有效的了。

如今諸侯中就他、楚臨陽、宋世瀾兵糧最多，他們若是聯手，對於任何一個諸侯來說都是滅頂之災，如今他們就相當於是一把劍，懸在這些人頭上，如果交糧，這把劍就不會落，不交，雖然這把劍沒辦法把他們都鏟平，可是一般人卻是不敢賭的。如果要的糧食太多，或許還有人要賭一賭，但如果只是適可而止，那更多人就會選擇破財消災。

這就是一場博弈，一個人的博弈或許有輸有贏，然而一群人的博弈，每個人都會選出一個對自己更有利的選擇，最後成為群體最糟糕的選擇。

衛韞想著楚瑜的話，楚瑜在旁邊洗漱過後，站到他身前，有些不好意思道：「咳，要在元城待多久？」

「不會很久，」衛韞伸過手，自然而然拉住她的手，轉頭帶著她慢慢往外走去，聲音平和：「元城安頓好後，就準備攻打接下來的酒城。而且也要為接下來做準備，我們若是拿到了糧食，趙玥怕不會這麼容易住手。」

「可顧楚生說……」

「他如今已經在這裡了，」衛韞搖了搖頭：「從他劫了糧草來到元城這一刻開始，對於趙玥來說，他就是棄子。」

「只是說他還得用他。」衛韞輕笑起來：「如今華京到處是顧楚生的人，趙玥如今不敢隨便放顧楚生走，但凡有一絲爭取顧楚生的機會，趙玥都不會放過。」

「那如今顧楚生怎麼安置？」楚瑜皺起眉頭：「他讓元城降了，總不能讓他就這樣回京……」

「今早攻城的時候，我和顧楚生演了一齣戲，顧楚生並沒投降，而是讓一個下屬開的城門。他自己反而是大義凜然說要和元城同生共死，現在正當著俘虜被我關押著。我等一會兒就給趙玥寫一封信，讓他用糧草來換這位『忠臣』。」

「趙玥怎麼可能換？」楚瑜笑出來。

衛韞輕笑：「顧楚生自己還寫了一封信，簡直是聞者傷心見者落淚的忠臣血書，到時候趙玥不救他，又是一個罵名，換不到糧食，罵罵他也總是好的。」

「你們真是……」楚瑜有些哭笑不得，她突然覺得，果然衛韞和顧楚生這種人最難對付。她不過是動動刀槍，這些人嘴皮子就是一把刀，刮一層皮下來以後，再白馬銀槍給你捅個對穿。

兩人牽著手到了大堂，顧楚生正一面處理著公務一面等著他們，抬頭看見兩個人牽著的手的時候，他愣了愣，他抿緊了唇，好久後才低下頭去，繼續看著自己的公文。

上面都是缺少的藥材，他早上已經去魏清平那裡看過，那裡都是哭著的人，都是哀號的聲音，於是這些文字都變成了一條條鮮活的性命，在看到這些字的瞬間，那些嫉妒不甘都被克制住，他迅速冷靜下來，同下屬交涉著要做的事情。

衛韞領著楚瑜坐下來，恭敬地叫了一聲：「顧大人。」

顧楚生同下屬囑咐了最後一句，將卷宗放下，抬起頭，朝著衛韞輕輕點了點頭：「衛王爺。」

「方才我和楚大小姐商量了借糧的事，有些東西可能需要顧大人幫忙。」說著，衛韞便將楚瑜的想法快速說了一遍，隨後道：「我想同顧大人商量一下，每個地方產糧能力不同，同哪一位借多少、借什麼，該如何定奪？」

顧楚生位居戶部尚書多年，又常年打理民生相關，對各地稅收產糧的能力最清楚不過。他點了點頭道：「我會儘快整理出來。不過，這件事領兵之人該是誰？」

要讓宋世瀾、楚臨陽同時借兵過來，又能機動到處遊走的將領……

所有人想著，就聽杯子輕輕落下的聲音，楚瑜笑著道：「我啊。」

兩人沉默著，片刻後，顧楚生猶豫道：「終究是苦勞活兒……」

「顧大人這話就不大中聽了，」楚瑜笑起來：「人這輩子，多大權利，就多大責任，哪裡有天天坐著，就能不勞而獲的。想要自由、要權利、要尊重，又不願意付出，怎麼會有這樣的好事？」

「能做什麼，我很高興。」楚瑜聲音溫和，手不自己覺撫上自己腰上的匕首：「總覺得，這樣才不算白白辜負此生。」

顧楚生沒說話，他靜靜望著她。

他觀察著楚瑜身上那零碎的光芒，感覺有什麼無形的東西環繞在自己周邊。衛韞靜靜抿了口茶，慢慢道：「我這就給楚大哥和世瀾兄寫信過去，今日我會將徵糧書寫好，不知顧大人什麼時候能算出數來？」

顧楚生瞇了瞇眼：「明日午時。」

衛韞點點頭，拱手道：「懷瑜恭候。」

顧楚生聽到這個名字，微微愣了愣，他張了張口，好久後，什麼多沒說，低頭道：「若是無事，王爺便去做事兒吧。如今元城還亂著，王爺怕是有得忙活。」

衛韞應了聲，和顧楚生告別後起身，轉頭同楚瑜道：「大小姐今日行程如何安排？」

「我留著幫顧大人吧。」楚瑜猶豫片刻。

衛韞垂下眼眸，卻沒有多說，點了點頭道：「那我先去忙。」

說完，他便轉身走了出去，楚瑜到顧楚生身邊，拍了拍他的肩道：「我留下來幫你，夠義氣吧？」

顧楚生抬眼看她，他靜靜看了片刻，終於道：「行了，把邊上第三行第四列卷宗拿過來……」

幫著顧楚生算糧，不知不覺就算到了深夜。等楚瑜回到房間的時候，房間裡點了燈，衛韞坐在房內，正認真地寫著什麼。楚瑜走到他身後，看見那橫折撇捺之間都帶著風骨的字跡。

他正在寫《徵糧書》，起筆便書大義於天下，看得人熱血澎湃，也不知這是那人骨子裡的熱血自然流於世間，還是他真的攻於言語。

楚瑜靜靜站了一會兒，衛韞才抬手沾墨，發現落在紙上的影子。他的筆在硯臺上方頓了頓，而後抬起頭，笑著道：「回來了？」

「久等了。」楚瑜坐下來，抬手給衛韞研磨，瞧著衛韞的字道：「我家懷瑜的字真好。」

衛韞低頭笑了笑：「總不能還像小時候一樣，拿狗爬一樣的字去見人。」

楚瑜聽著他的話，抬頭看他。青年的眉眼像是筆墨描繪，在柔和燈光裡被暈染了邊界，和光融在了一起，溫柔又明亮。他察覺到她注視他，抬起眼，卻是道：「去睡著吧，妳這樣看著我，我都寫不下去了。」

「那我不看你了。」楚瑜趕忙收了眼神，站起身，從旁邊取了一本小冊，靠在衛韞大腿上，舉著書道：「我看書，等著你。」

衛韞猶豫片刻，抿了抿唇，壓著笑意道：「好。」

楚瑜其實也累了，翻看了沒幾頁，書「啪」一下落在臉上，就閉上眼睡了過去。

衛韞有些無奈，抬手替她取了書，燈光落在楚瑜臉上，她有些難受地皺眉，衛韞便抬起手，捂住她的眼睛。

手上的溫度和黑暗讓她安靜下來，衛韞便保持著替她遮光的姿勢寫著《徵糧書》。等寫完的時候，也不知道是什麼時候。衛韞低頭看著懷裡熟睡的姑娘，終於還是忍不住，低頭親了親她的額頭。而後便將她抱起來，小心翼翼送到床上。

他替她蓋上被子，放下床簾，便打算離開，楚瑜卻一把抓住他的袖子，迷糊道：「睡吧。」

衛韞猶豫片刻，終於還是回來，規規矩矩上了床。他平躺在她邊上，楚瑜便湊了過來，整個人掛在他身上，嘟囔道：「你怎麼不抱我？」

衛韞有些無奈地笑了，側過身，將人攬進懷裡，小聲道：「睡吧。」

楚瑜迷迷糊糊中帶著幾分清醒，在暗夜裡將頭靠在衛韞胸口，聽著他的心跳，慢慢道：「懷瑜，你在想什麼呢？」

為什麼突然這麼客氣了呢？

為什麼突然這麼疏離了呢？

楚瑜有些想不明白，她被這突如其來的問題驚得清醒了許多，她在暗夜裡抬眼看他，尋著答案。

衛韞的手梳理著她的頭髮，他低頭看她，溫和道：「妳走那天晚上，我睡在妳房間裡想了很多，阿瑜，我想妳一定很委屈。」

楚瑜愣了愣，衛韞神色裡帶著幾分苦澀：「我總說要把這世上最好的給妳，卻又總是忽略了，妳與我不一樣，妳畢竟是個姑娘。很多事情，是我莽撞，是我無知，是我猛浪。」

「那時候我總怕妳走，」他低頭埋在她頸窩，聲音艱澀：「我太想抓住妳，太心急。於是恨不得永遠同妳連在一起，所有能與妳在一起的事，我都想去做，我總覺得這輩子沒有我做不好的事，等妳走後才發現，很多風雨，都是妳替我扛著。」

「我……」

「我當娶妳。」他聲音微微顫抖：「我當讓妳光明正大從衛府離開，然後三媒六娉，十里紅妝，將妳正兒八經抬回我衛府。我不該讓妳的清譽受損半分，更不該因妳的縱容就無知糊塗。」

「我當初總怕妳離開衛府就不會回來，一遍一遍同自己說時機不合適，可如今想來，哪裡有什麼時機合適不合適，」說著，他抬起頭，艱難笑開：「端只看，妳心裡想不想，要不要。如今妳離開了衛家，天下皆知，又如何了呢？」

楚瑜沒說話，片刻後，她嘆息，將人抱在懷裡，溫和道：「這條路是我自己選的。小七，其實我走得很高興。我原本以為這條路會更艱難，但我沒想到你這麼好。人一輩子，有付出有失去，喜歡你這件事我不後悔，同你在一起我很高興。選擇你的時候，我就沒在乎過什麼清譽了，你不用多想，」她低頭親了親他：「你做得很好了。」

衛韞沒說話，他閉著眼，靠在楚瑜胸前。好久後，他平靜道：「其實當初妳、顧楚生、二嫂，都說得對，我終究還是太年輕。」

說著，他睜開眼，握住楚瑜的手，艱難笑起來：「被現在的我喜歡，我真的心疼妳。」

「若你不喜歡我，我才心疼我自己。」楚瑜回握住他，笑出聲來。

衛韞搖了搖頭，認真道：「不會，我從十五歲開始喜歡妳，會一直喜歡，一直喜歡到我五十歲，到我成一個老頭子。我現在不夠好，」他垂下眼眸，聲音裡帶著惋惜：「若是等我再長大些，能想明白這世間人的彎彎道道再喜歡妳，妳大概也不會受這麼多委屈。」

聽到這話，楚瑜忍不住笑了。

「若是這樣，我為什麼不喜歡顧楚生呢？」

衛韞愣了愣，片刻後，他呆呆道：「也是……」

楚瑜拍床大笑，衛韞有些無奈，正要去拉她，卻不想女子突然翻身壓住他，壓在他身上道：「衛王爺，其實我說句實話。」

她抬手拍了拍衛韞的臉：「就您這姿色，就算是露水姻緣，我也是極歡喜的。」

衛韞愣了愣，片刻後，他有些羞惱道：「說什麼亂七八糟的……」

楚瑜一隻手按著他的手，另一隻手靈巧地去解他的衣衫，溫和道：「這世上人都太奇怪了，睡一覺看得比命重要，一輩子的婚姻卻能合個八字就交付了。但我卻不一樣，我喜歡誰，便同他在一起。不喜歡，也就不喜歡。」

「妳別亂來……」衛韞抬手去抓她，焦急道：「我這是為妳好。」

楚瑜停住動作，抬眼看他：「為我好？我都不開心是為我好？」

衛韞紅著臉：「妳都不在衛府了，要是有了孩子怎麼辦？」

楚瑜有點發懵，難道她在衛府有孩子會更好一點？衛韞知道她在想什麼，將她從身上拉下去，給她用被子壓住整個人，楚瑜眨著眼看著他，衛韞嘆了口氣道：「妳現在外面滿世界亂跑，我不放心。妳若有了孩子，我想一直陪在妳身邊，好好照顧妳。」

說著，衛韞抬起手，將她的頭髮撥弄開：「別胡鬧了，嗯？」

楚瑜沒說話，她想了想後面的行程，發現有些不方便，便乖巧點了頭。衛韞放心地躺了下來，只是剛躺下來，楚瑜便翻過身，整個人掛在他身上，蹭了蹭他道：「好哥哥，那就算不要寶寶，我們也有很多可以做的事情呀。」

衛韞：「……」

他面無表情地把楚瑜的手拉扯下去，轉身將整個人死死抱在懷裡，限制住她的動作，沉著聲道：「睡覺！」

「你凶我！」

衛韞；「……」

第二十一章　徵糧書

楚瑜和衛韞醒過來後，兩人一起用了早飯，衛韞便領著楚瑜去了校場。他點了人馬給楚瑜。

此前在白嶺時，楚瑜便和衛家軍打過交道，大多熟悉，這一次衛韞分給她領頭的是左前鋒孫藝。

孫藝被衛夏領到楚瑜面前，看見楚瑜，孫藝有些激動道：「大……」

然而話沒出口，衛韞淡淡看過去，孫藝的話就止住了，他艱難地改了口：「大小姐。」

楚瑜抿唇笑起來，用鞭子拍了拍他道：「行了，既然此番是我領軍，便當叫我將軍。」

「是。」孫藝拱手，高興道：「將軍！」

楚瑜點了點頭，轉頭同衛韞道：「你且先去忙你的事吧，我同他們熟悉一下。」

衛韞應聲，倒也沒有多話，囑咐了她幾句後，便轉身出了校場。

衛夏有些不放心，小聲道：「王爺，您不在這裡看這些，這次兔崽子造反怎麼辦？」

「他們若要造反，就在這裡造，」衛韞平靜道：「這裡被壓著，去了戰場才造反，這才是真的出事。」

衛夏愣了愣，隨後便明白過來，點點頭道：「王爺說得是。」

練兵這件事，衛韞倒不擔心楚瑜，他回了府衙裡，顧楚生便來找他，有些疲憊道：「阿瑜呢？」

「她正在練兵，」衛韞將戰報全都收了起來，這次他派出三路兵馬同時進攻青州，沈佑那邊已經遞了捷報過來。衛韞抬頭看向顧楚生：「顧大人是來送糧草數目的嗎？」

顧楚生點了點頭，由人從轎子上放在地上。他將一疊紙交給衛韞，平靜道：「第一次要糧，我選了幾個硬釘子，數量不多，但都是近來的風頭人物，兵強馬壯，肯定有幾個不服的，阿瑜搶了所有糧食過來，應該能撐一段時間。而且離這邊也近，打下來後直接歸附到你名下，你多送些財帛給宋世瀾和楚臨陽，想必他們不會多心。」

衛韞掃了名單一眼，點點頭，隨後交給衛夏道：「將《徵糧書》發告天下，催糧之事他們也照辦吧，五日之內，要見他們將糧食送來。」

衛夏應聲領了下去，房間裡就留下了顧楚生和衛韞，衛韞親自給顧楚生煮了茶，顧楚生輕抿了一口，卻是道：「你對我，倒也坦蕩。」

「顧大人都能從容坦蕩，」衛韞將吹了茶杯上漂浮的茶葉，神色不變：「我又有何不可？」

顧楚生沒說話，好久後，他終於道：「何時去楚家下聘？」

他以前以為，自己一輩子不會說這樣的話。

又或者是，說這句話時，他會覺得生不如死，絕望難堪。

然而等這句話真的說出來，他突然發現，其實並沒有那麼困難。他好像是被溫水裡煮的蛙，慢慢的，也就發現這世上的悲痛都會逐漸習慣。

顧楚生也不知道到底是因為這份疼痛真的習慣了，還是他此刻太累了。

他好久沒睡好，一直在處理事情，周邊一直是哭聲，不斷有傷亡人數報上來。

元城尚還好，但其他他沒有親自去的地方，官員懈怠，傷亡人數觸目驚心，雖然比上輩子好太多，但上輩子他來賑災的時候，官員早就將一切黑暗的骯髒的血腥的掩埋，哪裡有如今這樣赤裸裸？

「我的傷好以後，很快就要去下一個地方，現在許多小的鄉鎮，姚勇完全不管，我得過去。」

「嗯。」衛韞這邊也有傷亡的報告，他沉默片刻，終是舉杯道：「顧大人，」他珍重道：「您乃國之重器，還望珍重。」

顧楚生抬眼看他，他神色複雜，許久後，他抬起杯子，輕輕碰在衛韞杯上，以茶代酒，平靜道：「衛王爺，您也是。」

兩人喝了茶，顧楚生便退了下去。衛韞坐在房間裡，過了片刻後，他將衛夏叫進來。

「你讓衛淺回去，」他猶豫了一下，終於還是道：「去找二嫂，就說讓她現在給我開始準備一下……」說著，衛韞猶豫了一下，終於還是道：「算了。」

衛夏有些奇怪：「王爺，您是要做什麼。」

衛韞抿了抿唇，想了想，終於道：「我想下聘。」

衛夏愣了愣，不明白衛韞怎麼突然有這個想法了，更不明白為什麼有了，又沒做下去。於是他問了：「為何不下呢？」

衛韞瞪了他一眼，有些氣惱：「沒錢。」

如今糧食都要出去搶，哪裡還有錢給楚瑜風光下聘？

本來也沒想這麼快，但今日顧楚生一問，衛韞就覺得心裡有點著急了。

他有些焦躁，但他面上不顯，他已經學著能夠很好收斂自己情緒，等楚瑜夜裡回來，倒也看不出什麼。

楚瑜白天在校場打了一天架，心情格外好，夜裡話就多了些，而後她就發現，衛韞的話格外少了，於是她不由得道：「你在想什麼？怎的話這樣少？」

衛韞翻了個身，想了想，他低聲道：「上輩子，顧楚生給妳下聘時候，下了多少？」

楚瑜聽這話愣了愣，隨後有些不好意思道：「我和他……哪兒來下聘啊？我提了劍就奔去了昆陽……」

衛韞皺了皺眉，楚瑜有些忐忑道：「你不是現在想起來翻舊帳吧？」

「那，」衛韞抿了抿唇：「當初我哥給妳下聘，又下了多少？」

那時衛家正值鼎盛，出手大方，當年下聘的擔子都抬了一條街，流水一樣抬進楚府。說起來領著這些東西去的，還就是衛韞，只是當時衛韞沒放在心上，也沒管過有多少，只記得東西特別多，他站在門口等得都有點不耐煩。

楚瑜其實也不記得有多少，但她記得：「你家特別大方，白銀就有十萬兩，鎏金十二衩珍珠鳳冠一個，耳環……」

楚瑜板著手指說著，衛韞臉色越聽越差，等楚瑜說完後，衛韞已經平靜下來了。楚瑜這時候才想起來：「你問這個做什麼？」

「沒什麼。」衛韞拉了拉她的被子，淡道：「先睡吧。」

說完，他轉過身去，自己對著牆，睜著眼睛，開始思索。

如今兵荒馬亂，他去哪裡搞這麼多錢。

楚瑜想了片刻，終於反應過來，轉身扒拉他，高興道：「你不是在想給我下聘吧？」

衛韞背對著她，低低應了一聲「嗯」。

楚瑜高興得笑出聲來：「哎呀這事兒不還早嗎，你想這麼多，你娘同意了？」

「妳管她？」衛韞聲音悶悶的：「我先把聘下了，把這事兒定下來，等成婚前我會想辦法說服她的。」

「別。」楚瑜趕忙道：「到時候說服不了還得退婚，可別耽誤大家伙功夫。」

衛韞不說話了，片刻後，他低低道：「那就不成親，反正我也不退婚。」

「沒。」

楚瑜被他逗笑了，她想了想，彎腰湊在他耳邊逗他：「是不是顧楚生來氣你了？」

「哎喲衛韞你個口是心非的偽君子，你還不承認！」

「……」

「好啦，」楚瑜見到了點，便躺下去抱著他道：「我逗你玩呢，我要什麼聘禮啊？現在這年月，」她將頭抵在他背上，聲音溫柔：「你平平安安在，就夠了。」

衛韞沒說話，他伸手握住她環在她腰上的手。

他想，就憑她這句話，他就得給她最好的。

當年衛珺下聘掏了大半個衛府，這次他下聘，就把整個衛府交給她。

衛韞的《徵糧書》掛出去後，楚臨陽和宋世瀾率先回應，同時掛出《徵糧書》，並敲鑼打鼓將糧草送了出去。

諸侯震動，天下皆驚，而這時已經到了第一批被點名的諸侯交糧的時候。

這一日衛韞設旗在元城城中，楚瑜和他一起坐在旗下，等著點了名的諸侯到來。

一共點了七家，這七家離元城都不遠，太陽升起時，兩人便坐在旗下，手邊各自放了一杯茶。楚瑜穿了紅衣在裡，外著輕甲，馬尾高束，看上去英姿颯爽。衛韞單穿月華色華服，披了大氅在外，玉冠鑲珠，自帶清雅。

兩人坐在旗下，時不時抬頭交談片刻。來圍觀的老百姓不由得有些詫異，不明白的人低聲道：「那位是衛王爺嗎？他身邊的女子是誰？」

有人說是楚家的大小姐。

然而卻也有人說：「楚家大小姐？那不是衛夫人嗎？」

這關係太複雜，私下議論紛紛，終於有知道事兒的人站出來，小聲道：「那位原是衛家的大夫人，原衛世子之妻。半月前離開了衛家，回了楚家了。不過她還是衛家軍中的北鳳將軍，所以如今還在軍中。」

這話讓眾人更加不解：「都和離回家了，如今還同衛王爺關係這樣好的嗎？」

知道的人露出不懷好意的笑容：「守寡都守了這麼多年了，如今衛王爺過了弱冠又稱王，突然就離開了衛家，這是為的什麼，還不清楚嗎？」

「如今衛家能代替兄長寫放妻書的是誰？還不是座上那位？如今寫了又是為了什麼，怕也就是座上那位心裡清楚。」

眾人露出唏噓之聲，有些皺眉，有些眼露鄙夷，有些連連嘆息，也就是些不懂事的年輕人，會感嘆一句：「他們兩人看上去真般配啊。」

兩人從早上等到晚上，日落下來，一共收齊了四家。

剩下淮揚侯易、濱城江永、洛河陳淮三家糧食未到，衛韞轉頭笑著看了楚瑜一眼：「怕是要麻煩妳了。」

「不礙事。」楚瑜擺了擺手，卻只是道：「這些糧食夠嗎？」

「夠近來賑災了。」衛韞皺起眉頭，抬眼看向永城的模樣，淡道：「只看姚勇蠢不蠢了。」

如今緩過神來，此時以元城為界限，姚勇與衛韞分庭抗拒，如今受災最嚴重的地方就在姚勇境內，他們拿到了糧食，姚勇不肯救災，那他們也沒辦法。

如今他們要進去救災，就只能自己人去，交給姚勇是不可能的，糧食交給姚勇，那就是肉包子打狗。但要他們的人大量到姚勇的地盤上去，姚勇也不可能真的毫無顧慮放行。

「若姚勇真的不打算救災，這怎麼辦？」楚瑜有些擔憂。

衛韞抿了口茶，片刻後，他慢慢道：「若姚勇真的這樣做，我倒有些高興了。」

「嗯？」

「若他真的不救災，妳想那些災民走投無路，會怎麼辦？」

衛韞抬眼看向楚瑜，楚瑜頓時反應過來。

姚勇不敢不救災。

如今衛韞大兵壓在青州邊境，如果姚勇內部百姓裡應外合出亂子，那姚勇才是腹背受敵。

其實衛韞完全可以不賑災，不給糧，逼著姚勇。

只是苦的是百姓，衛韞終究不是姚勇趙玥這樣拿著百姓當刀的人。

明知有捷徑卻不走，明知前路有虎仍前行。

楚瑜靜靜看著他，衛韞轉過頭來，有些疑惑：「盯著我做什麼？」

「小七，」她彎了眉眼：「我真的覺得，你比我想像中還要好。」

衛韞愣了愣，片刻後，他便明白過來她在說什麼。

「為官為將，」他聲音平淡：「當為百姓先。」

說著，他伸手拉過楚瑜，話鋒一轉，卻是問：「明日就出發？」

已經確定要找那三家的麻煩，便是挑出發時間了。楚瑜跟著他，搖了搖頭道：「不，即刻出發。」

「即刻？」衛韞有些詫異。

此時天色已晚，街上人來人往。

楚瑜看著衛韞詫異的神色，抿唇笑出來：「糧草軍備我都準備好了，兵也點在了城外，你總不會以為，今日我穿著鎧甲，是過來耍威風的吧？」

衛韞還是有些無法接受，他呆呆看著楚瑜，好半天，終於道：「這……這麼急嗎？」

「兵貴神速。」楚瑜解釋道：「如今他們三家一定都在做備戰準備，知道我要去找他們麻煩，陳淮是我們通知的人裡離我們最遠的，他一定以為我會最後去收拾他，現在是最鬆懈的。我今夜就帶輕騎出發，不帶糧草，過山路夜奔急行，黎明前，就可到達洛河，我和你打個賭，」楚瑜神色閃亮：「明日太陽升起時，我必把洛河換成衛家大旗。」

聽到這話，衛韞就只是笑著瞧著她，反問了句：「怎麼不是楚家的大旗？」

楚瑜愣了愣，衛韞朗笑出聲，楚瑜反應過來有些不好意思，轉身道：「行了我走了。」

「等等。」

衛韞叫住她，楚瑜回頭瞧他，然而就是那瞬間，溫熱的唇滑過臉上，楚瑜愣在原地，便看衛韞雙手攏在袖間，直起身來，含笑道：「上次親我，如今還妳。」

上次分別時她突然回頭親了他一口，他還念著的。

楚瑜有些臉紅，輕咳了一聲道：「不必這麼計較的。」

說著，她擺了擺手，回頭道：「真走了。」

衛韞目送著她離開，姑娘跑在燈火之中，而後翻身上馬，便打馬衝出城去。

等她的身影消失許久，衛韞才回過神來，衛秋上前，低聲說了句：「王爺，姚勇派人送了信來，說約您明日在元城城門前，公開宴談。」

元城下面就是宋城，如今姚勇已經趕到宋城，元城外是一片平原荒地，四處沒有任何障礙，姚勇要求設宴在那裡，便是怕衛韞設埋伏。

衛韞也知道姚勇的意思，他冷笑了一聲：「他那雞膽子倒是一輩子不變，便應下吧。」

說著，他眼中帶著嘲諷：「我若設宴在元城，我怕他帶十萬兵馬都不敢入城。」

衛秋應聲，讓人傳話下去。

而楚瑜駕馬出城後，便看見城外停著一輛馬車，她打馬走過，看見車中人揚著車簾，靜靜目送著她。

他的目光平靜又鄭重，無需言語，便已說了所有擔心。楚瑜擺擺手，揚眉一笑，俱是得意。坐在車裡的貴公子愣了愣，隨後搖了搖頭，無奈地放下車簾。

「兩輩子都這焦躁性子。」顧楚生笑著低罵了一聲，隨後抬頭同馬車外的侍衛道：「姚勇是不是給衛韞帶信了？」

「大人猜得不錯。」侍衛低聲道：「今日糧草一到，姚勇的人就來了。」

「我便知道，」顧楚生冷笑：「趙玥坐不住。」

楚瑜同顧楚生打完招呼，快馬加鞭，沒一會兒便追上了提前趕出城的孫藝。

她早同孫藝說過，定下來誰不交糧，就選最遠的一個，直接趕過去。如今雖然全是輕騎，但他們的馬不如楚瑜的馬好，就算先走，也被楚瑜追了上來。

楚瑜與孫藝並肩，高聲道：「韓先生給你的東西帶了嗎？」

「帶了！」孫藝大聲道：「按您的吩咐，每個人帶了一卷。」

「行。」楚瑜點頭道：「到時候聽我的命令！」

這支隊伍全是輕騎，每個人都帶了韓秀送過來的火藥，這些火藥的數量，幾乎搬空了這麼多年了韓秀準備的一半。楚瑜要的就是這一仗一鳴驚人，她要用最快的速度，在整個大楚猝不及防間，就攻破這群人認為最難攻下的城池。

所以她沒帶糧草，全用輕騎，這一仗所有人都清楚，如果不能儘快解決，糧草都沒有的他們，必敗無疑。

一路抄著近路星夜兼程，沒有半分停歇，在啟明星亮起來時，眾人便到了洛水。楚瑜讓所有人在林中修整了一刻鐘，隨後便站起來，讓人擊鼓揚旗。

隨著一聲「殺」的吶喊之聲，三千兵馬集體衝向了未有任何準備的洛水城。

「警戒！警戒！」

楚瑜的隊伍剛出現，洛水城樓上的士兵便反應過來，敲響了大鐘。

然而楚瑜的隊伍全是騎兵，比他們預想中進攻速度快得太多，他們士兵才剛剛上城樓，楚瑜已經到了射程範圍，楚瑜大喊：「火箭！」

話音落，便看見燃著火的箭弩如雨一般射向了城樓。城樓上亂七八糟射下劍來，而那流星一般的火光照亮了洛水城外的景象，那亮著眼的女子領著銀甲騎兵如潮水而來，楚瑜看見城樓下落下的羽箭，大聲道：「孫藝，第一隊跟我來！剩下隊伍，揚盾衝過去！」

「第一隊的人！第一隊的人走！」

孫藝大喊，瞬間便看見十幾個人從人群中駕馬而來，楚瑜領著這十幾個人翻身下馬，急速朝著城門衝去。

這一隊人馬都是輕功好手，靈巧躲著箭矢，頃刻間就來到了城樓下，每個人都將自己背的火藥放下來，隨後便急速退回去。

「他們在做什麼？」

直到這時，城樓上守將才意識到不對。

然而一切已經來不及了，看那城樓下的女子突然疾退，而後拉開長弓，極快點燃了箭矢，隨後猛地放弓。

火箭落到他們堆積好的火藥上，只聽「轟」一聲巨響，整個城樓都顫動了一下。

「這是什麼……」

洛水城的守軍還沒反應過來，便看見楚瑜領著第一隊的人如鬼魅一般衝進了城中。

城門被砸出一個缺口，楚瑜令人衝進來後，直接殺了守門的人，放下了城門。

衛軍高吼著衝了進去，見著這樣的架勢，也不知道是誰大喊了一聲：「城破了！」

「逃！快逃！」

一時之間，叫聲哭聲驚成一片，楚瑜背著旗衝上城樓，孫藝領著兵與殘兵廝殺。日光從山背後透過來，楚瑜從身後取下旗幟，抖動開來。

一個大大的「瑜」字揚在朝陽之下。

楚瑜低笑一聲。

「便宜你了。」

說著，她揚手便將試圖衝過來的士兵扔下樓去。

而後她轉過身，從城樓下一路殺了下去，領著人直奔洛王府。

如今自立為王之人數不勝數，這洛水城陳淮便是一位。

軍心已散，沒有人指揮的士兵便成了一盤散沙，楚瑜領著兵馬衝進洛王府府中，陳淮已經被孫藝的人壓著跪在地上。

楚瑜提劍而來，平靜道：「我所來為了何事，你當知道。」

「我知道。」陳淮面露陰狠：「楚瑜，你們如此行事，有違天道！你們要糧我就給糧，不給你們就殺，順我者昌逆我者亡，你們與趙玥有何差別？」

「自有差別。」楚瑜猛地提高了聲音：「我等心有百姓你們沒有，這就是最大的差別！你當我要糧做什麼？」

她一把抓住陳淮的頭髮，迫著他看她，陳淮拼命掙扎，楚瑜冷著聲道：「我是為了救人。你們留著糧是為了什麼？」

楚瑜一巴掌抽在陳淮臉上：「是為了殺人。」

說完，楚瑜站起身，一腳踹開他，朝裡面走去，平靜道：「將洛王爺與他家眷一起關起來，不要走漏任何風聲，洛水城的糧倉全部搬走，」說著，楚瑜頓住步子，轉頭看向陳淮：「放消息出去，洛王全家上下，一個不留。」

聽到這話，洛王猛地縮緊了瞳孔，怒喝：「楚瑜妳喪盡天良！我兒才有兩歲……」

「你既然知道，」楚瑜冷下聲來：「又連累他們做什麼！」

「將軍……」孫藝有些猶豫：「此事傳出去，於衛家軍聲譽不好吧……」

「記住一件事。」楚瑜聲音平靜：「事兒是我幹的，與任何人都沒關係，包括衛韞。城頭立的是我楚瑜的旗，不是任何一家。」

「我楚瑜做事就是這麼沒規矩。」楚瑜目光落在陳淮身上：「別把我當那好脾氣的衛王爺糊弄！」

聽到這話，孫藝愣在原地，而這時晚月卻明白了楚瑜的意思，衝上去便帶著人將陳淮拖了下去。

等陳淮拖下去後，楚瑜看著孫藝還有些難過的神情，挑眉道：「孫將軍還在難過什麼？」

「大夫人……您頂著這樣不義的名聲……」孫藝有些為難。

楚瑜輕笑：「我又不是真的殺了他，等日後事成再放他出來，我又什麼不義的？」

孫藝呆呆抬起頭，楚瑜坐下來給自己倒了茶道：「如今他們就是欺負你們王爺正人君子脾氣好呢。總得有個人當壞人。我們再多『殺』幾家，」楚瑜抿了口茶：「他們便就安分了。」

楚瑜這個「殺」，孫藝已經明白過來。

她並非殘暴之人，不到萬不得已，不可能真的做出這樣殺人滿門的事情來。於是他應聲道：「您放心，這事兒我會辦妥。」

楚瑜攻下洛水城時，衛韞讓人綁了顧楚生，早已經等在姚勇約定地點。

顧楚生腳上的傷勢好了許多，但也不宜跪著。然而如今要見姚勇，當著這樣多人的面，若是再善待顧楚生，顧楚生便真的再也沒有理由回去了。

然而顧楚生在華京如今黨羽眾多，他不會去，怕不久後人心不穩，他在華京布置下來的一切便功虧一簣。更何況，哪怕是為了救災一事，他也得回去。

於是顧楚生果斷道：「我便跪著，如今我的樣子，越慘越好。」

衛韞點了點頭，皺眉道：「跪著怕傷了你的骨頭，到時候復原不易……」

「你不必為我著想……」

「還是吊起來吧。」

顧楚生抬頭看著衛韞，衛韞目光裡毫無愧疚，片刻後，顧楚生面無表情道：「你琢磨這個，很久了吧？」

衛韞嘆了口氣：「顧大人怎能如此想我？」

「你這樣小肚雞腸的人，」顧楚生冷笑：「你當我不知道？」

衛韞低頭喝茶，面露惋惜，顧楚生以為他要否認，誰曾想，他無奈道：「竟讓你看出來了，那我也不掩飾了。」說著，衛韞彎了眉眼：「我看你被吊起來，挺開心的。」

顧楚生：「……」

衛韞話雖然不太好聽，但顧楚生也不想變成瘸子，於是等姚勇來時，就看見沙場之上，顧楚生被人高高吊在一旁的架子上。他面色慘白，似乎受盡了折磨。姚勇一看見顧楚生，趕忙疾步過去，焦急道：「顧大人！」

說著，姚勇轉過頭，怒喝衛韞道：「衛小賊，顧大人國之棟梁，你竟如此對他，可還有半分道義可講！」

衛韞沒說話，反而是站在他身後的衛夏「噗嗤」笑了出來，隨後道：「姚大人說的有意思了，兩軍交戰，敵軍之臣，我們沒殺了就算不錯，您還要怎樣？」

姚勇冷下臉來，他冷冷看著衛韞：「衛韞，你當真反了？」

衛韞抬手給自己倒茶，淡道：「坐。」

姚勇面色不太好看，他僵硬著坐在衛韞對面。

衛韞穿著廣袖大氅，倒茶時雖然不比京中那些貴公子動作繁複，卻也有著一種獨屬於他的清貴優雅，與如今這一批虎狼之兵比起來，看上去完全不是一路人。

然而衛韞越是這樣從容平和，姚勇就越緊張。

如果說衛家有一個姚勇最怕的人，那就是衛韞。對於姚勇而言，衛家的其他人都是筆直腸子，唯獨這個衛韞，這麼多年，姚勇覺得，自己也好、淳德帝也好，甚至於趙玥，都不一定看明白了面前這個人。

衛韞平靜地抿了口茶，抬頭看向對面滿臉嚴肅的姚勇，有些詫異道：「姚將軍為何不飲茶？」

「不必了。」姚勇冷著聲道：「我如今來，是與你談賑災之事的。」

衛韞點點頭，平淡道：「是了，如今青州受災，朝廷不給糧，姚將軍自己捨不得糧，可不是要來與衛某借嗎？」

「那是你的糧嗎？」姚勇冷哼一聲：「你同天下討糧，那些糧食過你的手到我手裡，不知道還剩下多少。你打那些小算盤，你以為我不知道？」

「廢話別多說了，」姚勇僵著臉道：「第一批糧食已經到了，你今日交出來，我帶回去給百姓。」

衛韞沒說話，他低頭撥弄一下茶葉，姚勇冷著臉道：「你什麼意思？」

「姚將軍，」衛韞抬眼看他，唇邊含笑：「你就是這樣來同本王借糧的嗎？青州是你的地方，我借你是情誼，難道你還真當我求這你不成？」

姚勇沒動，他腦海中閃過趙玥的來信。

趙玥說得清楚，衛韞一定會掛念著百姓，所以他要逼著他，任何條件都不能答應。

於是他站起身，冷聲道：「你又當我在乎這些螻蟻的性命？衛王爺不借就罷了，我這就回去，讓那些人自生自滅吧。」

說著，姚勇便轉身離開。

這時顧楚生開口，聲音有些虛弱道：「姚將軍不可啊。」

姚勇頓住步子，他轉過頭來，咬著牙道：「顧大人，今日並非姚某不願救百姓，著實是衛韞抬可恨了！」

「姚將軍，」顧楚生喘著氣道：「今日你若不拿糧食，我怕青州要亂，日後你要如何同陛下交代？」

姚勇頓了頓，顧楚生繼續道：「大人……」他面露痛色：「三思啊！」

這一聲三思，包含著許多未完之意。顧楚生眼中全是擔憂，無需顧楚生說，他也明白。

他今日如果不拿走這糧食，這糧食就相當於白給了衛韞。而自己回去，就得用自己的糧食賑災。若不賑災，到時候災民造反，和衛韞裡應外合，青州怕是不報。

如今衛韞還願意救人，那已經是衛韞道德高尚。

姚勇沉默下來，顧楚生趕緊道：「王爺，您要什麼，您就直說。姚將軍不是將百姓當螻蟻的人，只要能做到，姚將軍必然答應！」

方才姚勇才說那句「螻蟻的性命」，此刻顧楚生就這樣說，明顯便是嘲諷了。姚勇臉色不太好，衛韞目光落到他面容上，平淡道：「我要派五百人護送清平郡主以及糧草入青州賑災，你允許清平郡主公開查帳。」

「衛王爺這是信不過我？」

「你是忘記你做過的事兒了嗎？」衛韞目光裡帶著冷意，他靜靜看著他，平靜的聲音卻彷彿利劍一般剝開了他的臉皮：「你還有臉同我說信任？」

姚勇愣了愣，他驟然想起來，面前坐著這個人，是衛家人。

是六年前因為他膽怯退兵，他一己私心，滿門被滅的人。

衛韞站起身，他的動作優雅平和，姚勇的心卻提在了嗓子眼。

「方才說的，也只是第一個條件。那是公事。要我給糧，還得第二個條件。」

「你要做什麼？」姚勇故作鎮定。

衛韞平靜道：「跪下來，一百個耳光，打出血來。」

「你……」

「姚大人。」顧楚生平靜開口：「切勿衝動。」

姚勇喘著粗氣，他盯著衛韞，衛韞也靜靜凝視著他，沒有半分退讓。

「話，我放在這裡。我踏入城門之前給我答覆，城門關了，我就當姚大人打算自行解決青州之事。」

說完，衛韞便轉身朝著青州走去。姚勇見他頭也不會的果斷模樣，焦急道：「衛忠怎的生出你這樣的兒子？你看看你這是做什麼事兒！」

衛韞頓住步子，他轉過頭，平靜地看著他，聲音冰冷：「問我做過什麼之前，你想想你做過什麼，你和趙玥別以為我頂著衛家的名就一定幫你。」

說著，他勾起嘴角：「姚勇，我活下來，就和那些死去的人完全不一樣了。」

姚勇沒說話，他愣愣地看著衛韞，看著他果斷轉身，朝著城門進去。

他不在意那些百姓。

他和衛忠、和衛珺，和他算計過的那些衛家人完全不一樣，衛韞這個人……和他們沒有差別。

大楚的風骨果然沒了，大楚的脊梁果然斷了。

姚勇說不上自己是什麼情緒，他竟然有麼一瞬間，覺得有些後悔。可那只是一瞬之間，這些年過得太快，做得太多，當年被趕在後方數糧草的少年都已經成長為一方諸侯，他已經沒有任何機會去後悔。

他只能是看著衛韞背影，聽著顧楚生怒吼：「姚勇你傻了嗎？他巴不得你拒絕，那糧食就順理成章到他手裡了！如今陛下就留下青燕兩州，你若失了青州，姚勇你拿什麼賠陛下！」

姚勇沒說話，他心亂如麻。

糧草他一定得要，可要讓衛韞五百人護送清平郡主進青州，而且還要跪下……

姚勇心中拚命掙扎，眼見著衛韞要步入城中，姚勇終於沒能撐住，大喊：「好！」

衛韞轉過頭，平靜地看著姚勇。

片刻後，他轉頭同衛夏道：「去將我父兄請來。」

衛夏應是。衛韞回到位子上，看著滿臉憤恨的姚勇，淡道：「糧食我現讓人去點，姚將軍稍等。」

姚勇捏著拳頭，內心屈辱：「你讓我，如何跪？」

「姚將軍稍等。」

衛韞抬手止住他下一步動作。片刻後，姚勇便看見七個衛家士兵，端著黑色的靈位小跑而來。

他們將靈位一一排放在座位上，衛韞站在一邊，姚勇看著那一排排名字，張了張口，最後卻是什麼都說不出來。

衛韞端起茶，往七座牌位前潑了茶，隨後道：「父親、哥哥，」他的聲音變得柔和：「孩兒讓姚勇來給你們請罪了。」

聽到這話，姚勇臉色變得極為難看。顧楚生被吊在高處，手疼得像要斷了一般。他在風沙中瞇著眼，看著姚勇對著那靈位，慢慢跪了下去。

「打。」衛韞開口。

姚勇抬手抽了自己一耳光，衛韞平靜道：「重點。」

「啪」又是一聲，衛韞猛地提了聲音：「打重點！」

「啪、啪、啪……」

耳光聲一聲一聲響起，衛韞抬頭望向天空。

天空碧藍如洗，有蒼鷹盤旋而過。

父親，哥哥。

衛韞想，早晚有一日，他要讓所有犯下錯的人，提頭來見。

第二十二章　贖罪

姚勇一巴掌一巴掌抽在自己臉上，唇邊漸漸帶了血。

衛韞神色平靜地看著，在場所有人都知道，姚勇這些巴掌是為了什麼。衛韞當初在華京擊鼓鳴冤，早已讓當年那段往事天下皆知，姚勇做過什麼，趙玥做過什麼，如今在大楚已不是祕密。

沒有人敢在這時候出來阻止，更沒有人站出來說一句「衛王爺，過了」。

於是那巴掌只是一巴掌一巴掌打下去，直到最後，姚勇唇角帶血，臉也腫了起來。他捏著拳頭，咬牙看著衛韞，克制著自己的憤怒，慢慢道：「衛王爺，可夠了？」

衛韞沒有回答他，他彎下腰，抱著衛忠和衛珺的牌位站起來，轉過身去，只是道：「去清點糧草吧，為了百姓，顧大人我不殺，你領回去吧。」

得了這句話，衛秋便上前，讓人將顧楚生放下來。

顧楚生虛弱得站都站不起來，姚勇身後的謀士趕忙上前扶住顧楚生，焦急道：「顧大人，您可還好？您為國為民，衛賊卻如此對你，真是寒了天下百姓的心啊！」

這謀士明顯比姚勇懂得相看時機，顧楚生抬眼看了對方一眼，笑了笑，似乎十分疲憊，沒有點頭，也沒有搖頭，嘆了口氣道：「我等姚將軍，等了許久了！」

說話間，衛韞已經帶著人走遠了去。而士兵帶著魏清平和糧草來了城外，魏清平乃魏王之女，如今魏王還是中立，如果動了魏清平，那就是把魏王逼到了另一邊，正是出於這樣的考量，魏清平才成了這一次去青州賑災之人。

魏清平領著人來了城門前，看了顧楚生一眼，將手搭在顧楚生手上，皺眉道：「怎麼折騰成這樣子？」

顧楚生艱難地笑了笑：「勞郡主掛心。」

魏清平給他診了脈，確認了沒問題後，點頭道：「行了，我們啟程吧。」

得了這一句話，姚勇趕緊讓人啟程。

而衛韞回到城中後，轉頭看向秦時月道：「人馬準備好了？」

「好了。」秦時月平靜道：「等王爺下令。」

「追去吧。」衛韞淡道：「你領兵去追著姚勇打，反覆騷擾，不要正面對戰，我領著主力，去攻打青南。」

「是。」

秦時月冷靜應聲，衛韞也沒多說，點了點頭，轉身回了屋中。

用兵習慣上，他與楚瑜不一樣，如果說楚瑜重在快，那他就重在奇。

他打算明著讓秦時月去打姚勇，暗地裡卻是從南邊占領了青南，如今青北已經被沈佑占下，等青南占下來，就可以同時夾擊中間的渝水，渝水是青州最攻克的一道天險，渝水一破，青州便如履平地。

秦時月現在領著大部隊騷擾姚勇，姚勇必然會抽調兵力去駐守自己所在的蓉城，只要青南守兵抽調一部分，衛韞便立刻帶著真正的主力攻打青南，到那時，青南便如探囊取物。

而這一切的終點就在於，能不能爭取到那個時間差。

姚勇並不是傻子，最開始騷擾他肯定要拿真的主力，等姚勇把調令發下後，如何及時帶著主力在姚勇反應過來前趕到，就成了關鍵。

衛韞看了路，他早在來元城前，便讓人將去元城到青南中間的山路給開了出來。那裡原來因是一片叢林不易行軍，大多是獵戶行走，卻的確是一條捷徑，如今衛韞提前讓人將那裡的路給清了出來，便於馬匹物資行走。如今就等著衛韞出發。

而秦時月得了衛韞命令，便立刻追著姚勇衝了過去。姚勇回程才到一半，就感覺地面震動，他一回頭，便看見遠處塵煙滾滾，是秦時月帶著人殺了過來！

「衛韞這言而無信的小人！」

姚勇怒喝，然而罵完了才想起來，衛韞從未說過不趁機攻打他。然而此時也來不及多想，姚勇只能高聲道：「撤軍！快回蓉城！」

軍隊得令，飛快朝著蓉城賓士而去，秦時月在後面急追，斬殺了一批逃兵後，見姚勇到了城門前，這才停下來，而後在蓉城門口紮營下來。

姚勇被追得狼狽，他本就帶著傷，在城門內喘著粗氣，內心怒極。

「這小兒……這小兒……」他找著形容詞，卻是半天不知道該如何罵出來。

顧楚生站在旁邊，淡道：「姚將軍不必憂心，蓉城城池堅固，姚將軍只需要死守，他們糧草耗盡了，自然也就退了。」

姚勇沒說話，他看了顧楚生一眼，心裡思量著顧楚生的話。

他來之前趙玥便說過，顧楚生的話要反覆思量，如今他不敢隨便接話，然而卻也覺得，顧楚生其實說得沒錯。只要不被圍城，一切都好說。

於是將士兵招呼了過來，喘著氣道：「你上城池看看，外面有多少人。」

士兵應了聲，跑到城樓上去。

此時已是入夜，帳篷有著火光，在遠處星星點點一大片，士兵認真數了許久後下去，朝姚勇低聲道：「將軍，怕是至少有八萬軍在這裡。」

聽到這個數字，姚勇認真思索片刻，皺著眉道：「那衛韞的主力怕是都在這裡了。他若要圍城，我的確突圍不出去。不行，」姚勇站起來道：「你即刻出去，給我從各處調兵過來。」

士兵應下，然而第二日，士兵便焦急道：「將軍，衛家軍……衛家軍圍城了！」

姚勇倒吸一口涼氣，不由得慶幸，還好昨夜已經將求援的人派了出去。

他坐在原地抹了把汗，抬手道：「死守，絕對不要開城門，不要管他們！」

姚勇和楚瑜之間的鬥爭對魏清平和顧楚生影響不大，他們一入蓉城，便有序地開始了賑災的工作。

蓉城沒有顧楚生坐鎮，災情比元城嚴重太多，且姚勇幾乎沒有任何有效措施，兩人來時已是哀鴻遍野。好在兩人帶夠了糧食，顧楚生負責糧食的分發，魏清平則負責看診。

顧楚生曾經以為，失去楚瑜的痛苦會將他吞噬，讓他什麼都不剩。然而在蓉城的時候，忙得根本連飯都來不及吃，沒有任何人來得及給他準備精緻的飯菜，只能跟著災民一起坐在棚子裡喝米粥的時候，他卻發現，自己居然已經很久，沒有想起那份痛苦來。

甚至這樣的念頭，也是夜深人靜，他睡在硬邦邦的床板上，才恍惚間想起來。

衛韞圍困了蓉城的消息很快傳了出去，與此同時傳遍天下的，則是楚瑜殘暴的名聲。

她不僅一連端了濱城江永、洛河陳淮兩家老巢，甚至連對方的家眷都沒放過，她所過之地，不僅一顆糧食都沒剩下，人也沒有剩下。

這樣不義殘暴的行為，頓時引得天下聲討，然而聲討之後，卻是那不肯交糧的三家之中最後剩下的淮陽侯易親自領著糧送去了元城。

而侯易去元城的路上時，衛韞則帶著人趕往了青南。

楚瑜此時趕在去淮陽的路上，孫藝跟在她身後，不解道：「將軍，侯易已經去交糧了，我們還要攻打淮陽？」

「他不按時給糧，就該有代價。你以為我們為什麼打這三家？」

「為了震懾？」孫藝想了想。

楚瑜頭也不回，打馬看著前方：「對。所以，如果不按時交糧，補交即可，那其他諸侯都推遲，算什麼威懾？只是說，侯易去了元城，我便不動他家人。」

說著，楚瑜便覺得遠處有馬蹄聲，她皺了皺眉，抬起頭，卻見遠處是另一條官道。

這條官道是從元城通往青南的必經之路，如今衛韞在圍困姚勇，此時會從這條路上過路的軍隊是誰？

楚瑜心中警戒，然而當那朱雀包裹著的「衛」字映入她眼簾時，她不由得睜大了眼睛。

兩條相反的道路上隔著帶著冬雪的草野，楚瑜看著遠處，青年銀白鎧甲，手提長槍，馬奔得飛快，她隔著荒野，看見對方似乎笑了起來。

兩邊人馬都爭分奪秒趕著路，楚瑜心跳得飛快。

她反應過來對方想做什麼，此刻她趕著去淮陽，對方趕著去青南，她知曉此刻不該去耽誤對方時間，然而那跳動的心卻讓拼命制止她。

看一眼。

她想，再看一眼。

若是以前，她或許還會克制，然而她也不知道如今的自己是怎麼了，就覺得熱血在身體裡滾動，她像一個少年人一樣，想做什麼，便停不下來。

她猛地勒緊了韁繩，同孫藝道：「你們先走別管我，我去去就回！」

說著，她便調轉馬頭，往衛韞軍隊的方向衝了過去。

她衝了沒多久，便遙遙看見那銀色鎧甲的青年遠遠朝她奔了過來。

她揚起微笑，揚起馬鞭，加快了速度。

那人心領神會，他們踩過帶著冰雪的泥土，而後在相會那一剎那勒緊了韁繩。

她低低喘氣，快速道：「我要去淮陽，侯易的事兒不能這麼算了。」

「我知道。」衛韞口中的熱氣呼出來，在空氣中凝成白霧，他也道：「我要去青南，取了青南，和沈佑夾擊渝水。」

「我明白。」

楚瑜說完這句話，兩人沉默了片刻。他們似乎有很多想說的，可是時間太匆忙了，他們要找到最重要的，最急切的東西來告訴對方。

然而這片刻的沉默都讓衛韞覺得浪費，於是他打馬上前，猛地抱緊了楚瑜。

他抱得特別緊，特別用力。他的溫度讓這個冬末變得格外炙熱，楚瑜覺得熱氣升騰上來，催得她眼眶發熱。

「我特別想妳。」

「我也是。」

「等我回家。」

「等我回家。」

兩人同時出口，隨後便愣了，衛韞放開她，抬手將她的頭髮挽在耳後。他用額頭抵住她的額頭，片刻後，他深吸口氣：「妳先走。」

「好。」

楚瑜抬眼看他，她那一眼十分貪婪，似乎要將這個人刻進骨子裡。

而後她便轉過身，打馬離開。

她來得果斷，去也如疾風。衛韞看著她的背影遠去，片刻後，他也轉過身，疾馳而去。

哪怕背道而馳，卻是兩心相向，沒有辜負對方，亦不曾虧待自己。

元和五年冬末，青州大震，洛州、白州均有震感，衛楚宋三家聯發《徵糧書》向天下討糧賑災，遣北鳳將軍楚瑜領隊征討拒繳者。楚瑜半月內連滅淮揚侯易、濱城江永、洛河陳淮三家，天下皆驚。之後繳糧再無人敢拒。此間，衛韞發兵青州，取青南青北；楚臨陽取謝家臨邑，宋世瀾得王氏三城。

那一年冬天很冷，地震和嚴寒雙管齊下，加劇了青州的災情，好在糧食上沒有太大的短缺，青州總算是穩固下來。

青州穩定下來的摺子送往華京那一日，趙玥坐在御書房裡，讓太醫問診。

他近來總覺得力乏，他是個小心的人，便換了許多御醫過來看診。

旁邊張輝給他念著青州來的摺子，最後道：「如今給青州賑災，衛韞這些人在民間聲望越來越高。他們和天下要糧，自己便出不了多少。陛下，您看要不要我們這邊也出個聲，誰要是敢給他們糧食，我們便打誰？」

衛韞、宋世瀾、楚臨陽這些硬骨頭難啃，打那些小家族卻是無妨的。

趙玥揉著腦袋，閉著眼道：「顧楚生打不打算回來？」

「姚將軍沒說。」趙玥低低應了一聲，隨後道：「青州畢竟是姚勇的地方，把青州澈底搞亂了，最後麻煩的還是姚勇，凡事不能做絕，他們要救就救吧。不過，寫個告示下去，說衛韞劫了我們賑災的糧草，且把他罵一頓。」

聽到這話，張輝愣了愣，隨後便反應過來。

趙玥畢竟是朝廷，青州有難，首先該賑災的便是朝廷。然而如今朝廷沒有撥糧食，才逼得衛韞救災。這事兒若是真的如此定了板，朝廷在百姓中的聲望也就完了。

如今他們倒打一耙，說衛韞劫了賑災糧，一來能向百姓表明自己也在幫忙賑災挽救民心，二來便可將衛韞賑災的行為說成是一場作秀。

張輝明白了趙玥的意思，便笑起來：「還是陛下高明。」

趙玥沒說話，他覺得腦子太疼，便道：「方才是不是說，白州哪個村瘟疫了？」

「就靠著青州的一個叫董家村的村子，這瘟疫感染得很厲害，如今青州挨著的村子也有疫情，姚將軍正在處理。」

「你把地圖給我拿來。」趙玥睜開眼睛，有些疲憊。

張輝去取了地圖來，指給趙玥看：「陛下您看，就是這裡。」

趙玥盯著那董家村看了許久後，慢慢道：「它旁邊似乎就是南江。」

南江是貫穿了白州和華州的一條長河，從白州發源，華州入海，算是華州的主要江脈。

張輝並不明白趙玥的意思，只是道：「是，江白城就在它邊上。」

聽了這話，趙玥沒有說話。

他盯著江白城，好久後，他突然道：「立刻調兵支援姚勇，不計一切後果，取下江白！」

「陛下？」

張輝不明白趙玥的意思，江白並非要地，又沒有特殊物資，他完全不能明白，為什麼要重兵取下江白。

「另外從燕州出兵二十萬，」趙玥敲打著扶手，繼續吩咐：「繞過牛城，直逼白嶺。」

「陛下，」張輝皺起眉頭：「您如果不打牛城，直接去白嶺，到時候衛韞領兵回來，和牛城的兵馬一起夾擊白嶺，怕是不妥。」

「攻下白嶺後不要停留，」趙玥揉著腦袋：「帶走衛韞的家人。」

這樣一說，張輝才明白過來。

這位帝王不是一個有軍事才能的人，卻在陰狠權術上更有建樹。爭一個城從來不是因為他是軍事要地，他有怎樣的物資，僅僅只是因為，那裡有對方主將在意的人。

當年他讓北狄在白帝谷贏了衛家，利用的是姚勇的懦弱以及衛家的正直，如今他想做的，仍舊如是。

張輝領了命令，便安排下去。

等張輝走出去後，趙玥睜開眼睛，看著旁邊跪在地上給他號脈的太醫道：「高太醫，可有結果了？」

「陛下……」高太醫有些忐忑道：「您大概是憂思太過……」

「我近來總覺疲憊。」

「您的確是太過疲憊了。」

趙玥沉默了片刻，他終於站起來，往長公主的宮內走去。

他去時，長公主正指揮著人在梅花樹下挖土。

如今梅花大多落了，只留下幾株，零零散散開在樹林裡。他遙遙看著長公主，見她神色平靜指揮著人挖開泥土，然後將幾壇酒放了進去。

趙玥一直沒出聲，等長公主將酒埋好之後，旁邊人才提醒長公主道：「娘娘，陛下在那裡。」

長公主抬起頭，看見趙玥站在樹邊，見她發現了自己，趙玥才走到她身前，替她整理了衣衫，溫和道：「做什麼呢？」

「埋了幾壇酒。」長公主笑起來：「等明年冬天，就可以挖出來喝了。」

趙玥伸手握住她的手，她的手在冬天裡彷彿成了冰，趙玥包裹住她的手，笑著道：「明年孩子就出生了，我陪妳喝。」

長公主含笑沒說話，趙玥帶著她往宮殿裡走進去，疲憊道：「如今天下都亂了，衛韞、宋世瀾、楚臨陽……沒有一個讓人省心。」

他帶著長公主坐到屋子裡，讓人端了熱水過來，親手給她擦著帕子，低聲道：「不過妳也別太擔心，我會收拾好一切，等咱們的孩子長大了，」趙玥抬起頭，看著她就笑了：「我會把一個穩穩當當的皇位，送到他手裡。」

「妳會是皇后，以後是太后，」趙玥抬起手，覆在她的髮絲上，神色裡帶著溫柔和鄭重：「妳一輩子，永遠都會是這世上最尊貴的女人，不會受半分委屈。」

聽著這話，長公主心裡微微一顫，她垂眸看著自己的手，好久後，終於低低應了一聲：「嗯。」

「殿下，」他輕輕靠在她肩頭，像以前在公主府一樣，依賴著她：「我做什麼，都是為了妳和孩子，妳別怪我。」

長公主沒說話，她感受著肩頭的溫度，他近來精神越來越不好，偶爾還會覺得眼黑模糊。

她知道是為什麼，她感受著他的虛弱，清楚意識到他生命力的流失，她帶著少有的寬容，握住他的手，慢慢道：「阿玥，人一輩子是要講福運的，你為我和孩子積點德吧。」

趙玥靠著她，許久後，他慢慢道：「妳別擔心。」

他抱著她，低低笑了：「地獄我下，妳和孩子，都會好好的。」

「阿玥……」長公主握著他的手緊了緊：「何必呢……」

「春華，」趙玥感受著她的不安，他抬起頭，看著長公主，眼裡帶著苦澀：「有些路我走上去，就回不了頭。衛韞不會放過我的，妳明白嗎？」

長公主愣愣瞧著他，趙玥壓抑著情緒，艱難道：「從我為了復仇逼死衛家那一刻開始，我就回不了頭了。」

「我和衛韞之間，」趙玥慢慢冷靜下來：「必須死一個。不過妳放心，」他握著她的手，篤定道：「那個人不會是我。」

趙玥的命令往下傳去時，衛韞剛拿下青南，他先回了白嶺，部署一番事宜後，便聯繫了沈佑，準備聯手夾擊渝水，一旦取下渝水，踏平青州指日可待。

這時楚瑜剛到元城，衛韞拿下青南的消息才到元城，孫藝被派成元城守將，楚瑜便讓孫藝寫信回去，詢問衛韞如今在做什麼。

孫藝有些奇怪，便道：「將軍，妳怎麼不自己問？」

楚瑜有些不好意思，擺手道：「讓你問你就問，哪兒來這麼多問題？」

孫藝一面按著楚瑜的要求寫信，一面道：「您這真是奇怪了，按理說，無論是這次戰事主將的身分還是戀人的身分，您寫信給王爺都天經地義，您這是在害羞什麼啊？」

「我哪兒是害羞？」楚瑜終於道：「我這不是為他著想嗎？」

「著想？」孫藝有些不解。

楚瑜嘆了口氣，盤腿坐在桌子上，撐著下巴道：「我一寫信，他肯定知道我想他了，他知道我想他，他也想我，還不得朝思夜想來見我？一心想要見我，這仗怎麼打？」

這麼直白的話把孫藝弄懵了，他好半天都回不過神來，還是外面晚月的聲音傳了過來：「小姐，外面有人求見，說是來找顧大人。」

楚瑜愣了愣，顧楚生如今已經遠離元城好多日了，還有誰會來找他？

然而楚瑜也不多想，起身道：「行，我去看看。」

楚瑜領著人走出門，就看見門口站了個婦人，那婦人看上去十分年輕，穿著破布衣衫，抱著個孩子。楚瑜上下打量了那婦人一眼，上前恭敬道：「您找顧大人？」

那婦人看見楚瑜便上來要跪，楚瑜趕忙抬住她。兩人寒暄一番後，那婦人道：「不瞞您說，並非妾身要找顧大人，而是有人告訴妾身，顧大人在找我。」

「您是？」楚瑜皺起眉頭。

那女人嘆了口氣：「妾身乃李家婦，聽聞顧大人在找我公公李樂，妾身便尋了上來。」

楚瑜不太清楚顧楚生找李樂做什麼，她想了想，許久沒見魏清平和顧楚生，也不知道他們所在的地方，災情如何。如今糧食都從元城入青州，她想了想，便讓人知會了孫藝，自己領著這婦人入了青州。

此刻顧楚生和魏清平正在一個叫泉湧的小鎮賑災。

楚瑜帶著那婦人行了五天的路，才到達泉湧。

路上楚瑜和這婦人交談，知道了她叫陳九兒，顧楚生在找的李樂是她公公，她是李樂第三個兒子的妻子。

李樂家兩個兒子一個女兒，早先徵兵，大兒子去了戰場，便沒有回來。後來稅賦太重，陳九兒的丈夫因那年收成不好，無法按照要求繳稅，被官兵毒打後死在了病床上。最後的小女兒因家貧早早賣身入了一位富商府中為奴，如今也不知去向，就留下陳九兒照顧剩下的三個孩子。

然而兵荒馬亂，又遇地震，三個孩子病去了兩個，最後就剩下她生下來不久的小兒子，也不知道能撐幾天。

遇到楚瑜時，陳九兒本已經沒了奶水，小兒也只是喝了些賑災發的米湯。直到在去泉湧城的路上，陳九兒吃上了肉，才終於有了奶。

泉湧城是如今最後一個賑災的城。

其實泉湧受災極其嚴重，然而官員不報，等顧楚生知道的時候，已經太晚了。

楚瑜到泉湧城的時候，便看見殘垣斷梁，屍體被人用車推出來，要按照魏清平的指使統一拖出去火化。與其他城鎮不同，泉湧整個城特別安靜，帶了一種無需言語的陰鬱，壓得人內心沉悶。

陳九兒抱著孩子跟在楚瑜身後，有些膽怯道：「大人……」

「無妨。」楚瑜淡道：「妳且隨著我就是了。」

說著，楚瑜讓官兵領路，將糧食押了過去。

泉湧人很少，楚瑜到了存糧的地方，甚至都沒有人來幫忙卸貨，楚瑜只能親自卸了貨，又尋了人，問了顧楚生在的地方。

按著路人的指示，如今大多數人都在醫廬，楚瑜領著陳九兒去了醫廬，靠近醫廬時，他們就聽到裡面的哀號聲、哭聲、慌亂的人聲。

楚瑜走進醫廬，便看見一排一排病人排列起來，許多人往來穿梭在這些人當中。替他們包紮，給他們餵藥。

楚瑜老遠就看到一個紅色身影，他頭髮只用布冠，華服染滿了泥土，掛著白色的藥裙在身上，手裡端著藥碗，急急忙忙到了一個老年人前面。他起初還很有耐心給對方餵藥，然而不知道是怎麼了，對方開始急促咳嗽，鮮血從對方口裡流出來，顧楚生慌了神，瘋了一般叫：「魏清平！魏清平！」

然而病人太多了，魏清平還在另一邊給另一個施針。

顧楚生便熟練又顫抖著翻出針來，扎在魏清平給他治過的穴位上，同時抓了旁邊醫童送過來的藥，塞進對方嘴裡。

「您撐住……」他顫抖著聲道：「大爺，您撐住，您兒子馬上回來了，您一定得撐住！」

他很慌亂，楚瑜慢慢走過去，看著他拼命去搶救那個吐著血的老人。

然而最後這個人還是慢慢沒有了氣息，哪怕顧楚生拼盡全力，他仍閉上了眼睛。

顧楚生跪在原地，呆呆地看著那個老人。

好久後，楚瑜抬手拍在他肩上。

「顧大人，」她輕聲開口：「人已經走了。」

顧楚生慢慢回頭，他仰頭看著身邊的女子。

她一身黑衣勁裝，腰上掛了一條皮鞭，頭髮高束而起，看起來幹練又張揚，然而她的笑容裡又帶著歲月獨有的溫柔寬容，神色中含了些許安慰道：「顧大人，休息一下吧。」

顧楚生聽著她的話，好久才緩過神來。

他慢慢笑了，叫出她的名字：「阿瑜。」

說著，他抬手由旁邊的醫童扶著站了起來。其他人已經過來開始處理這個老者，顧楚生沒有看他，背對著屍體，同楚瑜道：「許久不見。」

「嗯。」楚瑜上下打量他片刻，接著讓了步：「聽說你在找李樂，這個是李樂的兒媳婦兒，我帶來給你見見。」

顧楚生目光落在楚瑜身後那抱著孩子的婦人身上，對方低著頭，不敢抬眼看他。

顧楚生只是看了她一眼，便已明瞭大致發生了什麼。

他緊握著拳頭，好久後，他深吸一口氣，才艱難開口道：「家裡，還有其他人嗎？」

這話問出來，包括陳九兒都愣了，她仔細看了顧楚生片刻，仍舊不知道這個人與自己家中有什麼瓜葛。顧楚生看出她的疑慮，解釋道：「之前我見過妳公公的父親，他讓我尋找你們，問問你們可好，如今只有妳一個婦人來見……」

顧楚生抿了抿唇，陳九兒卻是反應過來，她紅了眼，低著頭道：「家中……確實沒有其他人了。」

顧楚生沒說話，片刻後，他嘆了口氣道：「我明瞭了，妳先下去吧，我讓人安排妳下去歇著。」

說著，顧楚生轉頭同楚瑜道：「如今人多事雜……」

「無妨，」楚瑜擺手道：「我來幫忙吧。」

如今泉湧的確人手不夠，病患比健康的人多，楚瑜跟著顧楚生給魏清平打下手，到了半夜，兩人才回到府衙。

魏清平倒頭就睡，顧楚生洗漱之後，便去見了陳九兒。

如今是半夜，顧楚生見陳九兒不大妥當，恰好楚瑜也沒睡，便帶著去見了陳九兒。顧楚生聽著陳九兒說了家中發生的事，心裡一分一分沉下去，聽完陳九兒的話後，他嘆了口氣道：「既然家裡沒什麼人了，我便不去給老伯回信了。」

懷抱著希望，總比白髮人送黑髮人的絕望要好。

陳九兒抿了抿唇，顧楚生安撫了陳九兒幾句後，便起身領著楚瑜出去。

然而走了沒幾步，顧楚生就聽身後陳九兒道：「顧大人！」

顧楚生頓住腳步，回過頭去，看見陳九兒含淚看著他：「顧大人，妾身可否，私下與顧大人說幾句？」

顧楚生遲疑片刻，抬頭看了看楚瑜，楚瑜便主動走開，留了兩人在屋中。

陳九兒看著顧楚生，將懷中孩子抱起來：「顧大人，妾身有一不情之請。」

顧楚生皺起眉頭，便看見陳九兒將孩子舉了起來：「妾身知道大人仁義心腸，這個孩子，是李氏唯一的血脈，如今亂世流離，妾身無力撫養……」

「妳要我收養這個孩子？」顧楚生緊緊皺眉。

陳九兒遲疑片刻，終於道：「還望大人應允！」

「荒唐！」顧楚生叱喝：「妳身為人母，尚還在世，哪裡就有將孩子送出去的道理？」

說著，顧楚生轉過身便打算出去，陳九兒站起身，顫抖著聲道：「顧大人的意思是，因為這孩子還有母親，所以您不要是嗎？」

「妳是他母親，」顧楚生認真地看著她：「他便當是妳的責任。不過妳放心，」顧楚生看著那顫抖著的女人，放緩了聲音：「我會派人送白銀與妳，妳回去帶著他，將李老伯接回來，好好過日子。」

「若他沒有母親呢？」陳九兒固執道。

顧楚生皺眉道：「妳到底要問什麼？」

「若有一日，我出了意外，」陳九兒冷靜下來，她盯著顧楚生，平靜道：「那麼，這個孩子，顧大人可否收留？」

顧楚生看著陳九兒，他想，陳九兒一個女子，在亂世漂泊，也只是想給孩子求個依靠。於是他點頭道：「可。」

陳九兒舒了口氣，她躬下身來，抱著孩子，跪在地上，認認真真給顧楚生說了句，謝謝。

顧楚生轉身離開，走到長廊上時，便看見楚瑜抱劍等著他。兩人一起走出院子，顧楚生固執要送楚瑜回房。

「她同你說了什麼？」楚瑜倒也習慣了顧楚生這份風度，找了話題隨口聊天。

顧楚生心中覺得有些不安，他慢慢道：「她問我是否能收留……」

話沒說完，顧楚生猛地反應過來，大叫一聲：「不好！」

隨後便朝著陳九兒房間猛地衝了過去，楚瑜愣了愣，隨後追著過去。

才剛回到院子中，兩人便聽到嬰兒震天的哭聲，顧楚生衝在前面，猛地踢開了房門，隨後便看見血蔓延了一地，女子倒在血泊裡，胸前插著一把利刃。

孩子就在她身邊，他似乎感知到了什麼，張牙舞爪，哭得撕心裂肺。

顧楚生衝過去，從袖子中拿出藥和紗布，近來這些急救他已經做得極其熟練，楚瑜轉頭就去找魏清平，顧楚生在屋中，給陳九兒撒了藥，按壓著出血的位置，滿臉慌張。

陳九兒艱難地笑了：「大人……」

她開口道：「這個孩子，還沒有名字……您……好好照顧……」

「妳才是他母親！」顧楚生怒吼：「怎麼會有妳這樣的母親！」

眼淚從陳九兒眼中慢慢流下來，她艱難地笑：「大人，」她的聲音輕如浮萍：「賤民之苦，貴人安知？」

「一條命，」她喘息著，血瘋狂奔湧，從顧楚生指縫中奔流出來，顧楚生整個人都在顫抖，他聽著她道：「換我兒……半生平安……也是值得。」

「大人，」她眼前慢慢黑下去：「這大楚……什麼時候……才安定啊？」

問完這句話，她也伴隨著這個問句，慢慢枯萎下去。

顧楚生咬著牙，手一直按著她的傷口，試圖給她止血。他整個人都在顫抖，孩子就在他身邊，彷彿知道母親的離開，一直哭鬧不停。

魏清平跟著楚瑜衝進房中的時候，陳九兒已經沒了心跳。

顧楚生就跪在原地，他還保持著救人的姿勢，魏清平衝到屍體邊上，迅速檢查後，表情便沉了下來。

片刻後，她搖了搖頭，站了起來。

她站起來，見顧楚生還沒動作，便道：「顧大人，人已經沒了，送走吧。」

顧楚生還是不動，楚瑜上前，將孩子抱在懷中，拍了拍他的肩膀：「起來吧。」

顧楚生聽到楚瑜的話，才回過神，呆呆地站起來。

他的手上還染著血，走得跌跌撞撞，楚瑜見他情況不對，趕緊跟了上去。

她抱著孩子跟到顧楚生屋中，他先是吩咐人給顧楚生準備一碗安神湯，而後才抱著孩子，走到顧楚生房裡。

顧楚生沒關門，他坐在自己床邊，用染血的手環抱著自己，呆呆地看著灑進來的月光。

「其實我該早知道的。」

楚瑜拍著孩子進來，聽見顧楚生的聲音：「我早該想到，她為什麼問我那些話。我也早該明白，她吃了這麼多苦，她的世界，比我想像裡，要難得多了。」

「她一個婦人，帶著一個孩子，要過下去，太難了。」

楚瑜抱著孩子來到顧楚生身邊，坐了下去，聽著他道：「她活不下來。哪怕有我幫忙，可我能幫她幾年呢？我不在她旁邊，或許不久後，我就不記得這個人了。」

「楚生，」楚瑜嘆息：「這不能怪你。」

沒有任何人想到，這個婦人會有這樣的打算。

「她心裡覺得，如果我不幫她，她和這個孩子，都活不下來。所以她一定要逼著我要這個孩子。」

「可是為什麼她會活得這麼絕望？」顧楚生慢慢轉過眼來，看著楚瑜：「為什麼，我大楚百姓，會覺得自己命如螻蟻，如果沒有人相救，便活不下去？」

「楚生……」楚瑜被顧楚生眼中的淚光駭住。

他看著她，顫抖著身子，沙啞道：「她問我大楚什麼時候才能安定？這話我也問過，上輩子、這輩子，我問了兩輩子……」

「可大楚為什麼不安定？」顧楚生站起來，佝僂著，盯著楚瑜，牙齒輕輕打顫：「我大楚有最廣闊的土地，最英勇的兒郎，最努力的百姓，為什麼不安定？因為人心……」

他抬起手，放在自己胸口，怒喝：「因為趙玥那賊子狼心狗肺！因為淳德帝那蠢貨不分是非！因為姚勇這狗賊一心為己！因為我……」

他慢慢閉上眼睛，艱澀道：「因為我……懦弱無能。」

「楚生，」楚瑜輕拍著嬰兒的背，慢慢道：「別把一個國家，扛在自己肩上。」

「我最近，每天都在看著人死。」顧楚生聲音哽咽：「我每天都會看著他們死在我面前。我努力救每個人，但我誰都救不了。生死我管不了，天災我擋不住，便就是人禍，我也毫無辦法。」

眼淚滾落而出，顧楚生閉上眼睛：「我食百姓之食，穿百姓之衣，任內閣大學士，可我毫無辦法。」

「阿瑜……」他慢慢跪倒在地上，佝僂著身子，抬手捂住自己的臉，任由眼淚落在手上，化開鮮血：「我毫無辦法。」

他的兩輩子，於自己，他所愛難求；於國家，他所護難安。

他眼睜睜看著他想要的一切，失去、離開、毀滅、崩潰，然而他毫無辦法。

他感覺無數壓抑的情緒在這一刻，這個女子面前奔湧而出，他跪俯在她身前，嚎哭出聲。

楚瑜靜靜聽著他的哭聲，她看著月光，她感覺那哭聲彷彿是一條長河，它將身邊這個人，在這一夜一點一點洗刷乾淨。

她抬起手，輕輕拍在他肩上，好久後，等他哭聲漸歇，她慢慢道：「擦乾眼淚，好好睡一覺。」

她聲音平靜從容：「你以後，便是當父親的人了。」

顧楚生聽到這話，他慢慢抬頭，看向楚瑜懷裡的孩子。

那孩子睡得香甜，楚瑜將孩子給顧楚生遞過去。顧楚生接過孩子，低頭看著他。

「其實你並不是毫無辦法，」楚瑜看著顧楚生安定下來，她笑了笑：「要改變一個國家的命運，要依靠許多人，每個人改變一點。顧楚生，其實你做了很多，不是嗎？」

「大楚會安定下來的。」

顧楚生抬起頭來，看見楚瑜的眼睛，聽她認真道：「這一輩子，我、衛韞、我哥、宋世瀾、魏清平……還有很多人。」

她聲音平穩：「我們一起努力。」

顧楚生沒說話，好久後，他慢慢笑了。

「好。」他帶著眼淚，沙啞道：「我們一起。」

上輩子，他沒能和她並肩。

這一輩子，能站在一起，他也知足。

第二十三章　意料之外

魏清平處理完事情走出來的時候，顧楚生已經冷靜下來，他從楚瑜懷中接過孩子，孩子在楚瑜安撫下睡了過去，他靜靜看著那孩子，卻是道：「妳對孩子，的確有一套。」

楚瑜笑了笑，沒有回答，然而顧楚生卻驟然想起來，不管如何說，楚瑜畢竟曾經是一位母親。

曾經是他孩子的母親。

他抱著孩子，垂著眼眸，楚瑜知曉他在想什麼，笑著道：「給孩子取個名吧，日後無論你有沒有孩子，這都是你的第一個孩子。」

顧楚生靜靜看著懷裡熟睡的孩子，他笨拙地抱著他，好久後，他抬起頭，看著楚瑜，慢慢道：「我可以叫他顏青嗎？」

楚瑜微微一愣。

這是他們兩個人，上輩子的孩子的名字。

那個孩子她甚至沒有聽他叫過她一聲母親。

她離開他時，這個孩子還在牙牙學語，她再見到他時，他與她已如陌路。

楚瑜呆呆地看著顧楚生，顧楚生垂眸看著他，聲音平和：「我兩輩子來，虧欠最多的，就是妳和顏青。為人丈夫，我沒能好好待妳。為人父親，我對顏青太過疏忽。這一輩子我賠給妳，可顏青卻不會再次出現。」

顧楚生抬眼看向楚瑜，認真許諾：「這個孩子，我會好好養他，我會親手教導他，我會陪伴他長大，當年我沒做好一個父親，這一輩子，我會好好當一個父親。」

「我欠顏青的……」他頓了頓，然而最後，卻還是道：「我想還回來。」

「楚生，過去的事情，不是每一件事都能夠彌補。」楚瑜聽到他的話，聲音溫和下來：「往前走就可以了，這個孩子，你本就該如此對他，這不是對顏青的彌補，這本就是他應得。」

顧楚生沒說話，他的手緊了緊。他覺得楚瑜的話意有所指，她不願意他將感情放在她身上，然而他沒有回話，沒有爭辯，他回頭抱緊了孩子，只是道：「妳如今送了糧食和草藥過來，不要在青州停留太久，該回去趕緊回去。」

顧楚生猜測著道：「趙玥此人陰險，我怕他對妳動腦筋。」

「你放心，」楚瑜擺擺手：「我來這件事幾乎沒有人知道，我也就是過來看看你和清平，如今你們好，也就沒事了。」

顧楚生點點頭，魏清平在旁邊道：「我們無妨，妳若無事，趕緊回去吧。」

楚瑜應了聲，魏清平看了顧楚生一眼道：「你先給他找個奶娘，就算沒有奶娘，也找隻牛羊過來，先把孩子養活。」

顧楚生被魏清平提點，這才反應過來，他忙吩咐了人，先去處理陳九兒的屍體，又去給孩子找奶娘。而楚瑜則和魏清平一起回了房。

魏清平給楚瑜大概說了一下現在的情況，淡道：「如今災情差不多控制住了，我如今比較擔心的是後續的瘟疫。我們經過的地區倒沒什麼瘟疫，但是一般大災之後多少會有一些瘟疫感染的情況，如今一天沒有報上來的消息，我心裡就不安。」

楚瑜點點頭，她將上輩子的情況回憶一下，上輩子地震之後，的確連發了一段時間瘟疫，於是她道：「我會讓人仔細打聽各地消息，妳別擔心。」

魏清平應了聲，同她進了屋，想了想道：「妳如今，倒很是威風。到處都是妳的事兒，我的耳朵都快聽成繭子了。」

「那不正好嗎？」楚瑜笑起來，她開始脫外面的外套，隨意道：「我便不用同妳重複了。」

魏清平看她脫衣服，沉默片刻後，終於道：「妳有見到時月嗎？」

楚瑜含笑轉過頭來，有些得意道：「我便知妳要問這個。」

魏清平面色平靜：「他是我情郎，不問他，問衛韞嗎？」

「是是是，」楚瑜從衣衫裡抽出信，這些信都是之前她讓人同秦時月要的，就想著哪一日她要見魏清平時，便將信轉交過去。她將信扔給魏清平，便轉身往屋子裡走：「妳情郎的信，我讓人同他要的，妳收著感激我吧。」

魏清平抬手接著信，忙將信打開來，看見信後，便抿唇笑了。

楚瑜瞧了她一眼，撇了撇嘴，站在床邊道：「妳晚上是回自己房裡，還是同我睡？」

「妳明日走？」魏清平抬眼看了她一眼，目光又回到信上。

楚瑜靠在床邊：「我物資都送過來了，還留在這兒做什麼？」

聽到這話，魏清平將信放入自己懷中，朝著她走了過來，高興道：「那我同妳一起睡，我們還能說會兒話。」

楚瑜環抱著胸笑而不語，魏清平上下掃視她一眼，突然道：「妳最近打了這麼久仗，怎麼還胖了些？」

「嗯？」楚瑜愣了愣：「我胖了？」

「妳沒覺得？」

魏清平的目光落到她的小腹上，她的小腹微微凸起了些，稍微注意一下，便會發現，她的確是胖了。

然而她的面頰卻極其消瘦，全身上下僅小腹胖了些，魏清平認真打量她片刻，突然道：「來，轉一圈。」

楚瑜有些發懵，然而楚瑜對魏清平醫術的絕對信任，她便轉了一圈，魏清平皺起眉頭，拉著她坐下來，將手放在她的手腕上。

楚瑜覺得事情似乎有些不妙，她屏住呼吸等著魏清平的話，等了許久後，她聽到魏清平突然道：「妳上一次來葵水是什麼時候？」

楚瑜愣了愣，她沉默著想了很久，魏清平抬眼看了她一眼，便知道了結果：「忘了？」

楚瑜趕忙賠笑：「近來發生太多事情……」

「妳上一次同房什麼時候，喝過避子湯嗎？」

魏清平換了一隻手給她診脈，楚瑜聽到這話便愣了，認真思考著魏清平的問題。

一直以來，她和衛韞都很小心，衛韞不願意她吃藥，幾乎沒有留在裡面，而她知道自己體質極陰，不易受孕，上輩子費盡心機才有的顧顏青，所以衛韞已經小心之後，她也沒有太過上心。

唯一一次……

楚瑜認真思索著，似乎只有衛韞封王那天晚上了。

那晚她和衛韞都有些失態，等到後來反應過來時，也已經過了吃藥的時辰。只是她一向對體質太過自信，倒也沒想過，運氣會這樣好。

只是上輩子她和顧楚生要個孩子這樣艱難，怎麼和衛韞……

這樣開始思索，楚瑜不由得想，莫非上輩子，主要是顧楚生的問題？

她那亂七八糟的想法魏清平是不知道的，她只是確診了之後，慢慢道：「還好妳習武身體好，真氣護體保住這孩子，要是尋常人早就沒了。」

「等等，」楚瑜終於緩了過來：「妳的意思是說，我當真有孩子了？」

「不然呢？」魏清平抬眼看她，隨後站起來，去抓了紙筆，抬頭看她：「這孩子是留還是不留，妳給個數。」

楚瑜整個人是呆的，好半天，她忙道：「不對啊，我這個體質不該有孩子……」

「妳什麼體質？」魏清平皺眉。

楚瑜不解道：「我……我不是極陰的體質，不易受孕……」

「妳喝了五年的藥，食補也補了五年，」魏清平有些不耐煩道：「之前衛韞還讓我給妳看過方子，妳只是宮寒陰虛，五年早就調養好了。」

魏清平抬眼看她，有些奇怪：「妳怎麼這麼肯定自己不易受孕？妳這身體，好的不得了。」

楚瑜呆呆地坐著，才恍惚想起來，她的確已經調養了很多年。一開始是自己要求，後來這些湯藥變了味道，不再苦澀難喝，就像是其他夫人都會飯後喝一碗銀耳湯燕窩桃膠之類的滋補品一樣，她每日一碗，便忘了自己還在調養的事。

再等後來衛韞回京，戰亂再起，這麼多事疊加在一起，又哪裡來的時間思考這些？

楚瑜花了好久，才消化了這個消息。而後她笑出聲來。

如果是以前，她或許還要顧忌柳雪陽和衛家，如今她自己獨身出來，又需要顧忌什麼？

於是她抬起頭，果斷道：「留。」

魏清平不意外，只是道：「想好了？」

「想好了，」楚瑜盤腿坐下來，認真道：「我想好了，要是我和衛韞沒有緣分，我就把這個孩子帶回去，我自個兒養他，他要是個男孩子，我就給他取名叫楚……」

「好了好了，」魏清平見多了這些知道自己懷孕後高興壞了的婦人，趕忙抬手阻止她道：「我對妳打算怎麼處置這個孩子一點興趣都沒有。打算要這個孩子，我就給妳寫個方子，回去路上別騎馬了，也別太趕。別仗著自己底子好作死。」

「行。」楚瑜很是高興，她等著魏清平寫藥方，接著道：「我得給小七寫信……哦不，」她又頓住聲音：「我要親自去告訴他！他知道我有孩子，一定很高興……」

魏清平握著筆的手頓了頓，猶豫片刻，她終於猜道：「叔嫂相戀，未婚先孕，阿瑜，」她抬眼看她：「妳要面對的，都想好了嗎？」

楚瑜聽見這話，卻是笑了：「我要面對什麼呢？」

「我若怕人言，便不會同衛韞在一起。我同衛韞既然在一起，罵我是一個罪名，還是兩個罪名，又有什麼差別？而且，這不僅是衛韞的孩子，還是我的。這輩子哪怕沒有衛韞，我有一個孩子，我也很欣喜。」

「女子的悲哀，主要在於無能。如果我養不活這個孩子，如果我下輩子指望著再嫁一個男人給我下半生的富裕生活，我指望依靠家族、依靠任何人，那我當然要在意人言，在意其他。可是我現在不需要，有沒有衛韞，有沒有楚家，我都能養活這個孩子。」

說著，楚瑜笑出聲來：「再不濟，我也能當個山大王，妳說是不是？」

魏清平點點頭，聽到楚瑜這番話，她就放心了。而楚瑜並不奇怪魏清平的態度，上輩子魏清平便是未婚先孕，只是秦時月戰死沙場，囑託了衛韞，衛韞為了兄弟情義，想要保住魏清平名譽，才同魏清平成親。

可是若不是秦時月和魏王，魏清平怕也不會在意這些，自個兒一個人將孩子養大，並沒有什麼。

人生從來不會因為某一個點萬劫不復，真正讓一個人萬劫不復的原因，只有自己放棄了自己，讓自己淹沒在淤泥裡。

魏清平給楚瑜開了藥方，又囑咐了許多，兩個人便躺在床上睡了過去。

楚瑜很興奮，然而她的確太累了，她想著衛韞，想著孩子，手不由自主放在腹部，揚起笑意，慢慢睡了過去。

她在睡夢中夢見自己回了白嶺，衛韞跪坐在書房裡，燈火落在他身上，她站在門口叫他：「懷瑜。」

衛韞執筆抬起頭，目光裡落著星辰和她。

她在夢裡想張口，卻不知道該怎麼說，才能展現自己的喜悅，於是她將手放在自己腹部，高興道：「我有孩子了。」

沒有半分害怕，也沒有什麼不安，當孕育的是愛情時，一切風雨都變得無畏。

楚瑜在夢裡慢慢睡去時，衛韞正在白嶺臥室中熟睡。

他在半夜聽見雨聲，被雨聲催醒，他慢慢睜開眼睛，聽見雨落在樹葉上、落在樹枝上、落在泥土裡。

他也不知道自己是怎麼了，就覺得自己內心空蕩蕩的，他從床上走下來，散披長髮，袖垂雙膝，赤腳走到窗前，推開了窗戶。他看著雨落在樹枝上，驚訝地發現那樹枝不知是什麼時候，抽出了嫩綠的新芽。

衛秋走到衛韞身邊，恭敬道：「王爺可有什麼吩咐？」

衛韞沒說話，他靜靜看著那一抹嫩綠，好久後，他搖了搖頭道：「沒什麼。」

說完，他關上窗戶，回到了書桌前，他提起筆，突然很想寫些什麼給楚瑜。

然而落筆時，卻又不知該寫什麼，才能讓自己的筆觸顯得沉穩從容，不將這深夜驚醒的失態流露出去。

他不願讓自己這份狂熱的思念成為她的束縛，他只想告知她，這天寬地廣，她可從容來去，不必擔心無處可歸，因為他在。

他在，便任她獨行萬里，回首即是家鄉。

於是他將筆頓了好久，終於告訴她。

阿瑜，門外樹枝又添新芽，不知妳那裡，可是春暖花開？

阿瑜，我欲取渝水，妳接下來又要去哪裡？

若無他事……

衛韞的筆停住，好久後，他才問：

可能於渝水相見？

楚瑜第二天醒來，精神抖擻，她立刻清點了人，然後領了魏清平的方子準備離開。

如今有了孩子，她也不敢亂來，便讓人準備了馬車，自己坐著馬車離開。

她走時顧楚生和魏清平都來送她，魏清平給了她許多信還有藥，最後道：「這些都是給時月的，妳別自己私吞了。」

楚瑜哭笑不得，抬手戳了她腦袋一下：「妳心裡還有我這個姐妹嗎？」

「有的，」魏清平從一堆瓶瓶罐罐裡面取了兩個瓶子：「一個保命，一個解毒，這就是我對妳的情誼了。」

「妳簡直是……」楚瑜搖了搖頭，抬頭看向顧楚生，顧楚生懷裡抱著孩子，他有些擔憂地看著她，兩人什麼話都沒說，許久後，楚瑜嘆了口氣道：「顧大哥，保重。」

這聲顧大哥讓顧楚生愣了愣，他壓著心裡的酸楚，垂下眸去，沙啞道：「保重。」

楚瑜放下車簾，馬車搖搖晃晃，朝著遠方行去，顧楚生和魏清平對視了一眼，回頭又奔向屬於他們的戰場。

楚瑜最後一次接到衛韞的消息，是他去了白嶺，如今戰亂，衛韞隨時可能去其他地方，楚瑜要找他，又不能奔波，想了想，最穩妥的法子，還是去白嶺等他。於是她也沒有多問衛韞要去哪裡，便直奔白嶺而去。

晚月不由得有些擔心，給楚瑜端著湯藥的時候，小心詢問道；「衛老夫人如今是不可能接受小姐的，小姐這樣去白嶺，怕是不好吧？」

「我去白嶺，關她什麼事？」楚瑜有些奇怪。

晚月不由得道：「您去白嶺，不是去衛家嗎？」

「我去衛家做什麼？」楚瑜更覺得奇怪了，趕忙道：「妳千萬別以為我是去衛家的，我就是去白嶺，自個兒租個房住下，等衛韞來了，我和他商量商量，去見老夫人？」

楚瑜抖了抖，擺手道：「別嚇唬我，也別嚇唬自己，我才不給自己找這個罪受。」

「可是您到了白嶺，」晚月還是有些擔心：「到時候就算您不去找老夫人，老夫人大概也是要來見您的吧？」

「她要見我就來見，她見我，那我就是衛府的恩人，衛家軍裡的北鳳將軍，她能拿我怎麼辦？」楚瑜雙手一攤：「反正我又不告訴她我懷孕了，我和她衛家一點關係都沒有，她還能怎樣？管得這樣寬嗎？」

「是呢！」長月高興道：「我們家小姐愛見誰見誰，她管得著嗎？」

「就妳傻樂！」晚月推了長月一把，隨後轉頭同楚瑜道：「您說得雖然也不錯，但還是要多想想，要不還是直接去找王爺……」

「妳知道他在哪兒？」

楚瑜抬眼看了晚月一眼，晚月頓了頓，也說不出來。

如今衛韞行蹤飄忽，若是他的方位這麼容易打聽出來，那才是真危險。

楚瑜拍了拍晚月的手，安慰道：「放心吧，我總不會被老夫人欺負了去。」

楚瑜的馬車搖搖晃晃往白嶺去的時候，衛韞已經帶著人奔往渝水。

他將給楚瑜的信發往了元城，然而行到一半，便接到了元城的回信，楚瑜已經去了青州泉湧。他心裡有些憂慮，然而青州泉湧是姚勇的地方，他送信並不容易，於是他只能道：

「沿路傳訊過去，若是遇見楚小姐，便告訴她我在找她。」

衛韞讓人送信，自己一路直奔渝水城外，此時沈佑從青北往南攻打下來，秦時月從青南往北攻打，而衛韞則是過元城長驅直入，直襲渝水。

姚勇也知渝水乃青州唯一的天防，於是將所有兵力全部調在渝水，兩軍隔江對陣，衛韞到達第一天便整兵休息，就等著秦時月和沈佑。

然而衛韞剛出白嶺，趙玥的兵馬便分派了兩支，一支從燕州過去，繞過玖城直襲白嶺。而另一支則是重兵奔向江白。

江白距離衛韞的位置較近，江白失守之事隔日就到了衛韞耳中，衛韞得了消息，有些不太明白，渝水交戰的關鍵時刻，趙玥取江白一個小城做什麼？

只是無論趙玥想什麼，他也來不及調兵去支援江白，只能先拿下渝水，再回頭找江白的麻煩。

衛韞於渝水河畔布陣時，趙玥的兵馬也趕到了白嶺。

楚瑜此時還有半日就到白嶺，她在白嶺不遠處的小鎮歇息，還沒喝一口茶，就聽見路過的客人道：「還好我們走得快，不然如今怕已經是趙軍刀下亡魂了。」

「不對啊，」另一個人道：「趙軍要進白州，至少要先打下玖城，玖城重兵把守，怎麼會這樣容易就被打下了？」

「他們不是從玖城來的，」先前說話的老頭擺擺手，喘氣道：「他們繞過了玖城，直奔我們這兒，玖城現在大概才知道消息呢。」

「不會吧，」其他客人道：「他們沒有打下玖城，就算取了白嶺，也守不住多久啊，到時候玖城和王爺回來兩面夾擊，他們怎麼辦？」

聽到這樣的對話，楚瑜皺起眉頭，她端起茶碗，走到老頭面前，恭敬道：「老伯，您打哪兒來？」

「九仙鎮。」老頭也沒有藏著，他上下打量了楚瑜一眼，擺手道：「姑娘，妳這樣長相，趕緊走吧。趙軍衝著白嶺去的，您可千萬別靠近那兒。」

聽到這話，楚瑜頓時冷了臉色。

她一想到顧楚生之前的提醒，便反應過來，趙玥這一次不是真的要取下白嶺，他要的，是衛家的人！

楚瑜猛地轉身，吩咐長月、晚月道：「跟我走，去白嶺！」

裡面的客人都愣了愣，老頭趕緊站起來：「姑娘，去不得！去不得啊！」

楚瑜此刻已經上了馬車，擺擺手道：「老伯不用擔心，我乃衛家將軍，當去守城去了！」

馬車跑得極快，她的聲音散在風裡，所有人愣了愣，片刻後，有人反應過來：「衛家唯一的女將軍，不就是衛家大夫人，北鳳將軍楚瑜嗎？」

「不不，她如今已經不是衛家大夫人了，」有人又道：「她已經離了衛家，是自由身了。」

「當真麼？」有年輕書生站起來，歡喜道：「這位就是離了衛家的楚大小姐？」

「當真，我當年見過！」

茶館裡一下喧鬧起來，最初說話那年輕書生高興道：「女子巾幗當如是，他年我若高中得功名，必當求娶去！」

「小夥子，」屋中人大笑起來：「這樣的好女兒，怕是等不到你去求娶了。」

「無妨無妨，」書生擺手道：「如此女子，能得見一面，也不枉此生了。」

楚瑜留下這一句，彷彿帶了一種無形的力量，將茶館中最初的不安都驅逐了出去。

北鳳將軍從無敗績，這一點在眾人心中早已成了一種不成文的認知。如今楚瑜去了白嶺，白嶺也就無大礙了。

而楚瑜並不知道這些百姓對自己的期望，她坐在馬車裡，只是同長月道：「再快一些！」九仙鎮距離白嶺不遠，如果趙玥這支兵馬真的是去取白嶺，怕是就快趕到了。

楚瑜的馬車一路狂奔往白嶺趕去，老遠就看到一支軍隊從遠處趕來，楚瑜坐在馬車中看見不好，出了馬車，大聲道：「棄車走！」

剛說完，晚月、長月便立刻扛上了重要的東西，楚瑜提劍斬了韁繩，縱身騎在一匹馬上，就朝著城門狂奔而去。

此時的白嶺早就亂成了一片，沒有人想到趙玥會繞開玖城突襲白嶺，因此白嶺只留下一個前鋒錢勇作為守將。錢勇並不是擅長調兵遣將的將領，他在敵襲第一瞬間就去通知了衛府，柳雪陽慌得在家中團團轉，蔣純便領著一干老家臣趕上城樓，遠遠看見那數萬兵馬踏塵而來，蔣純也是故作鎮定，下令道：「先將城門關了。」

錢勇也是這個意思，就等著人同他一起下令，他趕忙道：「關城門！」

然而就在城門慢慢合上時，所有人看見那空曠的平原上，一輛馬車朝著白嶺飛奔而來。

「這時候還往白嶺衝，是送死嗎？」

錢勇皺起眉頭，然而話剛說完時，所有人便看見一個紅衣女子從馬車中衝了出來，手起刀落斬了馬繩，領著身後侍女朝著白嶺城衝了過來。

紅衣在平原上獵獵招搖，她一手提著長槍背在身後，一手拉著韁繩。她身後是數萬兵馬，彷彿是在追趕著她，而她毫不在意，朝著城樓上的蔣純仰起頭，露出明豔的笑容。

蔣純愣了愣，片刻後，她欣喜的大叫起來：「別關！城門別關！大夫人回來了！」

錢勇也是隨之反應過來，大喊：「楚將軍來了！楚將軍來守城了！把城門給她留著！留著！」

不僅是蔣純和錢勇，所有認出楚瑜的人紛紛激動得叫嚷起來，而楚瑜領著長月、晚月，風一般掠入了城池之後，大門便立刻「轟」一下猛地關上。

楚瑜一刻不停，翻身下馬，她領著長月、晚月直奔城樓，將士亮著眼，紛紛高聲道：「將軍！」

「將軍好！」

「將軍回來了！」

楚瑜見著這些笑容，也忍不住笑了起來，她兩步併作一步衝上臺階，剛上城樓，便拍著士兵道：「弓箭手準備，火油投石準備，別給我懈怠了，快準備好。」

說著，她來到蔣純面前，又看了旁邊的錢勇一眼，有些不好意思道：「我來得著急，此戰……」

「全聽將軍指揮！」錢勇激動道：「您來得正好，我還在愁這一仗怎麼打，剛好您就來了。」

「老錢，謝謝了。」

楚瑜拍了拍他，隨後從身後長月中拿過自己的旗子，一步跨到城樓之上，猛地將自己的旗子插入城樓之上。

金色「瑜」字旗在風中張揚飄出，楚瑜手提長槍，紅衣烈烈，高喝出聲。

「衛家軍楚瑜，在此守城迎戰！」

——《山河枕【第二部】家燈暖》未完待續——

高寶書版集團
gobooks.com.tw

YE 072
山河枕【第二部】家燈暖（中卷）
作　　者　墨書白
責任編輯　吳培禎
封面設計　單　宇
內頁排版　賴姵均
企　　劃　何嘉雯

發 行 人　朱凱蕾
出　　版　英屬維京群島商高寶國際有限公司台灣分公司
　　　　　Global Group Holdings, Ltd.
地　　址　台北市內湖區洲子街88號3樓
網　　址　gobooks.com.tw
電　　話　(02) 27992788
電　　郵　readers@gobooks.com.tw（讀者服務部）
傳　　真　出版部(02) 27990909　行銷部 (02) 27993088
郵政劃撥　19394552
戶　　名　英屬維京群島商高寶國際有限公司台灣分公司
發　　行　英屬維京群島商高寶國際有限公司台灣分公司
法律顧問　永然聯合法律事務所
初　　版　2024年4月

本著作物《山河枕》，作者：墨書白，由北京晉江原創網絡科技有限公司授權出版。

國家圖書館出版品預行編目(CIP)資料

山河枕. 第二部, 家燈暖/墨書白著. -- 初版. -- 臺北市：英屬維京群島商高寶國際有限公司臺灣分公司, 2024.04
　冊；　公分. --

ISBN 978-986-506-963-6(上冊：平裝). --
ISBN 978-986-506-964-3(中冊：平裝). --
ISBN 978-986-506-965-0(下冊：平裝). --
ISBN 978-986-506-966-7(全套：平裝)

857.7　　113004070